社頭三姊妹

陳思宏

"*Solitude,* je nomme ce système clos où tout est vivant."
我將這個萬物生機勃勃的封閉系統命名為：*孤獨*。

Paul Valéry, Laura

目錄

星期二
1. 一號 … 8
2. 鄉長 … 23
3. 小B … 35
4. 二號 … 39
5. 但丁 … 50
6. 三號 … 60
7. 導演 … 73

星期三
1. 鄉長 … 82
2. 一號 … 88

陳思宏

星期五

2. 一號
1. 夫人
7. 三號
6. 但丁
5. 二號
4. 鄉長
3. 小B
2. 一號
1. 導演

星期四

7. 小B
6. 三號
5. 但丁
4. 二號
3. 夫人

198 190　　182 173 165 158 151 139 134　　128 118 111 103 95

後記	星期六	
	7. 三號	7. 小B
	6. 二號	6. 三號
	5. 一號	5. 但丁
	4. 小B	4. 二號
	3. 但丁	3. 鄉長
	2. 鄉長	
	1. 導演	
329	311 303 292 286 274 264 254	246 236 227 217 210

星期二

1.

一號

一號醒來，想吃稀飯，有死亡的預感。

一切，都不一樣了。

空氣有葵花油質地，黃橙黏滑。床頭燈色調變了，明明是熾熱白光燈泡，怎麼隔一晚就蒼老了，閃爍黃暈色調。哪裡來一大隻冰涼的死魟魚黏貼在她身上？喔，原來是吸飽整夜溼氣的棉被。她躺在床上瞇眼觀星，在自己的雙臂上數老人斑，兩根長斑的繁星香蕉，數啊數，一夜多出了十幾顆星星。

有涼風。對，竟然是涼的。怎麼可能是涼的。今年夏天好漫長啊，以為會一整年都是夏天，終於，在熱死之前，等到風涼。稀薄淡霧從清水岩林間啟程，一路翻攪，方向隨意，經過芭樂市場，籠罩芭樂園，刷過社頭運動公園，越攪越濃稠，變成卡布奇諾的奶泡，慢慢覆蓋整個臺灣中部小鄉，抵達火車站，悄悄溜進火車站正前方的社斗路小巷，來到一號居住的三合院，霧稍微遲疑了一下，這戶人家一直都有點可疑，不，不是有點，是非常可疑，入口

8

星期二

地上放了個小燈，上面寫了幾個醜字，老屋，敗瓦，頹磚，亟需補葺，卻一切整潔有序，太乾淨了，太奇怪了，屋內住了個老男人，喔不不不，霧困惑搖頭，其實是個老女人，剛剛醒的短髮老女人，整個社頭鄉都還沒起床，沒人說話，霧卻聽到好多聲響，這三合院有話有語有吟有嘆有叫有喊，稻埕不晒稻不晒菜不晒乾不晒棉被不晒芭樂不晒衣服不晒襪子不晒狗，種了許多奇異花草，花香葉脈都非本地種，霧繞著三合院外牆滑行，覺得屋內時區與空間不屬於這鄉鎮，疑似凶宅，有濃重的死亡氣息，決定不想入屋，無奈涼風胡亂推進，霧入埕，進正房神明廳，闖廂房，那房窗戶洞開，老女人就睡在裡面，霧真的不想進去，實在是不得已，清晨涼風剛剛從山區那邊出生，還是調皮哭鬧的嬰兒，不懂節制，亂踢亂推，霧就滑進去了。

她竟然忘了關燈，想到電費，罵自己白癡，伸手用力拔掉插頭。昨晚上床，高溫在臥室裡忘情森巴，不可以，她握緊手心，不可以開冷氣，電扇也搬出去，就是不准自己開電器，熱又怎樣？睡著就不熱了，躺下快睡，幹你娘少囉唆。一直喊熱死了熱死了，但怎麼死不了，該死的賴活，不該死的卻都死光光。身體反側，皮膚噴出的都不是汗，是撐不掉的過去還有悔恨，背部往事淫透，卻什麼都沒揮發蒸散，一切都沒忘。她一直跟自己說，睡了就好，死了就好。卻實在是睡不著，也不知道該怎麼死，乾脆直接把窗框整個拔掉，風才進得來。老窗鏽朽，在她手中癱成一張死亡證書。拆窗根本

是盜墓，驚醒陳年沉睡汙垢，漆塊木乃伊，飛塵鬼魅，黑黴乾屍，她眼睛無法容納清晰可見的紊亂髒汙，掃把畚箕拖把漂白水，不夠不夠，一桶水抹布刷子，臥室這側洗不夠，還必須洗外牆，熱死了，但不弄乾淨，頭皮萬蟻，腳踏針床，更不可能睡得著。鄉間寂靜，假如鄰居此刻聽到拖把擊打水桶，竹掃把刮傷地面，好奇朝這三合院探頭，看到她在那邊東刷西洗，一定不會感到意外，也不會覺得是夜半女鬼，受詛咒的瘋女人，做任何怪事，無人稱奇。

神附體，都這麼晚了，還忙著大掃除。

她想不起來昨晚到底幾點睡著。今天是星期一還是星期二？社頭多久沒起霧了？窗框跟窗玻璃都不見了，牆上一個長方形開口，邀霧入臥。

這白茫茫的氣體是什麼？霧？她還在夢中嗎？

她推開虹魚，起身看霧，霧氣拉扯身體，韌帶摩擦，關節推擠，骨頭發出吵鬧的喀喀喀聲響，太吵了，彷彿身體裡住著一群火雞。她都已經用力推開霧，在床上坐穩了，那群火雞還在叫。

揉眼，眼屎堅硬巨碩如蛋，卡在魚尾紋裡，鳥鳴入耳，她懷疑夜裡有鳥入窗，在她眼周下蛋。手指捏碎那些鳥蛋，她用力張開眼。

看到了。

有人快死了。

不知道是誰,但,確定,有人快死了。

她無法控制她的預感。她無法解釋她的預感。不定期,挑季節,夏天真的太熱,少見,所以三合院門口地上那盞小燈,夏天時常不通電,恁祖媽不爽做生意,太熱流太多汗,股溝濁水溪,肥肚大肚溪,兩條腿臭水溝,不想賺錢啦,等天氣轉涼,預感比較容易發生。預感不受情感理智控制,那是一種視覺的傳喚,通常是眼睛看到了什麼,觸及了腦子深處的弦,噴出顏彩汁液,擠出視覺預感,世界一皺,身體地震。她就知道了。這種「知道」,不是取得知識,聽到某種短促而鋒利的高音,類似拿菜刀在砧板上用力剁活雞頭,夢境受到壓迫,並非語言傳導,真的硬要解釋,像是收到影像訊號,她必須以在家庭在學校習得的語言系統翻譯這些訊號,以最粗淺的說詞,傳達給人類。有人說這是通靈。她也不知道是不是。她不知道什麼是「靈」,問她是鬼是神是大自然還是胡謅騙人,她會聳肩,她哪知道啦,桌上神像不言不語啊,該燒香該燒紙錢該擺上貢品,她祭拜禮數周全,但那些神從來不跟她對話感應,她總是說最好不要信我,我幫不了你,你幫不了我,但拜託,要包紅包,你買中午排骨便當要花錢,啊我沒辦法從空氣中抓出炸排骨,我也是要生活。除非,真是命苦人。

此分此秒,她的眼睛凝視晨霧,沒戴老花眼鏡,沒開燈,眼前氣流凝滯,這不是醫學。面前的眼科,醫生一定有科學解釋,說有輕微白內障,嚴重一點就要開刀。但這不是醫學。面前的現象,科學無法解釋,整個社頭,可能只有這老三合院裡面才會發生。霧抖動了一下。對,

社頭三姊妹　　　11

霧有形有體有命，沒有眼睛，但，她知道，霧跟她對看。霧在人類抵達此地開墾前，已經居住在清水岩山區，若是隨手擒一把汽霧，利刃橫切剖開，會看到幾世紀的年輪。霧有自己的語言系統，無聲息，人耳聽不見，文法是濃淡。此刻，霧濃，從她身體彈開，跟她保持一公尺左右的距離，看著她，姿態是警戒的貓。她眼周肌肉抽動，眼屎終於全部掙脫皺紋夾縫，一地碎鳥蛋。昨晚的夢境流淌，指尖長出玫瑰刺，睫毛鋸齒扭曲，脣紋螺旋，死皮掙脫腳踝，腋毛彈簧壓縮拉伸，夢裡的顏色光影物件溫度聲音時間。物件是磚塊，顏色是秋日黃葉。有涼風。好多好多人尖叫。有人哭有人笑。一道鮮黃的光。誰在吃火？又冷又暖。時間就是這幾天。本週。眼前的世界變成一張紙，有股力量，她看不見的力量，把面前的紙抓皺，迅速又攤平。

她清楚自己是個被時代拋棄的老女人，但她知道怎麼用現代的語言解釋這種預感。以當代語言形容，這就像是，她腦中播放電影預告片。災難片，鬼片，推理犯罪片，反正不管什麼類型的片，都會有人死，電影本週上映。

完了。是誰。怎麼辦。管他。隨便。她只會預言。卻無力阻止。她試過很多次，都阻止不了，完全無法改變。反正她最在乎的人已經死了。不要問她，這次輪到誰死？她不知道。她確定不是自己。幹。怎麼還沒輪到自己。等一下。自己突然的預感，都是關於自己人。誰要死了？確定不是她自己，應該不是。那是二號嗎？還是三號？

每天都有人死。上個禮拜，村長千拜託萬拜託，請她打開門口地上的小燈，他想帶母親來給她看。那晚奉神正廳天壽熱，神桌上十幾尊木刻神像都在爆汗，對她喊：「拜託開冷氣！」但她根本聽不到。她身體根本沒有任何震動，只好跟村長說：「今日紅包要大一點喔，是你要我開門的，我今天本來沒營業，熱死了，那我要開冷氣了喔，幹，熱死，我沒辦法。喂，聽到了沒？電費很貴的，我平常怎麼可能開冷氣？」村長用力點頭，她把冷氣開到最強，關門關窗關大燈，只開神桌上一小盞低瓦數檯燈。冷氣呼出寒氣，神桌上的神像一臉舒暢，覆蓋神桌的桌布上繡有三隻鳳凰，差點熱到脫落一身羽毛，幸好開了冷氣，鳳身抖擻。村長母親坐在輪椅上打了好幾聲噴嚏。她坐在神桌前，任冷氣吸乾腹部上的大肚溪。村長母親打到第十六聲噴嚏，終於，她說可以了，來了。她知道程序，開門，用心挑，繞了好幾圈，最後摘了小巧綠葉，不要問村長這是什麼植物，他怎麼可能知道，全部都是沒看過的外來種，他只是感覺到那片葉子對他招手。回到神明廳，掌心攤開，給一號嘗葉。一號收過葉子，置放手心揉搓，直至葉子出汁，舌尖嘗葉，低頭觀翠綠掌紋，短而急促的呼吸，鼻毛伸長如章魚觸鬚，嗯，味如胡椒輕辣，初嘗微苦，隨即口舌蜜汁，疾速閉眼張眼，村長母親狂打噴嚏，葉子噴飛，面前的世界一皺，她收到死亡的訊息。她直接對村長大聲說：「沒剩幾天。」村長母親聽力不好，只是面前這個一號女人音量真是太大了，聽聞這句，皺臉嚴冬，眉毛瞬間

社頭三姊妹　　　　　　13

掉光，雙瞳凹陷。她兒子忍不住發出欣喜笑聲，隨即壓抑臉部肌肉，掏出紅包，多塞幾張大鈔，哼歌推輪椅離去。三天後，村長家開始治喪，村長哭聲已經排練三天了，響亮且悲愴，孝子交響曲逼鄰里同悲。一號真是神準。

來到三合院問事的人必須摘葉或花瓣。她自己突來的預感，則不需植物，喜或悲，好或壞，生或死，說來就來，都是跟這三合院有關的人。

其實真的是所謂的預感嗎？若是有人問她，她會坦承，不見得吧。如果村長帶著母親去醫院，醫生檢查一下，也會說沒剩幾天。但真的很多人信她。三合院門口地上那盞小燈打開，表示開門營業，一定會有人上門。嬰孩收驚，開業命名，麵店求客，高中生學校成績不佳，芭樂求豐收，政客問票，夫妻求子，單身求愛，褲襠萎靡求堅硬，不怕得罪人。要是她毫無感應，她不說安慰假話，心裡有什麼說什麼，好的壞的都說出口。要者皆知她的個性，就不收紅包，送客，日後有緣再說。父母抱著學步小孩上門，喊發高燒，她直接逐客：「拜託，什麼時代了，臺灣健保很便宜，發燒就去看醫生，不要來我這種怪力亂神。去，不要一直站在那邊，快去。怎樣？要我打電話去診所幫忙掛號嗎？還是要我報警？說你們虐待嬰兒？」對方不走，堅持入神明廳，還亂摘葉子花瓣，踢倒花盆，她無法忍受花園被外人弄亂，直接吼：「幹你娘，我看起來像是會讀書的人嗎？醫學院我八輩子都考不上啦！我高中都沒有畢業，幹你娘啦！幹！幹！幹！社頭有幾百間廟，自己隨便去找，不要來找我！

幹！」她的音量喚醒發燒孩，他掙脫母親懷抱，在三合院跑了一圈，對著父母說出了生命中第一個字：「幹。」那對父母聽聞這清脆嘹亮的「幹」，覺得是神蹟，跪下對她膜拜。

幹。這次換誰死。

反正她救不了。她誰都救不了。很多人都說她這個瘖查某獨自住這個爛三合院，沒家人，沒朋友，都阻止不了。有神力的話，怎麼會如今一個瘖查某有神力。神力個屁。她什麼都阻止不了。

她從衣櫃翻出外套，昨晚想脫光光睡覺，今早就要穿外套了。她徐步到屋外澆花草，摘枯葉，霧氣裊裊，幾株熱帶植物微顫。啊，怎麼忽然就秋天了。屁啦，島嶼中部，秋什麼天，秋個屁，就是熱大半年，接著稍微不熱幾個月，根本沒有明顯的秋天，樹葉不集體轉黃，山區沒有滿山楓紅。但，就是有這樣的時刻，夏天不告而別，風的成分變了，忽然轉涼，冷氣終於可以放假，長袖長褲薄外套，可洗熱水澡，開始留長髮，想到遠方的人。體感溫度還能以文字數字確切度量，難以言喻的，是心裡細微的變化。炎夏溽熱，日夜汗水淋漓，情緒焦躁。「躁」是很強烈的情緒，占據許多空間，排除其他感知，脾氣森林大火，口噴熱帶氣旋。夏天離開，天地忽然降溫，身體除躁，立即騰出許多空間，許多細微的情緒就冒出來。忽然特別思念，想鑽到神桌下，但自己鑽根本沒用。昨天上街吃一大碗剉冰，今天想喝一碗熱茶，想吃一碗蒜頭麵，想織一件毛衣卻不知道要織給誰，想燉水梨，想去休耕

社頭三姊妹　　15

田裡挖泥塊堆土窯烤蕃薯。最想最想最想喝一碗杏仁湯。不是任何人煮的杏仁湯，特別不是街上賣的那種，難喝死了，人工香料味道好噁心。她想喝母親的杏仁湯。母親沒機會跟她說配方，就死了。她預知母親的死。但她當年不敢說出口。說出口又怎樣。她很小就知道了，她根本沒有辦法阻撓死亡。小時候對死這個概念還很模糊，只會哭，跟著兩個妹妹哭，大家都在哭。一直到有天風涼，她好想喝一碗母親的杏仁湯，發現這輩子根本沒機會喝到了，那刻反而無淚，似乎終於知曉了死亡的強大。她試圖以其他湯水填滿身體，可樂沙士芭樂汁，身體裡裝越多飲料，對杏仁湯的渴望就越強烈。她不知道母親的杏仁湯配料，但清晰記得母親蹲在地上剝杏仁的模樣。天氣一轉涼，母親就會去市場買一大包杏仁，回來以清水洗杏仁，加水置入冰箱，隔夜才取出，加入滾燙熱水，指腹與指甲揉搓，杏仁皮就快速脫落，褐色的杏仁蛻變成白亮的果仁，像發亮寶石。接下來的步驟，她完全無記憶。

喝不到最想喝的那一碗杏仁湯，那種永恆的失落。對她來說，這就是入秋。

涼風在她頸背溜滑梯，在她耳邊喧鬧：「怎麼頭髮剪這麼短？像個男人。」夏天終於去死了，她想到接下來不用每個禮拜都去剪頭髮，可以省很多錢，心情還算不錯，任涼風鬧。

她從來不懂二號，那一頭蓬鬆大捲的及腰長髮，在她眼中是個恐怖的捕鼠籠，高溫就是一大群肥大的老鼠，衝進那團長髮，永遠困在裡面。她一直很想拿一把大剪刀，衝過街，反正就

幾步路，抓住那團長髮，一刀喀嚓，一定可以抖落千百隻噁心的鼠屍。算了，想想而已，都多久不說話了。看到就煩。

真的入秋了，那些貓狗，會不會著涼？

一一確認花草皆喝飽水，枯葉掃盡，快速鬆土除雜草，沒手錶。其實根本不需要手錶，聽到遠方狗吠，就去準備飼料，不要叫了啦，已經很多人討厭你們了，再叫就會被撲殺了。

她什麼時候開始餵流浪貓狗的？想不起來了。她小時，社頭流浪貓狗比現在多很多，上學途中常會遇到一大群野狗，皮膚潰爛，看到騎單車的小孩就狂吠狂追。野狗感知強烈，捕狗大隊的卡車還沒開進社頭，牠們就已經失控，往山區狂奔。野狗似乎也聽到了鄉里謠言，在田野遇見她們三姊妹，安靜穩坐，眼神不敢直視，傻一點的狗會搖尾巴，壯碩凶猛的狗則定格假裝是廟裡的石獅，絕對不追她們，太可怕了，大家都說，惹到她們不得好死。有一次三姊妹在田間遇到野狗打群架，都已經咬到見骨濺血了，見到三姊妹，野狗尖牙塞到狗嘴最深處，夾尾巴，喉嚨收束，讓出一條路。

是那一次，她發現自己的眼睛，除了能取得預感，還有抹除的能力。她不會解釋預感，當然也不會解釋抹除。其中有一隻毛髮糾結的大狗在她腳邊搖尾巴，她蹲下摸牠，從書包拿

出餅乾餵食，狗在她身上開心扭動身體。二號跟三號尖叫，說好噁心，好臭。

「不要亂講，噁心什麼？很可愛啊。」

「妳近視喔？狗在流血，妳衣服還有褲子都沾到了啦。牠身上有乾掉的大便，很臭！我幾百公里外就聞到了。」

她低頭看狗，沒有啊，沒有看到大便，根本沒有血，她們亂說話。她只知道，她的視線裡有幾大塊白糊的區域。她猜大概是近視吧。

「妳神經病喔！不要再摸了啦，很多人在看，誰知道他們會跑去跟阿公說什麼。」

後來她看到阿公在房間看日本色情片，畫面上的男體女體，讓她傻了眼。那些男女器官，都被遮蔽了，像是有誰拿了噴漆，在他們身上噴上了霧。她看傻了，沒注意到阿公的表情。阿公沒拉上褲子，直接一腳踹過來，她來不及躲，身體飛出去。阿公啊阿公，我不是想跟你一起看色情片，而是，我的眼睛，跟你看的片子一樣，也會自己噴霧喔，這裡噴那裡噴。

必須要經過很多年，她才慢慢理解自己視覺抹除的能力。不想看到的，不該看到的，她視覺會自己在眼前畫面上噴霧。她不太能夠以意志控制，視覺會自己抹除，不想看的，不該看的，這裡噴一下，那裡噴一下。但是，真奇怪，灰塵髒汙，視覺就是不會抹除，反而會放大。潔癖個屁。根本不是潔癖。那些汙穢在她視覺裡不斷放大，不立刻處理掉，她怕自己會

18　　　　　　　　　　星期二

拿刀戳眼。

她把狗糧跟貓罐頭放上機車，門口有一籃玉米，都說幾次了，她一個人吃不完，怎麼又來這麼一堆。她發現門口地上那盞小燈沒關，大聲罵咒自己，浪費電。燈罩上有歪斜的字體，那是爸爸寫的：「命苦者免費。」

爸爸過世後，阿公丟了這盞燈，說做生意哪有免錢這種事，了尾仔囝，早死盼仔，登門問事的人就是要付錢，我們只收現金，不開收據發票，絕對不退費，不想付錢的別想進三合院。她偷偷把燈從垃圾桶挖出來，放在床底深處。多年後燈拿出來，插電，竟然立刻明亮，那幾個手寫黑體字在燈泡的照明下開始舞動，攬客招搖。她繼承爸爸的生意準則，一旦察覺對方真是命苦人，她就會少說很多話，不收任何錢。要她不把心裡的話說出來，真是拔指甲酷刑。

咕咕咕。咕咕咕。咕咕。咕咕咕。

不。

比較像是，嗚嗚嗚，或者，呼呼呼。人類狀聲詞無法完美模擬什麼奇怪的鳥叫，她沒聽過。

一隻鳥從三合院屋頂起飛，翅膀奮力與霧拉扯，停在圍牆上，搖晃細長喙，鳥頭朝下快速抖動，發出叫聲。單音，連續短促三聲，或兩聲。

社頭三姊妹　　　　　　　　　　　　　　　　　　　　19

鳥跳下三合院外牆，停在地面上的小燈頂端，看著她，繼續鳴唱，斑紋羽毛沾染小燈光線，金黃璀璨。

哪裡來長相奇妙的怪鳥，從來沒在社頭看過。

「臭鳥，喂，我警告你，不要在上面大便喔，哎喲，拜託你，走開一下啦，我要關燈，謝謝啦。」

她發動機車引擎，鳥又飛回那盞熄滅的小燈上，繼續鳴唱。三聲或兩聲，短促酥脆，聽進耳裡，卻悠長華美。

機車滑出小巷，來到社斗路，一大群人從火車站出發，在社斗路上疾行，一看就知道是外地人，她煞車關引擎，數一數，超過十五個。見鬼喔，一大早怎麼會有一大群外地人搭第一班火車來社頭，不可能是觀光客，社頭有什麼好觀光的，而且這麼早是要看什麼，連鬼都還沒醒。這群人皆穿著大地色戶外服飾，背著大包小包，棕色帽子遮不住沸騰表情，像是出遊的孩子。

目送這群人匆匆踏過社斗路，身影被霧吞噬，她重新發動機車，那隻怪鳥從巷子飛出來，停在她的機車把手上，對著她鳴叫，她嘴形O，喉嚨震，「咕咕咕」回應，不像不像，試試「嗚嗚嗚」，哎呀，她聲音沙啞低沉，學鳥叫變成狗吠。鳥以更多鳴叫回應她，鳥唱人吠，來往相和，不和諧的對唱，聽起來像是在吵架，互潑髒話硫酸。

她身旁的牆上貼滿「織足常樂芭樂國際觀光節」海報，幾位受邀明星的臉擠在上面。

她讀上面的字，忍不住笑了⋯「哈，巨星？明明都是小牌明星，聽都沒聽過，真正巨星死了啦，我救不了，死了啦，你們要請也請不到。」

又一群人，衣著跟上一群人一樣，從火車站那邊走過來，熱烈交談聲夾雜呵欠聲。

霧開始慢慢散去。

鳥不見了。

她看到二號站在對街。

神經病，二號不可能這麼早起吧？不，應該是還沒睡，二號有嚴重的失眠問題。

要是她現在手上有一把剪刀，她一定衝過去，抓住二號，把那頭長髮剪掉。二號長髮有黏性，糾結一團晨霧，整個人像是自噴乾冰，真是個瘖查某，一大早頭頂濃密烏雲的瘖查某，裝鬼嚇人。

一號繼續學鳥叫，咕嗚咕，嗚咕嗚，要是沒死，那些醜死人的海報上，應該有女兒吧。

女兒比這些小牌明星厲害多了。

一號跟二號隔著社斗路對看。

一號隔街對二號喊叫，破嗓響亮，路上的霧被徹底嚇跑。

趕路的外地人全都停下腳步，他們都沒聽過這麼難聽的聲音，那喉嚨是一座焚化爐，塑

社頭三姊妹

膠爛泥碎石鐵絲廢鐵紡織機襪子果皮衣服全部一起焚燒，燒出一句又一句的黑煙敗音。那帶有惡臭的破裂聲音迫人短暫失憶，這群人表情獸痴，手上的昂貴器具重重砸在地面上，忘了來社頭的目的。

她吼：「幹你娘。有人要死了啦。聽到了沒，有人要死了啦，說不定是妳。瘖查某，我跟妳講，我想要唱歌啦，聽到了沒有，唱〈玫瑰〉啦，瘖，查，某，我要去唱歌！」

2. 鄉長

他才不相信,全臺灣幾百個鄉鎮,有任何一個鄉長有他這種能力,聽得懂普立茲得獎小說有聲書。

英文喔,拜託請大家搞清楚狀況,可不是中文翻譯,是英文原文有聲書。他在《紐約時報》書評的Podcast上面聽到幾個主持人熱烈討論這本書,立刻上網買了這本有聲書,認真聆聽。

太忙了,每天行程滿,真的沒時間閱讀,解決方案就是抓時間聽有聲書。

他最新的社群帳號貼文是他戴抗噪耳機的照片,請鄉公所裡的祕書幫忙拍攝「蕭鄉長坐在辦公桌聽有聲書,鼓勵鄉民閱讀」這樣的情境,祕書聽完情境指令,皺眉聳肩拍照,公務員交差心態,完全沒有構圖概念,頭切掉一半,臉歪斜,拍了一堆沒一張可用。算了,只好自拍,幸好辦公室裡工具齊全,手機放上腳架,LED網美燈開最強,桌上擺設精心計算:攤開的社頭地圖、Mont Blanc鋼筆、Moleskine筆記本、康德、美國詩選、維吉尼亞・吳

爾芙、吳明益、賴和，書不能端正擺好，要有點散落，否則看起來像正在閱讀的書。不行不行，怎麼男作家比女作家多，性別失衡，會被指責仇女厭女，趕緊補上賴香吟以及吉本芭娜娜。書傳達鄉長品味，有臺灣本土意識，國際觀，性別平權概念。啊完了，書架上沒有跨性別作家的書，這樣性別光譜是不是不夠多元？啊，那趕快找一下有沒有原住民作家的書，怎麼辦沒有，啊太好了，找到一本輪椅作家的書，perfect，你的車禍與癱瘓是我的多元與關懷。桌上的鄉長名牌當然也要擺進照片，這是自報家門。想當初他剛上任，前任鄉長的名牌還留在辦公桌上，雙語標示鄉長的頭銜跟大名，但「鄉長」的英文根本寫錯了，竟然寫成Superviser，老天啊，怎麼整個鄉公所上下都沒有人注意到這根本拼錯了，就這樣擺了四年，況且根本不是那個字，應該是Town Mayor，他立刻下令重新打造一個新的，結果隔天廠商送來的竟然拼成Town Major，他真是原地爆炸，只好跟廠商回去店裡，親自盯著師父刻字。果真什麼都要自己來，自拍，才能拍出他要的那種質地，傳達「飽讀詩書」的鄉長形象。拍好的照片再用軟體修飾，但不能修得太噁心，最後搭上文字上傳。那段文字他親自執筆：「各位親愛的社頭鄉親大家好！我們每天都不會忘記吃飯，因為我們身體需要營養，但我們常常會忘記，我們的腦子，也需要營養喔。各位親愛的社頭人，不要忘記，每天都要閱讀，我們的腦筋才能夠攝取豐富的知識營養。身為鄉長，每天都有很多會議要開，有很多拜會行程要去，聽取各位鄉民的心聲，讓大家生活過得更美滿。前幾天有可愛的小朋友問我：

鄉長這麼忙碌，怎麼可能有時間讀書呢？我跟各位鄉民報告，我的解決方案，就是聽有聲書，走路，慢跑，開車，我都會戴上抗噪耳機，聽各國文學作品，財經著作。提醒各位社頭鄉民，社頭鄉圖書館正在舉辦閱讀推廣活動，只要來辦證借書，就可以在圖書館櫃檯參加抽獎，幸運的得獎者，可以在本週六的文化平權巡演活動，跟我坐在第一排貴賓席，以最佳的視野，欣賞世界級的精緻表演藝術。大家一起來讀書吧！蕭鄉長再度提醒大家，本週六是社頭的超級星期六，請大家不要躲在家裡滑手機看Netflix，全家出動，一起出門支持社頭的活動，把社頭打造成國際觀光重鎮！祝福大家平安健康，發大財。」

他一開始反對以抽獎利誘鄉民到圖書館辦證借書，他提議要舉辦朗讀，邀請作家來圖書館演講，甚至舉辦寫作比賽，打造自主自發的閱讀環境。但這幾年他的確發現利誘才有效，攜帶愛犬打狂犬病疫苗送菜瓜布，長輩打流感疫苗送保溫面膜，加入街頭打掃志工有機會可在清水岩寺免費點光明燈，參加元宵節踩街活動送印鄉長大名與頭像的購物袋，他原本以為這些便宜物件不可能有人要，但每次都是被索取一空，還會有鄉民上門陳情，抱怨沒拿到菜瓜布。

他今天五點就醒了。手機鬧鐘定05:01，他搶先在04:49就醒了，他盯著手機看，微笑等鬧鐘響。這是他求學時代養成的能力，鬧鐘有兩個：一個是床頭的那個機械鬧鐘；另一個是身體裡的生理鬧鐘，睡前兩邊都必須調好。這是長期自制訓練的成果，他沒有失眠問題，頭

社頭三姊妹　　25

一撞上枕頭，全身立即放鬆，三秒後立即進入夢鄉。他總是能在鬧鐘尖叫之前的兩分鐘醒來，他自覺這是超能力。睡前跟自己的身體約定，他重承諾，說到做到。但床鋪另一端的老婆並不這樣認為，她覺得既然自己會醒，幹麼設定鬧鐘吵別人？今天手機準時在05:01尖叫，老婆身體抽動一下，發出不悅聲響，他刻意不關鬧鐘，她抓了枕頭丟過來。

結婚這麼多年了，他還是不懂老婆，怎麼這麼愛賴床？以前在美國東岸讀碩士，寒冬漫長，他床邊的鬧鐘就是設05:01，他每天都比鬧鐘早兩分鐘醒來，快速一杯熱咖啡，立即開電腦，開始讀書做筆記。當時他們剛結婚，老婆跟他生活習慣差很多，晚睡晚起，為了怕吵醒她，買了可調整音量的床頭鬧鐘，鬧鐘發出細細鳥啾，他立刻關掉，輕吻老婆臉頰。現在，他時常刻意讓鬧鐘多響好一陣子，老婆有時完全沒反應，不知道是深眠還是隱忍，時常直接冷冷地說要離婚。說了幾年離婚，依然同床。有沒有丈量婚姻是否幸福的準則呢？問他，他會說有，就是「鬧鐘分貝」。新婚音量調最小，如今是音量按到最大，有時候，公務手機與私人手機一起攜手尖叫加震動。

今早不開車，決定用走的。從家快走到鄉公所，不過二十分鐘，快走運動，還可以聽有聲書。他走了幾分鐘，涼風喵喵，把他身體當貓抓板，身上短袖襯衫太單薄，怎麼忽然入秋了？立刻捻熄返家添衣的念頭，以前在Brown求學，冬天雪埋校園，他還是會堅持出門慢跑，社頭這微弱涼風算什麼，Brown名號當然已經成為他的隱形舌環，拜託，這麼難申請的

美國名校，全臺灣有幾個人讀過？當然要在日常對話中努力吐舌，炫耀舌環，嚇唬眾人。可惜，社頭很少人注意到他的隱形舌環。Brown？布朗大學？啊？沒聽過，他們只聽過哈佛柏克萊耶魯麻省理工，多吐幾次舌頭，他們還是一臉疑惑，啊？Mr. Brown？賣咖啡的喔？霧經過他，犯入他耳機偷聽，一聽是英文朗讀，趕緊撤退。霧溜得太快了，他正準備露舌環問霧：「你知不知道？I went to Brown.」

其實他根本沒在聽有聲書，超級星期六真是太瘋狂了，腦中有一千個待辦事項運轉，他實在是不相信鄉公所裡的那些公務員，什麼事都堅持要親自督導。他可以，沒問題，他當然可以辦到。

超級星期六，心裡列表：一、彰化童軍大露營閉幕，二、文化平權下鄉巡演登場，三、織足常樂芭樂國際觀光節晚會，還有，最重要的是，四、第四點最重要，一二三都是為了第四點鋪路，他要宣布投入明年縣長選戰。

怎麼會全部都擠在同一個星期六呢？瘋。

彰化童軍大露營早該在上個月就在清水岩露營區落幕，但倒楣遇颱風取消，各校童軍社團協商，避開學校段考，真的就只能選在這週舉辦。

文化平權巡演是他主動去跟縣政府文化局爭取的節目，為此他到臺北拜會很多文化單位，才敲定臺北知名文化表演團隊來社頭演出，無奈也是天氣攪局，颱風都走了，誰知道連

社頭三姊妹　　　　　　　　　　　　　27

續幾天颳怪異強風，團隊評估完全無法在社頭運動公園搭臺，暴風恐怕會吹垮景片。劇團行程緊湊，接下來還要出國參加藝術節，真的只有這週六可以來社頭演出。

織足常樂芭樂國際觀光節是每年社頭盛事，老早就敲定日期。

整個鄉公所聽到三個活動全部撞期，大聲哀號。只有鄉長覺得沒問題，集合整個鄉公所團隊，以Motivational Speaker姿態上臺對所有人信心喊話：「只要我們一起努力，找更多的義工還有社團來協助，我們一定可以辦到！大家想像一下，到時社頭熱鬧滾滾，工廠可以在攤位上把庫存的襪子全部賣掉，芭樂全部銷售一空，所有店家生意興隆，最最最重要的是，各位辛苦的同仁，我們這麼辛苦，就是為了打響社頭國際名號，以後日本人、歐洲人、美國人、新加坡人都會為了拜訪社頭而來臺灣度假。超級星期六，來吧！」

他在美國生活簡潔，專心，讀書，運動，從不參加派對，不菸不酒不藥，他堅信自律節制，人生絕不能有一點岔路，只吃有機食物，控制體重，肌膚保溼防晒，每天背誦一百個英文單字。他唯一放縱是去聽Motivational Speaker的演講，這些勵志演說家大多是男性，以戲劇化的音調訴說自己的人生，激勵群眾正向思考，痛擊職場困境與生命難關，給予清晰的成功法則，迎向光明未來。他追隨幾個特定的演說家，時常追到紐約去。他發現全場千百個觀眾的喉嚨都裝著搖滾巨星演唱會，雙眼潑水節，哭喊終獲救贖。只有他沒哭，他冷看這些激動的人們，捏自己大腿，確認自己沒被臺上那些華麗的正向詞藻給迷惑。他外表

28　星期二

冷靜，但，天，這就是他想要的，他想要站在臺上，操控眾生情緒，引領迷惑的人們抵達奶蜜之地。他付費報名參加勵志演說的訓練工作坊，練習演說技巧，操控群眾情感，販賣自身的奮鬥旅程，揮灑正面能量。是的，正面能量並非實體物件，卻商機上億，可印刷成書，可數位發行，可印上衣物，暢銷保證。

他父親遠從社頭來到Providence參加他的畢業典禮，慶祝終於拿到博士學位，他正想說明跟老婆留在美國生活的計畫，他想成為美國最成功的亞裔勵志演說家，但父親下了指令：

「回來選鄉長。」

他把在美國學的那套演說技巧應用在回社頭的第一場競選造勢演說，親自寫講稿，中英文夾雜，情境目標是「畢業於常春藤布朗大學的社頭高材生，返鄉貢獻所學，為社頭帶來全新國際視野，選我就等於把社頭推向國際舞臺」，語調起伏皆精心計算：「我知道現場的先進大德都認識我父親，我姓蕭，我確實就是個不折不扣的Nepo baby，但這不代表我這個Nepo baby養尊處優，我將運用我在美國學到的國際視野，為社頭帶來Prosperity, Prospect, 還有Prospective, 三P，帶領社頭走向更美的未來！」

臺下當然沒有人聽懂他在說什麼鬼，他們只是呵呵笑，怎麼臺上那個候選人一直在說什麼Nepo, 聽起來不就是臺語的「奶噗」，臺下一群男人打鬧手比劃女性豐胸，低聲說：「奶噗，腰束，尻川有硞硞。」怎麼這個留美候選人在臺上開黃腔啦？還鼓勵三P，我們社

社頭三姊妹　　29

頭要解放了喔,哈哈,這款無路用的跤數來選什麼鄉長,啊沒差,反正他姓蕭啦,一定選得上,明明你姓蕭,我也姓蕭,後面那個在打瞌睡的阿伯也姓蕭,但怎麼只有臺上那個姓蕭的可以穿西裝選鄉長?而我們種芭樂扛水泥袋?你啦,養什麼草泥馬。幹,羊駝啦,哎喲,因為人家老爸當過鄉長,是高級蕭,我們一世人只能是低級蕭。

姓蕭的Nepo baby,果然順利凍蒜。他至今不知道,鄉民私下給他的外號是「奶嘆鄉長」。

他關掉耳機,不行,明天就是記者會了,加快腳步,稿背好了沒?

各位媒體朋友大家好,我是社頭鄉長蕭大衛,歡迎大家來到彰化縣社頭鄉。先跟大家說明一下社頭這個地名的由來,在漢人來此開墾之前,其實這裡並不叫做社頭,荷蘭人占領時期,叫做Tavocol。大家不要擔心寫新聞稿不知道怎麼拼這個字,我們辛苦的祕書剛剛已經傳新聞稿給大家了。當時住在這邊的居民為洪雅族,漢人叫他們「番」,當然,以現在的眼光來看,這當然是很政治不正確的稱號,當時漢人就稱此地為「番社」,因為洪雅族頭目就住在這裡,番社的頭目,就出現了「社頭」這個地名了。

他停下腳步思考,這會不會聽起來很像抄來的?他的確是參考維基百科還有鄉公所的出版品,不行,這段要修,不夠口語,現在太硬了,必須像是對著記者說故事。

繼續。

這個週末是我們社頭的超級星期六，有好幾個大型活動都在這裡舉行。對，全臺灣這週末最熱鬧的地方不是首都臺北，也不是高雄，更不是巴黎米蘭，是社頭鄉。歡迎大家週末來社頭體驗襪子故鄉的純樸魅力。不知道大家有沒有聽過社頭的俗諺：「芭樂多，襪子多，董事長多。」對，我們社頭曾經有獨步全球的襪子產業，家家戶戶都出產董事長，這片土地肥沃，種出來的芭樂特別翠綠香甜。我以前在美國 Brown 大學攻讀學位，除了社頭蒜頭麵之外，最想念的就是社頭的芭樂，今天所有媒體朋友都可以收到一袋社頭出產的芭樂，保證一咬成主顧，我們要特別感謝辛苦的芭樂農民，謝謝他們！

這段好多了。停在路邊幹什麼？辦公室有很多公文等著他。快走。第三段。

大家都知道，敝姓蕭，我們社頭歷任鄉長，幾乎都姓蕭，當然也包括我的父親。跟大家分享一個彰化本地的玩笑俚語：「鹿港施一半，社頭蕭了了。」因為鹿港大姓是施，我們社頭則是非常多人都姓蕭。歡迎大家一起來社頭體驗「蕭了了」的活潑民情！

活潑？這詞彙合適嗎？還是改成熱情？總不能說「蕭了了」，歡迎大家這週末來體驗社頭集體瘋癲吧。這個等一下進辦公室再查一下線上字典，活潑的同義字有哪些？反正說到這邊，記者一定要笑。

從員集路轉進社斗路，快到社頭鄉公所了。看一下手錶，還早，實在有點涼，決定先去藍咖啡買一杯卡布奇諾。小 B 應該醒了吧？傳訊息問一下。

社頭三姊妹　　　　　　　　　　　　　　31

鄉公所前，聚集了一大群人。

這麼早？所有人手上都有專業單眼相機，好長好大的鏡頭。記者？祕書是不是給錯時間了？記者會應該是明天吧？沒關係，給他麥克風，三十秒，三十分鐘，三小時，三天，不管時間長短，任何時刻，他舌頭上擺了整套大英百科全書，牙縫裡塞諾貝爾文學獎得獎作品，隨時隨地都可以演說。

他拉平襯衫，怎麼辦，公事包裡沒有領帶，也沒穿整套西裝。他剛上任，堅持每天辦公都要穿西裝打領帶，結果被批評不夠親民，最好要穿上面印有鄉長大名的競選背心，但他當然不肯，回國服務就是要提升社頭美學，醜死人的競選衣物絕對不上身，逐漸調整成襯衫不打領帶，鬆開第一顆鈕扣。幸好，今早依然平整襯衫，出門前有刷牙洗臉塗面霜剪鼻毛，上鏡頭應該不會太差。下一步，就是縣長辦公室了。選上縣長，他會更早起。

他清喉嚨，確認口氣清新，出門前快速刮鬍，抓一下頭髮，沒問題，昨天才剛剪，露齒笑，大步向前開口招呼這群記者。忽然，不遠處傳來吼叫聲。

這吼叫有重量，像脫軌的早班火車，在社斗路上亂撞。他當然知道火車司機是誰。這個聲音，只屬於一號，社頭人都認得。

四周的霧被火車撞飛，急速退散。

霧散，整條社斗路無車無人，開闊敞亮，涼風散步，商家住家沉睡。鄉公所前聚集的那一群外地人看到路面上一團白白的，好奇怪，難道有一團白霧落單了，被遺留在路面上？還是天空降下一朵蓬鬆白雲，就在路面上停駐？大家揉眼，再看一次，有耳有嘴，四隻腳，非霧非雲。

啊，太奇怪了吧？社斗路中央，站著一隻白色的羊駝。日出，羊駝頭迎向清晨第一道陽光，身上白淨的捲毛被陽光染金。

這群人眼神遲疑，這完全不是他們搭早班火車來社頭的目的，但，臺灣中部鄉下清晨街上出現一隻羊駝，這構圖也很魔幻，有人腦中已經開始幻想以羊駝作品得攝影大獎的畫面了。甩遲疑，這群人衝上路面。那幾秒，鄉長以為這群攝影記者是要衝過來拍他，趕緊又抓一次頭髮。

但這群人眼中根本沒有他。

他是透明的。

蕭鄉長差點被撞倒。

白羊駝看到一群人衝過來，完全沒受到驚嚇，原地繞一圈，在路中央坐下。在這個社頭星期二清晨，一群專業攝影師狂按快門。快門聲所有的單眼相機對準羊駝。而社頭鄉蕭鄉長，就是那一片窗玻璃劈啪響，像是頑皮孩子拿著小石子朝窗玻璃丟擲。而社頭鄉蕭鄉長，就是那一片窗玻璃。

社頭三姊妹 33

FUCK! That fucking alpaca!

這句髒話，他當然沒說出口。能說出口的，只能是排練過的劍橋牛津諾貝爾華格納，他老婆也沒聽過他說過一字髒。髒東西只能放在身體最深的洞穴，絕對不能讓任何人聽到。

3. 小B

小B收到鄉長的訊息：「早安，一杯熱卡布。」

小B很早就被二號吵醒了。二號昨晚一定又失眠，要賴賴趖也不開燈，踢到椅子，摔破杯子。小B起身，房門開縫，對著黑暗的二樓走道喊：「老闆娘，我沒在睡啦，妳下樓拜託要開燈，這樣很危險。」

樓梯傳來二號的回應：「喔。好啦，我怕吵到你啊，你快去睡。」

小B心裡竟然會出現「賴賴趖」這三個字，這是二號教的，來社頭之前，小B一句臺語都不會講。二號每天都教小B一點臺語：「你看你看，臺語真的很有趣，教『賴賴趖』」，二號趴在地上，爬過來爬過去，爬蟲類攀爬蠕動姿態：「你看你看，臺語真的很有趣，像蛇一樣趖來趖去，意思是就是爬過來爬過去，閒晃啦，學起來了沒有？」這女人真的好瘋，根本沒想過店裡有客人，全天下有哪家咖啡館的老闆娘會在地上爬給客人看？小B用手機拍下二號在地上演蛇的影片，長頭髮四散，像是誰在地上潑墨水，原本想要上傳到社群帳號，但想想算了，有點像恐怖片，應該沒有客人會因為

社頭三姊妹　　　　　　　　　　　　　　35

這支影片而上門買咖啡吧？

小B快步下樓，樓下店門已經打開，二號站在店門口外，一頭長髮飄啊飄，幹麼，女鬼早起嚇路人啊。小B打開咖啡機，剛開機，加熱要等十五分鐘，磨豆，準備全脂鮮奶，小B真的好喜歡義式咖啡機發出的各種噪音，吵醒整間咖啡館，桌椅伸懶腰，咖啡杯先刷牙，綠色盆栽喊渴，起司芭樂蛋糕醒了不敢說夜裡尿了一身黃。就貓沒醒，完全沒動。

貓叫Jimi Hendrix。小B過街，入小巷，去一號三合院那邊摘花草，一號問可不可以收養貓？有一隻笨黑貓，全身黑還白腳蹄，常被人欺負，那附近的浪貓也很愛欺負牠，聽說日本不是很流行貓咖啡館？你們咖啡館可不可以養這隻？小B喜歡貓，但，說要問老闆娘。一號瞇眼，命令口吻：「我是問你，搞清楚狀況，不是問她。我才不敢把貓交給她。放心，疫苗都打好了。貓叫她老闆娘，整間店還不是你弄的，以前根本是鬼屋，髒死了，沒有你，店怎麼開得下去好啦，就這樣，三十分鐘以後，你到店外面等我，我把貓交給你。」的名字叫做……哎喲我不會唸，英文啦，就這個，上面有寫。」

一張皺紙，上面有貓臉跟貓名。小B忍不住問：「阿姨，妳這麼疼社頭的貓啊狗啊，我可不可以問，為什麼，不養在三合院啊？」

說到貓狗，一號眼睛裡的硬石瞬間軟成棉花糖：「小B，不是把你當外人，但……這實在是很難解釋，很難懂，我也不懂，很多事，你不知道比較好。」

36　　星期二

小B心裡想,講得好像很神祕,不養在三合院,明明是因為妳有恐怖的潔癖吧。

白腳蹄Jimi Hendrix住進咖啡館,親人不怕生,喜歡在客人的大腿上睡覺,的確有不少年輕客人上門都是為了看黑貓。但大部分長輩客人不喜歡黑貓,看到就皺眉。

鄉長來到門前,對二號點頭:「二姊早。」鄉長最近每天都這麼早來買一杯咖啡,疲勞在他眼睛四周採煤礦,但脊椎鋼鐵旗桿。

日出被周圍建築物擋住,陽光仍未抵達「藍咖啡」這間老屋,街景黯淡,從屋內往外看,社頭像一張潮溼皺爛的老照片。二號剛剛開燈,一定按到了店招牌的開關按鈕,「藍咖啡」招牌噴濺藍色光芒,鄉長跟二號站在招牌下,身影染藍。藍色的兩人保持禮貌的距離,不言不語,不看彼此。

小B端盤,開門,熱卡布給鄉長,蝶豆花茶給二號。兩人在門口的長凳坐下,依然無語,領首,各自啜飲,二號一嘴藍,鄉長上唇奶泡在招牌下發出奇異的藍色光澤。藍藍的涼風坐在兩人中間,也好想喝一杯。

小B從口袋拿出手機,偷偷拍了一張兩人藍色背影的照片,順便查看一下自己的社群網路帳號。咦?什麼?但丁昨天晚上傳來的影片,點閱率竟然超過十萬。什麼鬼。小B沒刻意經營帳號,每天隨意上傳在社頭看到的各種人事物,點閱率通常都個位數。但丁昨晚傳來幾個短影片,鄉公所,芭樂園,運動公園,不同社頭場景,都有同一種鳥。小B剪輯影片放上

社頭三姊妹　　37

網，想不到有這麼高的流量。

二號開口了，說出的每一個字母都是藍色的：「怎麼辦。我姊說，她要唱歌。」

小B想起，搭火車抵達社頭那天，面前是尋常臺灣中部小鎮風景，沒有高樓，房屋密度稀疏，週三下午，雨剛停，天空慘藍，不知道要去哪裡，就沿著火車站正前方的社斗路走，一路數，只遇見了三個人。實在是好累，街旁老屋前有長凳，再不坐下來，小B就要原地瓦解了。

二號開門，看到長凳上的小B。

二號問小B的第一句話是：「喂，請問，那個，先講，拜託拜託不要生氣。如果是男生的話，可不可以幫我爬一下梯子，太高了，這個我掛不上去。」

很白目，但，問一下啦，你是男生還是女生？拜託拜託不要生氣喔，我這個人說話

38　　　　　　　　　　　　　　　　星期二

4. 二號

二號最近早上一定要喝一杯藍色蝶豆花茶。本來是喝手沖咖啡，但已經好幾個禮拜了，她都跟小B說，想喝蝶豆花茶，一整夜失眠，早上喝一杯，感覺全身血液都變成藍色的，終於可以去睡覺。這茶似乎是她跟母親唯一的連結，她總是希望，再喝一杯，就會想起來母親的味道。她聞不到母親，母親長什麼樣子，跟自己長得像嗎？她很用力想，想到一頭長髮螺旋星系，忘了就是忘了。她最近一直常想到母親。長髮的母親。一直想一直想。藍藍的。母親長髮完全蓋住的母親。她好想撥開那些長髮，看清母親長相。一直想一直想。藍藍的。母親的嘴角流出的血不是紅色的，藍藍的。

自然界很少有食物是藍色的，藍莓，葡萄，不不不，她覺得那些其實比較趨近紫色。她在網路上看到一篇減肥文章，要是把所有的食物都染成鮮藍色，人們食慾就會大降，可以抑制食慾。藍拉麵，藍雞排，藍比薩，藍蘑菇，藍青蛙，藍魚，藍瓶僧帽水母，色澤很美沒錯，看了就覺得有毒。但這招對她無效，她好喜歡藍色食物，藍漢堡？快端出來！在西班牙

社頭三姊妹

39

的那幾年，樓下冰淇淋店家在每桶冰淇淋上都以文字標明口味，單獨藍色的那桶沒有文字，就一張藍色小精靈的圖片。她想像店家將十幾隻活體藍色小精靈丟進果汁機裡攪碎，加奶冷卻，做成這款鮮豔藍色冰淇淋。若問她，藍色小精靈冰淇淋到底是什麼口味？她會說：「廢話，就藍色小精靈打成汁的口味啊。」

蝶豆花茶真的是藍的，不是人工色素。蝶豆非社頭原生植物，但她從小就熟悉此植物。三合院庭院裡種了很多奇妙的植物，號角樹，大果榕，大果藤榕，蛤蠣蕉，鳳梨釋迦，抱子甘藍，斑蘭葉，蝶豆，當年並沒有人知曉這些植物的名稱，只覺得葉子花朵果實都長相奇特，氣味有外國腔調。上門求事的客人必須在一盆一盆的植物裡繞，直到有點暈眩，某株植物招手，摘花或葉或果，回神明廳請示三仙女。

二號母親通曉所有植物習性，負責施肥澆水鬆土，有些植物小盆栽種，有些需要大面積土壤。二號不記得母親的臉，但記得母親對植物唱的曲調還有說的話，不是人間語言系統，是宗教吟唱。二號母親對蝶豆藍花唱歌，身體散發清徹的淡藍幽香，二號跟一號還有三號說：「我媽好香。每次她對那些藍花唱歌，最香了。」一號跟三號雙眼塞滿問號，二號才知道，原來，只有她聞得到。二號母親採蝶豆花製茶，茶色湛藍，夏天加冰塊，天涼熱飲，最好以透明的杯具裝，杯裡一片寧靜的藍海。帶裝藍海的水壺去學校，同班小朋友尖叫：「好可怕的顏色！是拿水彩筆進去抈嗎？可以喝嗎？喝了會不會死掉？你們家真的好奇怪。」

小B真的很厲害，二號猜，應該是一號教的？小B說，店名藍，總要有個藍色招牌品項，自己去三合院那邊採蝶豆藍花，回來店裡製茶，搭配限定藍色星空起司蛋糕，還染藍卡布奇諾的奶泡，每天都賣光光。小B泡的蝶豆花茶是藍咖啡，色澤與滋味非常趨近二號母親的手感，清新幽香，她喝第一口就亂哭，哭到小B把她拉到樓上去，說這樣會嚇到客人。她哭喊沒關係啊，全社頭都知道我是瘋查某啦。

真是想不到，她會跟小B一起住在這棟社斗路上的老屋，一樓藍咖啡，二樓隔成兩房。當初她聞小B，一直聞到某個強大的男人氣息，面前這個過瘦的年輕人，放棄身體內外全部面積，讓某個男人全面占據，完全失去自己的味道。男人味道太強烈了，從小B身上飄散，快速在二號面前形成一個完整的男人氣體軀體。她忍不住說：「留個小鬍子，髮型好油，也沒有很帥啊，穿⋯⋯西裝？喔，結婚喔，新娘不是你喔，哎喲，幹麼把自己搞成這樣，這種的路上隨便找都有。哎喲哎喲，等一下，我聞到了，我看到了，原來，雞雞很大喔，難怪，哎喲，早說嘛，原來你喜歡這種的，嘻嘻。」小B一臉驚恐，什麼都沒說，怎麼面前這位阿姨，好像摸透一切。她想自己年輕的時候，一定也是這個樣子吧，真傻，喜歡就，再找就好了啊，年輕人真是笨，愛不到就愛不到，怎麼就來社頭了，這地方沒有人會愛你啊。她對小B說：「沒地方去喔？要不要住樓上？有空房。先不用想房租的事，老娘有的是錢。」

人生真是荒謬，有那麼多男人要跟她住，說要跟她一起到老，結果最後跟一個不男不女

社頭三姊妹　41

的住。但就因為小B不男不女，她才敢開口問。要是小B就是個男的，那穩死。她已經殺了很多男人了，好累喔，不想再殺了。

第一個說要娶她的男人，物理系，大她兩屆。

她十八歲離開社頭去臺北讀大學，其實根本不想讀書，但讀書是光明正大的離鄉手段，對，這是手段。三姊妹，她最會讀書，考上第一志願彰化女中，每天搭火車去彰化市上學，通勤的路上，她發現了原來自己似乎長得不算差，很多男生看到她，身上就會釋放強烈的情動氣息，常有情書塞到她書包裡，她實在沒空理這些男生，她必須非常用功，讀書真的是手段，考上臺北的大學，她就終於可以離開社頭。

終於抵達臺北，開學第一天，就有很多學長邀約，不是一個，是十個。她照鏡，大眼疑惑，來到了大都市，自己依然是美女嗎？怎麼阿公都罵她們三姊妹醜。她發現約會很省錢，學長們都會請吃飯，晚上還會有好多學長爭相送宵夜來宿舍。室友大啖宵夜，鹽酥雞滷味東山鴨頭藥燉排骨，大家都羨慕她的長相。但她都只跟這些男生吃飯，沒牽手沒進一步。她覺得這些男生身上的味道就跟每晚宵夜一樣，太雜了。

物理系的學長，是她第一個男友。通識課，歌劇概論，老師關燈播放歌劇影片，整間教室睡成墓園，只剩她和老師還活著。物理系學長遲到了，選了她身旁的座位，不看歌劇影片，看著她，以普契尼高音做掩護，對著她說：「妳眼睛好像深海，我好想跳進去，

diving。」她笑了，沒有人類會說這種鬼話吧。旁邊這個男生味道很清爽，她深呼吸，聞到了他的家世，美國出生，家住安和路昂貴豪宅，爸媽都在金融業，富貴命，不識苦，無煩無憂，舊金山有房子登記在他名下。安和路在哪裡？室友跟她說，那是高級地段啊。

跟物理系學長交往了幾個月，她收到了戒指。社頭來的瘠查某，哪懂什麼是Tiffany，傻傻收下藍色小盒，說好啊，畢業之後就結婚。傻啊，根本沒見過對方家長，天真以為畢業後就可以直接從學校宿舍搬到安和路，或者舊金山。某晚物理系學長打電話進宿舍，請她下樓，遠遠，隔著三棵大榕樹，她就聞到了。她大叫：「不要過來！」三棵老榕微微擺動氣根，每晚都有校園情侶牽手分手，看多了，但，這個女生不一樣，不准男生靠近她，自己選了一顆榕樹，抱著樹，聽男生站在三十八公尺外哭。她沒哭，聞到了，理解了，接受了。她聞到對方家長的憤怒，有社頭味道，從出生那一天就被詛咒了。榕樹垂下氣根，靠在她肩膀上，噴出溫暖的氣體，包圍她。榕樹在校園裡幾年了？榕樹自己也忘了，但這是第一次，有人類聞得到樹的味道。樹用氣體味道，抱了她一晚。

物理系學長哭完就走了，從此消失，據說，去NYU了。

她很感謝物理系學長的父母，他們讓她徹底理解，要去安和路？要去舊金山？別想靠別人，只能靠自己。

社頭三姊妹　　　　　　　　　　　　　　43

畢業後她進入美商公司工作，去舊金山出差，從臺北跟她一起去的老闆半夜敲她的房門，當地公司老闆簽約的時候一直看著她胸部，在飯店酒吧不斷被招待飲料，她完全不喜歡那些男人的味道。清晨出去散步，被慢跑的男士撞倒。男士汗味有綠茶香，那一聲聲sorry sorry裡，她聞不到父母，剛剛跟交往很多年的女友分手，孤獨，快要加薪了，善良，喜歡去海島度假。兩天後，老闆又在深夜來敲飯店房門，她這次開門了，雙手奉上辭職信：「有人跟我求婚。Bye。」

想想真是天真，當初以為，就這樣在舊金山安心住下來，遺忘社頭。那幾年的確是很安穩的加州生活，兩人恩愛，到處旅行，在高級住宅區買了大房，甜蜜美國夢，週六在庭院烤肉派對慶祝結婚紀念日，沒有人相信，他們才認識一小時就上床，當天就準備結婚。

是個晴朗秋日，老公出門慢跑，從此沒回家。她去認屍，警察說正在追查逃逸的車輛，她好想打電話給一號跟三號，但她非常用力把社頭老家電話號碼給忘了，好多文件要簽，好多電話要打，就是想不起來那串電話號碼。

喪禮過後，她沒辦法住舊金山，到處都是死去丈夫的味道，真的不想回社頭，那就搬去西班牙吧。他們在西班牙Mallorca島買了濱海渡假小屋，說好每年夏天都去住一個月，結果自己搬去住。

幾個月後，西班牙大鬍子男在海邊跪下來跟她求婚，她聞到他身上冒出味道，撥開熱

44　　　星期二

氣,深呼吸,啊,那味道是一串電話號碼,不管她答不答應,他等一下都要去打電話給在馬德里的母親,母子小時候窮,在街上住過一段時間。就在那刻,她終於想起來社頭的電話號碼。男的哭著衝去打電話給馬德里,女的打給社頭。是一號的。

「喂。」一號的聲音依然粗劣,一聲「喂」,把二號多年的耳垢震出來。

「是我。」

「誰啦?我還以為妳死了。」

「家裡,那個,我是說,大家都好?」

「幹你娘,妳覺得呢?我們有可能好嗎?好個屁。」

三號搶下電話:「喂喂喂,是妳喔?妳在哪裡?有人說妳嫁去美國,都沒說一聲,也沒發個喜帖,怎麼忽然打電話回來?」

「我,就忽然想到。」

「喔,妳在美國喔?」

「我在⋯⋯西班牙。那個,我下禮拜要結婚了。」

「西班牙?結婚?妳是在演三毛喔?」

三號說得沒錯,果然是演三毛。過了幾年好日子,她把加州的房產都賣了,想說要不要邀一號跟三號飛來西班牙小島看看,三姊妹這麼多年沒相聚了,小島上有很多美麗地中海植

社頭三姊妹　　　　　　　　　　　　　　　　　　　　　　　　　　　　45

物，看要不要帶回去三合院種。尋常夜晚，他們外出用餐，在碼頭散步，海面上出現一大片夜光藻，發出晶瑩藍色光芒。她對大鬍子說：「我們臺灣好像也有這個，叫做藍眼淚。」大鬍子驚呼說好漂亮，要跳下去抓她一把給她，不然都不知道結婚紀念日要送她什麼。她來不及阻止，大鬍子就跳下去了，隔天才被撈出來。

直到收到第三個老公的死訊，她才終於對自己承認，阿公當年說的話，都是真的。

「三姊妹，三個痟查某，剋父母剋夫，破格，掃帚星。」

第三個老公是芬蘭人，滑雪遇雪崩。北國喪禮，來了位警察，她心想，來了，終於有警方發現，她在不同國家嫁了三次，三個老公都離奇死亡，都留了不少遺產給她，疑點太多，來抓她了，完了，她要怎麼辯解呢？老實說明自己的出身嗎？「哈囉，我來自臺灣彰化社頭，是蕭家編號第二號的痟查某，大家都說，我出生那天就被詛咒了，一輩子剋夫，執勤聽到老友過世，穿制服趕來致哀。」原來警察不是來抓她的，卻被她的美貌給上銹了。警察真是深海，男人看了就想跳進去潛水，連續殺人犯該收手了。她當下決定要剪去長髮，以後日夜都戴墨鏡，連續殺三老公嫌犯一個人走進屋後森林，極光迷醉稱讚她長髮好美。她雙眼真是深海，男人看了就想跳進去潛水，而且是那種不帶氧氣設備的自由潛水，從容赴死。喪禮結束送客，連續殺三老公嫌犯一個人走進屋後森林，極光在天空現代舞，每天都跟她說早安的北國松樹群在寒風中微簌，飄散著芭樂樹的味道。啊？

感冒了嗎?鼻子凍壞了嗎?怎麼會聞到芭樂樹的味道?伸長舌頭,雪花在舌上堆雪人,收舌,雪人在嘴裡融化成芭樂汁,天哪,真的是芭樂汁,熟成鬆軟芭樂榨成的甘甜果汁。啊,原來,社頭來芬蘭了。她怎麼會來到這個雪國北極圈小鎮?這裡人口比社頭還少,她天真以為,抵達世界的盡頭,社頭就會找不到她,她也忘了社頭,從此相安無事。誰知道故鄉悄悄追趕,來了,還是來了,占領了這片森林。她放棄了,累了,不想再跑了。她打電話回三合院,三號在電話上大叫:「妳快回來啦!社頭發生大事了啦!」

「啊?怎麼了?」社頭,能有什麼大事?

「大姊懷孕了啦!快生了啦!」

藍茶喝盡,長凳另外一端空無一人,鄉長什麼時候走的?小B披上外套,在長凳上坐下來陪她⋯⋯「續杯?」她搖頭,等待睡意,杯裡藍海熱氣氤氳。茶盡,杯暖。

「妳都沒睡喔?」

「有啦,多多少少睡一點。剛剛快要睡著了喔,風涼涼的,一定很好睡,結果我就聞到奇怪的味道。」

那群人應該是搭第一班火車抵達社頭,腳步聲抵達之前,她就已經聞到味道,一群外地人,攜帶許多昂貴器材,身體噴發出濃烈振奮氣味,她先聞到羽毛,接著是喙,鳥爪。第

社頭三姊妹　　47

一群人剛過不久,第二群人又來了,這次味道更重,她鼻孔變成鳥籠。咕咕咕。咕咕咕。咕。咕咕咕。吵死了!整個身體已經變成生態鳥園,她根本沒看過這些鳥,為什麼在她身體裡盤旋鳴叫,真的睡不著了,下樓探查。

她跟小B解釋過好幾次,她的嗅聞異於常人,但她實在也不知道怎麼說清楚。味道和大自然說話:樹、花、雲、風、海、河、土對她釋放氣味,她也以自己身體的氣味回應。今早的那場霧,氣味帶著警告,但還沒說清楚就被一號嚇跑了。人類的存在組成,骨骼血液肌肉臟器,科學難以測量的,則有靈魂精神氣場。但她很小就發現,在她的世界裡,嗅覺為首,人類是氣味所構成的存在,軀體為容器,收納各種氣味。此容器不密封,隨時洩漏氣味。或許用拼圖的概念來解釋,有助理解。人的身體時時刻刻都會掉出幾塊拼圖,形狀不規則,光看這些零散的小塊氣味,就能擷取許多訊息,出身、走過的路、吻過的唇,此生哭過的淚加起來重量多少,愛過誰,最恨誰,喜歡煎蛋還是炒蛋還是水煮蛋,睡覺平躺還是側睡,身體深處那個最深最難抵達的洞穴裡藏著什麼。有些人體質大方,例如小B,面對陌生人無防備,一下子就抖落一大堆拼圖,稍微整理一下氣味,小B的意念思緒就聚合成那個小鬍子男人的形象,非常完整。此刻她聞著小B,不錯,來社頭一段時間了,那個小鬍子男人味道淡了很多,漸漸有自己的味道了。有些人身體閉合,皮膚上滿是長年建築的防禦圍牆,但一定還是會有一些小塊拼圖,拆牆穿牆翻牆。例如剛剛坐在她身邊的蕭鄉長,肌肉骨骼緊

繃，逃逸出來的小塊氣味拼圖，是來自身體深處洞穴裡的FUCK。

社頭醒了。白羊駝，摩托車，單車，趕路去搭火車上學的高中生，都是她熟悉的味道。羊駝彎進對街巷子，應該是要去找一號。她輕聲喚羊駝：「喂，她去餵貓餵狗了啦，來啦。」她好喜歡撩起長髮，披掛在羊駝背上，頭靠上去，羊駝毛髮的氣味過濾她紊亂的思緒，摸摸牠，跟牠一起散步，終於呵欠雷響，想上樓去睡覺。白羊駝的氣味不複雜，書頁，樹葉，漿果，假陽具，矽膠屁股，性感蕾絲內衣，最喜歡吃芭樂。

這世界上，應該只有一個人，她完全聞不到味道。

羊駝的主人。

社頭三姊妹

49

5. 但丁

但丁睡了十二個小時。睡前炎夏,醒來秋霧。

夢裡誰哭整晚?

夢裡他哭,老婆哭,孩子哭,沒有任何哭聲,悶著哭,沒有人聽見,只有社頭天空聽得到眼淚,聽著聽著,也跟著哭。天空愛哭鬼,害他身體鬧水災。鳥啄破磚牆入屋,咕咕咕,咕咕咕,咕咕,咕咕咕,停在他的矽膠蜜桃臀枕頭上,咕咕,該醒了,超級星期六要來了,咕咕咕,尖長的彎喙輕輕在他額頭上敲擊,啄破睡眠,他黝黑皮膚開出好幾個小洞,假陽具漂流,腦中的社頭雨衝破小洞,雨水噴出,整間禁果情趣用品店洪水氾濫,發出色情片演員的呻吟聲,乾癟充氣娃娃在盒裝裡等待多年,發霉的色情DVD遇雨滋潤,雨水灌飽,在晨光中膨脹成豐滿美麗的金髮女子,此刻終於被雨水灌飽,身體裡的火還沒撲滅。沒有雨,禁果就要燒起來了。幸好有大雨。

但丁好久好久好久,真的想不起來有多久了,反正很久,久到一頭捲髮都花白了,時

間亂序，不是昨夜還一身少年郎？社頭最年輕的董事長，剛剛結婚，人生要衝上雲端了，怎麼怎麼到底怎麼了，發生了什麼事？他喃喃自語：「好，久，好，久，好，久，好，久，好，久，好，久，」他總是重複字詞，說話就是在口腔爛泥裡打撈，翻攪良久，撈出鐵絲，鐵，絲，怎麼，又鐵絲。好久好久好久沒夢到老婆了。少年郎睡了十二個小時，醒來白頭翁。

社頭人都知道他是瘋子，說話語調不規則跳躍，大部分時間很緩慢，有時飛快，總是似乎在唱歌，曲調粗濁不和諧，字詞重複又重複。剛好，這個住在禁果情趣用品店的瘋人也姓蕭，全部蕭了了。

但沒有人懼怕他。社頭人都知道他瘋了，但他的瘋，不瘋不狂，毫無攻擊性，很有禮貌，雖年邁，背依然挺得很直，高大粗壯，巨手可以抓好幾顆芭樂，大腳如舟，髮絲漩渦捲，身上衣著乾淨，眼哀，幾乎無言，在社頭到處遊走。就是那雙哀眼，透露了瘋狂的訊息。注意看，他那雙眼裡有好多好多刀，根本就是五金行裡放刀具的那一面牆，剁刀，水果刀，鐮刀，美工刀，小刀，多功能瑞士刀，剪刀，斧頭，請不用怕，觀者無需畏懼，因為那些刀雖然鋒利，刀鋒刀面卻完全不對外，不針對任何人，全都朝內，只針對自己，半醒半夢，隨時準備向他自己眼睛深處丟去。只要來一陣強風，地震，季節猛換，忽晴忽雨，樹枯花萎，那些刀全都會瞬間被搖醒，朝內瞄準他的腦，無情猛烈斧劈。他從來不喊痛，不求救，很少發出聲響。但總有必須說話的時刻，一開口，詞彙紊亂反覆，彷彿智能有缺憾，腦子都

被刀切爛了，組不出一句完整。小孩子欺負他，拿石頭丟他嚇他，他從來不反擊。大人斥喝白羊駝的神經病，是董事長？怎麼可能？大人最愛亂講話了，如果這個瘋子真的是董事長，怎麼會住在禁果情趣用品店裡面？孩子曾經偷偷抵達禁果情趣用品店，透過玻璃櫥窗，看到他枕在假屁股上面讀書，超變態的。

問社頭人，大家其實都想不起來，董事長什麼時候搬進禁果？

很多人還清晰記得禁果情趣用品店的紅色輝煌年代。鄉間道路，芭樂園旁，蓋了一間單層樓的小屋，鐵皮屋頂，混凝土磚牆，大片玻璃櫥窗。路過的人猜想，農舍吧？但農舍怎麼會有這麼大片的對外透明玻璃？賣檳榔？卡車運來紅色招牌那天，附近農人才知道，原來是情趣用品店啊。招牌好幾塊，不同尺寸，大紅底，白字，小屋後方是芭樂園，翠綠果樹襯鮮紅，「禁果情趣用品」幾個字在陽光下非常顯眼。夜，禁果的招牌通電，閃出晶亮的紅色，櫥窗玻璃擺放了幾個巨乳櫥窗模特兒，展示紅蕾絲內衣，尺寸誇張的性愛道具。那個老闆是神經病嗎？開店不是要去火車站附近，怎麼會來到邊陲地帶，在芭樂園裡面開店？大家很快就理解了，情趣用品哩，性不可啟齒，買性愛用品簡直敗德，傷害淳樸社頭民風，要是店開在火車站附近那邊找黃金店面，顧客上門就會被大家看見，男豬哥，女淫蕩，見笑丟臉，教壞小孩，那生意一定很

52　　星期二

差。店選在芭樂園，附近無車流人潮，顧客能安心上門挑選情趣用品，不用擔心買了假陽具矽膠屁股之後走出門會遇到自己的阿嬤或者國中數學老師。

純樸的社頭，怎麼會有人需要這種敗壞善良風俗的商店？家長警告孩子不可以接近那家店，很多人預言，一定幾個月內就會倒店。但事實證明，原來有好多人需要禁果，沒有人承認去過那家店，但店的生意很好，一直不斷有卡車前來補貨。聽說啊，很多客人都是別的鄉鎮開車過來的，跨過鄉鎮邊界，在社頭鄉間的芭樂園無人熟識，戴個帽子走進店裡快速抓了東西結帳，完全不會有被人認出的風險，就算真的衰尾遇到阿嬤也一定是住在別鄉鎮的阿嬤，過年才會見到。某天忽然颳強風，吹跑了屋頂上最大塊的紅色招牌，老闆大手筆，換上一個比小屋還巨大的紅色招牌，架在小屋立面上方，這次的紅更鮮豔，採用了進口防風防雨帆布材質，「禁果」兩字加大加粗，老闆一定賺很多，不走省電路線，帆布四周掛滿燈，亮度調最高，做招牌的師傅保證這新招牌防風防曬防地震防海嘯防末日，紅永不褪色。社頭夜，偏僻的芭樂園那邊有一間當地人都知道，但絕對不會高聲談論的店面，在黑暗的鄉村小路上發出刺眼的紅光，幫欲望高漲的色男色女指引道路，導向禁果豐收的正途。

可惜啊，網路踩爛了芭樂園旁的鮮紅禁果。網購太方便了，在家裡動動手指，就能買到各式各樣的情趣用品，根本不用出門去一趟荒涼的芭樂園，再也不用冒著遇見熟人的危險。

沒有人知道禁果老闆去哪裡了，沒有貼出告示，忽然就消失了，整間店還塞滿滯銷的情趣貨

品，紅色大招牌停止在夜裡閃耀，芭樂園的紅色禁果被摘掉，夜回歸黯淡。

後來，大家聽說，蕭董事長搬去住了。什麼？那個發瘋的董事長？誰說的？真的還假的？沒有亂說？啊裡面有床嗎？可以住人嗎？有洗手間嗎？有水有電嗎？裡面那些墮落的東西都沒搬走，他會拿來用嗎？

沒水沒電，但丁不在乎。沒床，一開始睡地上，背實在是太痛了，店裡架上有很多很多情趣服飾，在角落堆成長方形，用膠帶固定，他高大的身體躺上去，沒有解體，情趣服飾柔軟承接他。矽膠假蜜桃臀當枕頭，頭靠上人造蜜桃股溝，頸肩都得到支撐，非常舒適。有浴室，裡面有馬桶，還有一個心型的粉紅浴缸，裡面塞滿各種尺寸的繽紛假陽具。白天芭樂農人忙碌，不算吵，入夜後是他最放鬆的時刻，人散，幾乎無車，蟲鳴蛙叫，芭樂樹靜靜開白花，不用鎖門，沒有人會接近這間小屋。頭靠上軟軟的矽膠屁股，立即入睡。

是他自己找到廢棄的禁果小屋。他在社頭到處遊蕩，像鬼魂，有天夜裡經過已經歇業的禁果情趣用品店，覺得視覺裡有一大根紅蠟燭被捻熄了，以前經過這片芭樂園，總是有炯炯紅光燃燒一整夜，怎麼現在一片暗闇？敲敲玻璃門，無人應答，推開門，幾個櫥窗模特兒躺在地上，缺腳缺手，身上的蕾絲鮮豔服飾歪斜，一地凌亂貨物。他摸黑把櫥窗模特兒扶正，貨物放回架上。他連續觀察了幾天，確定禁果已經被屋主遺棄，就搬來了。

一號在市場賣菜，聽到一群人低語說，有好幾個人看到但丁搬進去那間禁果了？哎，好

好一個董事長,大房子不住,怎麼會落魄到搬進芭樂園裡的鬼屋,他真的是瘋了,有人目睹他在芭樂園那邊洗很奇怪的東西,上前關心一下,夭壽喔,竟然是在洗一大堆,哎喲,我不敢說啦,反正就是很變態的東西,長長的,哎喲,不死鬼。哎,其實我以前在他的工廠裡面工作過,他對員工真的很好,時機好的時候,很多襪子工廠的董事長賺飽飽,員工每天加班,根本沒賺到什麼,襪子訂單不來了,那幾個董事長全都跑了,根本不管員工死活啊,只有他,他真的很照顧我們。哎喲,誰知道他會變成這樣……看醫生真的沒用嗎?不是聽說吃藥就可以?董事長以前真的很照顧我,所以我每次看到他,都會塞一把菜給他。你們噢,年輕人都不知道,他現在是老了,但那張臉還是很好看,拜託,伊少年的時陣有偌緣投,工廠裡的員工看到他都會臉紅,不只女生,男生也會臉紅喔!我們現在的奶噗鄉長一天到晚都在炫耀自己學歷,好像他是全社頭第一個出國深造的,煩,其實但丁比鄉長更早出國留學,留歐的,名校啦,據說會講八國語言,那個年代誰能出國讀書啊,國外廠商來社頭看襪子,都不用請翻譯喔,董事長親自來,哎,誰知道,命這麼好。

一號立刻騎摩托車拜訪禁果,但丁開門迎賓,搖頭憨笑,禁果小屋裡還是沒張椅子可以請客人坐下,也沒辦法泡茶請客人。一號看了一下環境,馬上去辦理水電。一號覺得但丁住在裡面,不算太差,至少看起來情緒算是穩定。這個小屋裡真的很多不堪入目的東西,她

視線直接自動噴霧，心型浴缸裡面裝的條狀東西，她其實看不清。但丁明明名下有大房子，但根本待不下。有一段時間，但丁狀況很差，睡在田間，橋下，圳溝，火車站，清水岩山區步道，至少此刻願意進屋子裡睡覺。她問但丁有沒有好好睡覺？要認真吃飯啊，需不需要買什麼電器？但丁想了很久，擠出一句緩慢的重複：「有，有，有有，有，有。不，要。不要。」

但丁沒說謊，在熄燈的禁果裡，遠離人群，他可以晚上六點就在假乳假陽具假屁股的環繞下躺平，睡至少十小時。

只有在睡眠裡，但丁的身體是開放狀態。在社頭路上走，遇到任何人，他是絕對閉鎖模式，肌肉緊繃，絕對不允許身體分泌任何情緒。只有眼神的哀傷，他藏不住。沒關係，路上撿到好幾副太陽眼鏡，戴上遮哀。全身用力，不露聲色，看似無喜無怒，旁人眼中只剩瘋。他真的很會藏，建築不漏音不傳訊的高牆，二號聞不到他，三號聽不見他。所以，他只能獨自睡，絕對不能在任何人面前睡著。羊駝例外，他可以跟羊駝一起睡。

睡覺就是開放與放開。肌肉鬆弛，茶葉遇水舒展，冰雹在手心融化，大片玻璃從高樓墜落。天黑了就睡覺，他躺在性感蕾絲內衣編織而成的床墊上，分解成千萬個碎片。放開了，火燒起來，往事來了，他可以哭了。社頭晚安。

但丁叫做但丁，不是因為他長得像寫《神曲》的但丁，這是他的外號。隨便詢問任何社頭人，有沒有讀過《神曲》？搖頭機率百分之百。那，有沒有聽過但丁？很多人都會點頭，但他們心裡想的不是義大利的Dante Alighieri，當然也沒讀過Divina Commedia，點頭是因為那位住在禁果裡面的董事長。董事長平常走在路上，總是抓著一本厚厚的精裝版書籍。根本沒人敢問董事長，手上抓的是什麼書？是正在讀的書嗎？為什麼來火車站會帶一本書？為什麼來芭樂園幫忙套袋施肥會帶一本厚厚的書？為什麼來芭樂市場會帶一本書？為什麼來芭樂市場買菜買肉會帶一本書？到底是什麼書？直到有一天，誰家的女兒在臺北讀大學，讀什麼義大利文系，拜託讀那個幹什麼？讀完能進去台積電工作嗎？沒前途，還不趕快轉系？但反正那家的女兒返鄉過中秋節，在雜貨店裡遇到了拿書的董事長，跟其他人說，董事長手中的，是但丁的書喔，精裝版，而且是義大利原文。耳語傳來傳去，老實說大家也不知道是哪個但哪個丁，董事長已經瘋很久了，襪子工廠都荒廢了，繼續叫董事長太奇怪，就改叫他但丁。反正是外號，好記好叫就好。

二號也常來禁果，送便當、衛生紙、香皂、餅乾、零食、棉被。其實她並不喜歡出門，躲在咖啡館二樓，比較不會聞到那麼多人間味道，要是沒帶墨鏡沒戴帽子，就會遇到有男人要跟她結婚，煩死了。小B來社頭之後，二號就派小B去禁果送飯菜。二號原本很擔心但丁會排斥小B，交代若是氣氛不太對，就把便當放在禁果門口就好，不一定要進

社頭三姊妹

去。但小B送便當回來，單車籃裡裝著一根巨大的肉色假陽具，上面筋紋擬真細緻，小一臉羞愧：「哎喲，我不想要啊，但是他堅持要給我，大概是要感謝我做的排骨便當，我一直說不要不要，他堅持要放在我的籃子裡。」二號想像小B騎著裝有巨大假陽具的單車在芭樂園裡前進，一路上那根不斷戳刺社頭人的眼睛，忍不住大笑：「哈哈，我要瘋了，小B啊，董事長好聰明，一眼就看穿你，選了最大根的，哈哈哈。」她詳閱假陽具說明書，整頭長髮如電鰻離水抽動放電：「是電動的！」

但丁關掉腳邊的電風扇，昨晚三十幾度，沒開電扇簡直《神曲》地獄第六層，烈火灼燒。好久好久沒夢到老婆了，一定是睡一睡，氣溫驟降，身體轉速受溫度制約，熱就熱，想像自己身體裡裝滿玉米粒，受熱炸成爆米花，全身腫脹酥脆，每一寸肌膚都忙著爆汗，沒空間東想西想，他最怕這種涼涼的天氣，芭樂園秋霧瀰漫，爆米花遇冷斂縮，身體洩氣，腦子裡颳秋風，把好久沒入夢的老婆給吹來了。夢中老婆容顏青春，烏髮厚眉，左眼印度雨季，右眼梅雨，左鼻孔水庫，右鼻孔洪災，嘴巴嚎啕，跪坐在交疊的金紙銀紙上，整張臉都在哭。他一身腐木，白髮老朽成這般瘋癲，只能跟著老婆哭。小孩也跟著哭。他在夢裡聽到嬰兒哭聲，用力閉眼，不敢睜開眼睛。

怪忽然入秋，也怪鳥。鳥怎麼進來的？門窗分明都緊閉。鳥此刻啄著矽膠假蜜桃臀，擺動羽翅，在禁果小屋裡跳來跳去。都是鳥，啄破他額頭，夢中的洪水都排掉了，身體覺得好

空，飢餓在肚子敲打雷鬼音樂。

他從沒在社頭見過這種鳥，華麗扇形頭冠，武士刀下彎尖長喙，黃橙鳥身，白腹，雙翅斑馬紋。頭冠往上衝，飛行時聚攏，降落後舒張成狂放頭飾。他這幾天在社頭不同角落都看到這種鳥，用手機拍下來，寄給小B。手機是小B給他的，小B說：「但丁阿公，只要有任何狀況，例如說，肚子餓啦，想喝咖啡啦，或者需要任何東西，都用這個傳訊息給我，跟我講你在哪裡，你看這個，按這個按鈕，你就可以跟我分享你的位置，我一定會盡快趕到。」

他起身，用手機拍下鳥啄著矽膠假蜜桃臀的影片，傳給小B。幾分鐘以後，正在藍咖啡前面掃地的小B收到影片，對著影片皺眉，這支幾秒鐘的短影片，會短短幾天內超過百萬分享與點擊，但丁和小B都沒有預料到，這幾秒鐘的短影片，這畫面太奇怪了吧，決定上傳。在這個星期二社頭清晨，一大群小粉蝶與涼風比腕力，低溫催促蛇，該準備冬眠囉。

但丁打開禁果小屋的後門，走到芭樂園裡伸展軀體。霧從社斗路那邊撤來這裡，芭樂樹惺忪，接下來幾天，會有一群扛著沉重攝影器材的攝影團隊，就在禁果旁的芭樂園露營。

去哪裡了？

找不到。

只好問飛來停在他肩膀上的鳥。

「白，白，白羊駝，白白的，羊駝，去？去，哪裡？」

社頭三姊妹

6. 三號

真吵。

到底為什麼,今天早上特別吵。

對三號來說,芭達雅是世界上最吵的地方。但,也是最安靜的地方。

屋外仍一片漆黑,海潮聲泰絲,蟲鳴羞赧,冷氣機輕唱搖籃曲,她已經慢慢有了睡意。忽來一聲尖銳鳥吼,撕爛絲絲網,吵醒海邊所有的鳥,群鳥歌隊齊吼,太陽被嚇醒,海潮泰絲變成怒濤鋼絲,地微顫,雲嚇到漏尿。今早的鳥叫很不尋常,明顯有警告意味,她起身,推開落地窗,群鳥調高分貝,以更熱烈的吼叫迎接她,土裡的蟲沸騰,驟雨剪刀,截樹折花。

哼,盡量叫啊,反正我通通聽不懂。

她昨天白天真的睡太飽,入夜後毫無睡意,泡熱水澡,打電話吩咐廚房煮一碗湯麵,讀了兩本小說三本漫畫,吃了一大塊斑蘭葉戚風蛋糕,還是睡不著。她打開電視轉到電影臺,重播幾百遍的《斷背山》,泰國電檢嚴格,電視上播放國外電影,常有噴霧,果然兩位男主

角在帳篷裡肢體碰撞，銀幕上一片白茫茫，幹麼呢？根本沒露器官啊，這片白白的，不是讓人更想撥霧？

一號對她吼過：「妳不懂啦，妳們兩個都不懂啦，我生下來，眼睛就是壞的，看出去一塊一塊白白的，我女兒的屍體，我看不到，妳懂嗎？我看不到。什麼都看不到。就白白的。妳們都看得到我女兒，我自己生的，我看不到。幹。看不到，不算，沒死。」

三號的確一直都不太懂一號是什麼意思，搬來泰國之後，她似乎就懂了，很多好萊塢電影在電視上播放，都是這裡霧那裡霧，一號看出去的世界，應該趨近這種狀態？噴了霧，表示霧中藏風景，有不該聞的花草，不該嘗的禁果，看了會毀壞身心的歹物仔。問題是，歹物仔有什麼好怕的？三號自己就是來自社頭的歹物仔。自己是鬼就無需怕鬼。自己是毒就百毒免疫。

這海邊度假村的名稱是「海邊的鳥」，哎喲反正她根本不懂泰文，說不定她根本搞錯英文名稱？哎喲，她也看不懂英文啦。當初第一次來，鳥叫的確讓她印象深刻。度假村位於芭達雅市區南邊，離鬧區有段距離，一間一間的小屋搭建在海邊崖上，走一段階梯，就能抵達細白沙灘。她當時嫌曼谷太吵，太多臺灣人，想去海邊走走，訂房網站上亂找，照片上有海邊怒生的熱帶大樹，樹下面海度假小屋，群鳥飛翔。看海聽海，總比在曼谷看人聽車舒服多了吧？逃離社頭，就是想安靜，結果曼谷實在是太熱鬧，她嚴重失眠。透過電腦螢幕，她

社頭三姊妹　　61

覺得聽到了芭達雅海邊的風聲鳥叫，那些樹對她招手。她傍晚抵達度假村，夕陽在天空熱炒紅辣椒，海是一大碗赤色泰式冬蔭功湯。好多鳥，真吵，應該有將近二十種鳥在這裡棲息，根本比曼谷吵，但至少不是車聲，還算悅耳，聽著聽著，想睡。度假村裡面沒半個臺灣人，任何人心裡的話她都聽不懂。太好了，她好喜歡這裡。腦中閃過荒謬念頭，乾脆買下來好了，當老闆娘，就可以一直住在這裡。這裡的潮汐鳥唱風聲人話樹語，完全超出她理解範圍，聽不懂，表示她終於逃離社頭。她看著夕陽，輕踩樹根，趴在地上聆聽大樹與大樹的私語，天哪，太好了，她只聽得到地底根系與真菌的溝通，但那完全不是社頭樹木花草的語言系統，聽進耳朵裡只是陌生纖維。聽不懂真是天堂，說不定樹木正對著她潑灑泰國髒話，警告附近所有生物系統，有外星人入侵，臺灣社頭來的歹物仔，可能會帶來毀滅性的災害，反正她聽不懂，不知好壞，入耳無傷。這是個簇新的星球，萬物聽起來皆陌生，熱帶暖風從海面上吹來，灌進她身體，她拆卸一身骨骼，全身棉軟，躺進小屋前的吊床，狂睡八小時。活到這把年紀，第一次，額頭那個刺痛感，終於消失了。

結果她真的把海邊度假村買下來了。現在想想，依然覺得這是此生最棒的決定。這裡離芭達雅鬧區有段距離，僻靜清幽，客人來自世界各國，非常少有臺灣客人，她會刻意保持距離，不然會一直聽到他們心裡的抱怨：「天哪，這什麼鬼地方，竟然離便利商店這麼遠！」

終於，她離開了社頭，抵達一個她完全聽不懂的世界。腦子不懂，無法翻譯，再吵，還是覺得好安靜。

她真的是完全在狀況外，揮霍積蓄買下芭達雅度假村，當了老闆娘幾個月之後，她才發現一件奇怪的事。不對啊，怎麼，除了幾個員工，太奇怪了吧？怎麼來住宿的客人，全部都是男的？有天夜裡，她睡不著，在度假村裡散步，看到一間小屋窗簾沒拉，裡面三男身體奧運體操競技，她看傻了眼，戴上老花多焦眼鏡再看一次，剛剛看錯了啦，不是三男，算術真差，是四男，等一下，第五個剛從浴室走出來，看到度假村老闆娘看著他們，燦笑，手揮舞，下體器官也很有禮貌，興奮昂揚打招呼。拜託，社頭人可不能失禮，她趕緊微笑揮舞雙手，歡迎！歡迎！

她才發現，自己買下的是男同志度假村。還有，那幾個員工，就是她以為是女性的那幾個，原來，哎喲，怎麼說，就是還有雞雞啦，其中一位白天負責打掃房間，晚上要趕去芭達雅大街登臺表演，據說是晚餐秀大紅牌。天哪，一號跟二號說得沒錯，這裡的鳥會搭配男人喘息聲，明明每天聽到的那些歡愉喘息聲都屬於男人。這裡的鳥會搭配男人喘息聲，隨之粗野，忽來詠嘆，高潮歌誦，最後噴濺零碎小語，滴滴答答，她是聽不懂啦，她猜那些鳥是在朗誦情詩，一字一句溼潤季風，聽著聽著，身體雨季。

她好想跟一號還有二號說，拜託好不好，我智商可不低，隨便亂花錢，就買到這麼棒的

社頭三姊妹 63

濱海度假村。

今早的鳥語完全不是情詩，有地獄質地，烈火冥河。她在手機上裝了一個app，可依照鳥聲辨別鳥類，此刻沒戴眼鏡，聽鳥不見鳥。打開這個app，手機上竟然出現了將近三十種鳥，彷彿遠近的鳥都趕赴此地，朝她吼叫。

國中，鄰座的男同學問她：「喂，大家都說，你們家，全家，都是童乩啊？有超能力？」

她用力搖頭。

「為什麼？」

「我就說嘛，妳成績這麼差，數學都零分，怎麼可能有超能力。也不可能是童乩，妳是女生，只有男生才可以當童乩。」

「哎喲，瘠查某，妳真的很笨，妳們女生每個月都會來那個啊，那個來，就不能進去廟裡拜拜，不乾淨啦，髒ㄅㄞ，不准拿香拜拜，這樣怎麼起童？」男同學說完，用手肘撞了一下她的胸部。

透過這位男同學，她似乎才理解，為什麼阿公這麼討厭她們三姊妹，或許是因為，她們都是女生？女生可以當仙女，傳達神意鬼旨，但不能起乩，阿公的童乩法力，沒有傳承對象。阿公跟父親都是童乩，父子在三合院神壇雙人起乩，脫掉上衣，父揮鯊魚劍，子舞七星

劍，法器利劍擊打背部，雙腿飛舞，眼翻白，口吐神諭，三仙女在一旁負責抄錄神語鬼話，翻譯給上門求助的人們。她看看自己隆起的胸部，男生胸部扁平可打赤膊露奶頭，求神附身，但女生不許露胸，否則起乩變成色情脫衣舞。她厭惡自己的身體，都是因為這討厭的胸部，會被男生亂捏亂揉，害她不能繼承阿公的乩身事業。

她的確不覺得自己異於常人的聽覺是超能力。所謂超能力，應該是像阿公那樣起乩，或者飛天，隱形，力撼山岳，預測段考考題，她只是聽得到普通人聽不到的聲音，煩死了，她根本不想要有這種奇怪的能力。她聽得見人身體裡的那個聲音，不是透過喉嚨聲腔系統所傳達的聲音，而是腦子心裡骨骼血液臟器裡的那個聲音，這聲音無需人間文法，不見得是字詞聲調，反正沒有人聽得到，無需修飾，直白坦率。例如她每次在座位上伸懶腰，胸部往前挺，她就會聽到隔壁男同學褲襠裡響起火花聲，類似放鞭炮，接著是刀劍碰撞的聲響，她不用斜眼看過去，用聽的就知道了，隔壁男同學有硞硞，褲子隆起八卦山。

聽得到別人身體裡的話，真的很煩，根本是被詛咒。父親母親過世之後，鄰人眼神憐憫看三姊妹，身體裡的話卻是「掃帚星」、「帶衰」、「剋父剋母」、「長大後誰敢娶」。她哭著跟一號跟二號說：「剛那個姨婆說我們以後都嫁不出去啦。」一號跟二號瞪她，說她亂說，她才知道，原來她們聽不到，只有她聽得到。手掌搗住耳朵也沒用，那些聲音會想辦法戳刺手掌，竄入耳朵。

社頭三姊妹　　　　　　　　　　　　65

社頭的鳥，芭樂樹，田邊的榕樹，學校裡的鳳凰木，清水岩山區那邊的森林，大概是因為從小聽到大，聽著聽著，她漸漸聽懂了。她自己聽「懂」了，這不表示，她有辦法把這種理解翻譯成人間語言，讓旁人也懂。她要怎麼跟人類說，這棵樹上面掛滿了閃亮燈泡，夜裡不成眠，對其他樹木發出了求救的訊號？她就笨啊，很不會說話，從小在校成績就是墊底，作文課面對稿紙，一個字都寫不出來，剛從師範體系畢業的溫柔老師對她說：「有一個方法，看妳要不要試試看？就是把妳每天聽到的話，寫下來。不用想太多，沒那麼複雜，耳朵聽到什麼，就在稿紙上寫下來。只要筆跟耳朵一起動，多寫幾次，就不會每次什麼都寫不出來。家人說的話，同學說的話，或者，老師說的話。」這聽起來好像不難，但她要怎麼跟溫柔的女老師解釋，真的不會啊，該怎麼寫下今天早上聽到榕樹對她發出的訊息？她怎麼有辦法在稿紙上用人類的字詞寫下樹的問候？還有鳥的嗚咽？稻米收割前發出的嗡嗡聲響？她聽得到女老師身體裡的不安，怡保？馬來西亞？她從沒聽過這些地名，看貼在教室牆上的世界地圖，找了很久，才找到馬來西亞。老師剛畢業，分發到社頭教書，不會說臺語，常因為口音被笑，有噁心的男老師每天都會跟蹤她，好想念怡保的華校，把聽到的老師心裡話寫下來，怡保她寫成「宜飽」，寫熱天蹲在家門口吃媽媽煮的芽菜雞那次作文題目是〈我的家庭〉，怡保她寫成「宜飽」，寫熱天蹲在家門口吃媽媽煮的芽菜雞

飯,來臺灣那天,爸爸送她到機場前,一起去吃的河粉,五年沒回馬來西亞了。整張稿紙有很多錯字,字跡歪斜,語句不通順。作文交出去,完蛋了,又是亂寫,希望老師不要生氣,但至少沒有交出空白稿紙。那天晚上,老師騎單車來到三合院,緊緊抱著三號,眼睛沒出水,但身體裡熱帶溪流奔騰,只有三號聽得見。

泰國的樹跟鳥,實在是沒相處多少時間,聽不懂啦。但度假村接待處外面種了一排綠色植物,她一看就知道是斑蘭葉,這種植物她從小就相處過,這是她唯一聽得懂的泰國植物吧?小時候全班遠足,她打開便當,小朋友尖叫:「好噁心!妳的飯為什麼是綠色的?老師!她的飯是綠色的!」二號母親在社頭三合院種了幾株斑蘭葉,摘葉切碎加水搗泥,接著用紗布當濾網,濾出的翠綠色汁液加入米,煮成一大鍋綠色米飯,香氣迷人。全班的便當裡都是白米粒,只有她的飯是綠色的。眾人皆白,綠不詳,綠怪異,聽說會傳染疾病,大家跟綠色瘖查某離得遠遠的。

她很愛吃斑蘭葉的香氣,來泰國住,她就可以盡情吃綠,交代廚師做斑蘭葉戚風蛋糕,早餐時刻一端上桌,立刻被客人搶食一空,下午茶時間推出斑蘭葉冰淇淋,晚間酒吧有斑蘭葉調酒,天天綠到底。最近她特別愛吃斑蘭葉甜點,她交代廚師要甜,她不管,就是要甜,八甲甘蔗田那種甜,她跟廚師語言不通,手拿糖罐比劃,眼神炙熱噴火槍,把面前剛剛出爐的斑蘭葉綠色烤布蕾表面砂糖烤至焦糖色,廚師就懂了,每天都會特地為老闆娘烤一大塊甜滋

社頭三姊妹　　　　　　　　　　　　　　67

滋的綠色戚風蛋糕。

去年她飛回社頭辦一些行政文件，實在是沒地方去，只好住進三合院。她放一盒綠色蛋糕在神桌上，出門去鄉公所辦事，回來蛋糕已不見。她聽到一號在房間裡吃蛋糕，心裡罵髒話：「幹！夭壽甜。好久沒吃到綠色蛋糕了，狗不知道可不可以吃這個？」一號完全不看她一眼，刻意避開她。她看著神桌，覆蓋神桌的那塊布蒼老了，歲月扯開邊緣縫線，桌角磨損布面，上面繡的三隻鳳凰嚴重褪色。一號應該洗過很多次吧？桌布老了，卻好乾淨，有洗衣精的香味，稍微用力拉扯一下，鳳凰就會解體，所有聲音隨之死亡。

蹲下來，耳朵湊近刺繡，三鳳凰真的老了。太陽抹去當初華麗姿態，色線斑駁，聲音長滿青苔，好微弱，有風聲。

神桌下，有風聲。

但她假裝沒聽見。

不要吵。我不想聽。

我不想鑽到神桌下。

我現在不想去地獄。

反正我一個人也去不了地獄。

三號去對街的藍咖啡，太誇張了，她去泰國之前，二號說要開店，還沒有想到店名，

裡面根本是垃圾堆,也不知道到底要賣什麼,怎麼現在變成了一間時尚的文青咖啡館?藍招牌,石砌吧檯,義大利咖啡機,木桌木椅,藍風鈴,北歐風格燈具,放杯具的那面牆塗藍,一隻藍鯨在牆上泅水,點心櫃裡有好多精緻的藍色甜點,店裡播放著海浪海鷗聲,坐下喝咖啡,有種海上漂蕩的暈眩錯覺。三號摸摸自己的臉,總覺得,臉也藍藍的,洗不掉的藍。

二號與三號對坐,姊妹無言。三號點了一杯藍色卡布奇諾,搭配一塊藍色起司蛋糕,滋味秀逸,太扯了,二號哪裡找來這個小B?她可以把小B帶去泰國嗎?啊,不行,她好不容易找到一個沒有臺灣人的地方,請暫時還是留在社頭好了,希望二號給的薪水合理。一杯咖啡的時間,她傾聽二號身體裡面發出的聲音:咖啡館取名藍,因為小B姓藍,英文名字叫Blue,但丁牽羊駝,每個月都匯款到臺北去,不知道夠不夠用?是不是該剪頭髮了?店裡最近生意好像不錯?想去臺北看孩子,不敢去,社頭好熱,好想念芬蘭的冬天,加州的房子還有公寓,是不是該賣掉?還是已經賣掉了?還是離開社頭,回加州?一號前幾天在路上跟人打架,因為那個人踢了流浪狗,搭火車遇見國中同學,後來變成咖啡館常客,昨天竟然跪下跟她求婚,真是,怎麼有這麼多自願送死的男人,是不是該去剪頭髮了。

二號永遠不缺男人,都愛她,都想跟她一生一世。三號一輩子都沒有男人,她最怕男人。

三號把注意力轉向小B,臉清秀,細髮及肩,專注泡咖啡。那張臉不想造成任何爭端,

社頭三姊妹

69

完全不想引起任何人注意，只是，那張臉沒有選邊站，不男且不女，爭端會主動上門，逼小B選邊。小B身體裡哼著一首歌，吉他簡單和弦，曲算是寫好了，詞還沒完整，放在心裡塗改。

她懂小B，她也是這樣的人，寡言，駝背，走路習慣低頭，怕生人，避穿任何花色鮮豔衣服，只想找到安靜的角落，這輩子最希望的事，就是被世界遺忘。不，要求整個世界，太貪心了，那就要求社頭就好。社頭人口不多啊，臺灣中部鄉下小地方，拜託拜託，忘了她這人，這要求不過分吧？

她從泰國帶回來的綠色蛋糕，二號一口都不吃，說不餓。哎，二號還是沒變，永遠不餓，最怕變胖。她聽到小B的憂慮，二號老闆娘，好像已經幾天沒進食了？

小B給她看上傳到社群網路的社頭照片，開滿白花的芭樂樹，社頭火車站牆面特寫，同仁社的立面，織襪機器的細部，羊駝站在月眉池畔，但丁的眉毛，三合院門口的那盞小燈，蝶豆花蕊，空無一人的芭樂市，二號的長髮背影，Jimi Hendrix的白腳。

她忍不住問小B：「照片都拍得，怎麼說，不錯……哎喲我懂什麼，誰會看這些照片啦？」

「哈，沒有人看最好。」

社頭夜，二號跟三號站在藍咖啡的招牌下道別。其實根本沒講話，終究姊妹，社頭認證

的病查某二號跟三號，無需人間語言，二號聞得到泰國，也聞到了離別。三號身體散發著強烈的辣椒氣體，熱帶大樹，藍藍的海，熾熱夕陽，堅定的意志，還有，好奇怪，濱海度假村游泳池畔，好多好多男人，等一下，好幾個脫掉泳褲，到底什麼地方啊？這個味道好強烈，二號不懂，無法拆解。但三號看起來好鬆弛，她沒見過三號這麼開心的模樣。

三號走之前，二號拉住她說：「泰國好，妳開心就好。大姊那邊，不用擔心，我會注意。臺北……那個，我現在也不知道該怎麼辦。」

三號打算再也不回社頭。

鳥吼累了，餓了，忙著覓食，度假村終於回復晨間寧靜。她睡意全無，決定去餐廳幫忙，反正睡不著，擺盤掃地，當做運動，廚師應該很早就來上班了，看一下手錶，綠色蛋糕要出爐了。她要一個人獨占一整塊蛋糕，幾個小時前吃的蛋糕已經全都消化完畢，身體裡缺了一大塊，需要一大塊溫熱的蛋糕補上。

她打開手機，看小B的社群網路帳號。咦？小B昨晚上傳了鳥的影片，這種鳥，芭達雅海邊很常見，她沒在社頭看過啊。怎麼鳥從芭達雅飛去了社頭？

咕咕咕。咕咕咕。咕咕咕。

她停下腳步，那隻鳥在手機畫面上用力拍翅，彎刀鳥喙啄破手機螢幕，鳥身衝出手機，從社頭飛到了芭達雅，在她身旁繞了幾圈。鳥頭上的華麗羽冠舒展，鳥眼眨啊眨。附近的花

社頭三姊妹　　　　　　　　　　　　　71

草鳥猴魚蝦,全部閉嘴。海閉氣,雲雨退散。風趴在地上不敢移動,彷彿隨時有機關槍開始掃射。她這輩子,第一次感受到徹底的靜。她是不是聾了,什麼聲音都聽不見。

咕咕咕。咕咕。

鳥說話了。

該死。她聽得懂這隻社頭飛來的鳥。

好清晰。

鳥說。

咕咕,對,就是妳,咕咕咕,該回社頭囉。

7. 導演

嬰兒哭了整晚。

若是有人問導演:「請問導演,『整晚』,什麼意思?是太陽下山之後,到日出之前?」

導演會拿出筆記本,Leuchtturm1917,她最愛的德國筆記本品牌,黑色硬殼,空白紙頁,討厭有網格或者點線的,每頁都有標明頁碼,各種尺寸她都有,有一個書櫃專門放她的黑色筆記本。育兒筆記本系列,她選用A5尺寸,從小孩出生到此刻,已經記滿了八本,這是第九本,目前來到第十頁。導演翻開筆記本,第十頁上清晰記載:「晚上09:39在嬰兒床上入睡,11:58驚醒,哭,大哭,尿布換了,嘗試餵食,體溫正常,抱著哄,沒用,一直哭,凌晨03:13終於入睡,04:11再度驚醒,繼續哭,05:25,累了吧,終於入睡。」

這就是「整晚」。這樣,夠清楚吧?

女嬰十四個月大,時常半夜啼哭,導演數次抱嬰夜訪急診室,醫生都檢查不出任何狀

況。上次在急診室,有個剛剛推進來的男人,雙腿嚴重扭曲,醫生護士緊急處置,男人吼了一聲,但不是喊痛:「嬰兒好吵!吵死了!」護士手拿耳溫槍,看著導演懷中的啼哭嬰兒,尷尬苦笑。導演覺得不好意思,但要怎麼辦?她手腕上的錶在分貝大的吵鬧環境裡,會震動發出警告,提醒她注意音量,保護耳朵,一進來急診室,手錶就不斷震動警告,但她雙手抱著嬰兒,沒有任何一隻手指有空去關掉手錶警告功能,也沒有辦法降低嬰兒啼哭分貝。

後來那男人搶救無效。她覺得內疚,說不定是被她的孩子吵死的吧。

此刻看手錶,早上05:38,剛在筆記本上寫下:「整晚無眠,坐在陽臺喝咖啡,臺北忽有秋意,風涼,從十二樓看下去,早餐店開了,好想下樓去買蛋餅,但萬一孩子又哭怎麼辦?有個清晰的念頭,就從這裡跳下去,瞄準早餐店,身體碎裂之前,應該來得及跟老闆大喊『培根九層塔蛋餅!』,但可能來不及說謝謝就死了吧。這樣就死了,真沒禮貌。」

她真的好喜歡那家早餐店的蛋餅,加了九層塔,入口有強烈戲劇效果,舌頭搬演廟口歌仔戲。還有他們賣的冰奶茶,冷冽強悍,喝下一整杯,身體演全本易卜生《人民公敵》。她們以前幾乎天天去,但孩子出生之後,她就沒吃過那家早餐了。

導演是她的外號,她在劇團裡導過幾齣小戲,演員們喚她導演,明明當了母親之後就沒時間導戲,但反正大家都習慣了,繼續叫她導演。她好懷念當導演的日子,導一齣戲,筆記

本寫滿十本。

今天星期幾?整夜沒睡,明明很累,躺下卻睡不著,那啼哭卻還在腦子裡迴盪。隨時隨地,每分每秒,她都可以聽到哭聲。那哭聲已經成為主宰她生命的聲響,分貝驚人,樓上樓下鄰居抗議,公園裡的阿嬤建議帶去廟裡收驚,搭高鐵逼瘋一整節車廂,托嬰中心的保姆哀求:「小姐,我們這邊真的沒有辦法,什麼方法都試過了,哭到都有人去報警,說我們虐待嬰兒,拜託我介紹妳去別家好不好?求求妳了。」

星期二。啊,後天就要去社頭了。要搭臺了。她一直以為今天是星期二了嗎?

前幾天跟劇團開行前會議,還有很多細節要確認,戶外演出變數太多,一場毛毛雨就會搞瘋大家,大家討論熱烈,孩子在嬰兒推車裡沉沉睡去,完全沒發出任何聲音。散會,討論晚餐去哪裡,有演員提議火鍋,火鍋人人愛,當然好,但舞監提醒大家:「你們這群笨蛋都忘了啊,導演有帶小孩喔,火鍋湯很危險,還有火。」她大聲說沒關係,她好久沒跟大家一起吃火鍋了,孩子她會好好照顧,一定不會造成大家麻煩,不用擔心,不危險。打電話去訂位,孩子開始狂哭。她跟孩子搭計程車回家,沒吃到火鍋,沒吃晚餐,當晚樓下鄰居上來用力敲門,隔著門說要給她幾萬塊,拜託拜託,搬家好不好?多少錢都可以談。

竟然後天就要去社頭了。

她去過幾次？這要查一下筆記本。她確定的是，上次回去，是孩子剛滿六個月那天。車子一離開臺北，後座的嬰兒就開始大哭。那哭聲讓她想到高中背誦的元素週期表，氫鋰鈉鉀銣銫鍅，碳矽鍺錫鉛，當年每天用口訣背，毫無任何理解，就是硬背，所有元素都是堅硬塊狀物，塞滿整顆頭顱，畢業這麼多年了，還是沒忘。嬰兒哭聲就像是元素週期表，這聲銅那聲鉀接下來一小時三分鐘都是鉛，從臺北開到社頭，整臺車塞滿各種元素，她幾乎無法呼吸。開進社頭，在火車平交道前等火車經過，孩子張嘴狂哭鉛，音量山崩力道，把平交道的警告叮噹聲全部掩蓋，有個清楚的聲音對她說：「導演，踩油門吧，踩下去，火車衝過來，哭聲就停止了。」

她跟著手機地圖導航開進社斗路，目測通往三合院的小巷尺寸，她覺得要是把這臺車開進去，一定會卡住。她把車停在藍咖啡前方，搖下車窗，週期表元素摔出去，彷彿遇到地震，她不敢搭高鐵南下，想到一路上那堅硬哭聲會擊昏多少乘客，臨時決定租車。

她看到小B坐在長椅上喝咖啡，頭用力撞方向盤上的喇叭，掩蓋自己的尖叫。咖啡，咖啡，她需要一杯咖啡。

那天二號不在，非週末下午時光，咖啡館沒客人，她總共點了五杯咖啡，吃了十塊蛋糕，坐了一下午，趴在桌上睡了一下。

小B幫她照顧嬰兒，跟她聊天。嬰兒看到貓，眼睛睜大，停止啼哭。笑聲，是笑聲，孩子竟然在笑。她看著牆上那隻藍鯨，想起剛剛在高速公路上聽廣播，海邊發現大型鯨屍，專家告誡民眾切勿接近，鯨魚內臟分解，很可能產生大量甲烷，有爆炸危險。

她問小B：「怎麼會來社頭啊？」她其實也不知道社頭人應該什麼模樣，畢竟才來過幾次，但她就是覺得小B這模樣，實在是不像是這裡長大的人。小B在這咖啡館的空間裡是自在鯨魚，一走到外面的路面，一定格格不入，有爆炸危險。

「就尿急啊。哈，我不是開玩笑，我搭火車，真的好想尿尿，剛好區間車開到社頭，我就下車了，衝去洗手間。誰知道，我就住下來了，人生真是太奇怪了。那……妳呢？」

她今天早上決定，要把哭泣的嬰兒帶回社頭，放在三合院門口，然後立刻驅車離去。沒想到，車根本開不進去。

第六杯咖啡，她點藍色卡布奇諾，請小B用外帶杯裝，天色開始暗，該回臺北了。她握著溫暖的藍色咖啡跟小B道謝：「我不知道怎麼跟你說謝謝。今天早上，小孩喝完奶，吐了滿地，一直哭，我看著家裡的金曲獎獎座，我真的差點，真的，就差一點點，就把獎座拿起來，打自己，或者，天哪，我應該是瘋了，我真的差點打小孩。」

「金曲獎？」

她也不知道怎麼解釋。書架好亂，書亂葬崗，吉他被筆記本壓著，尿布奶瓶雜物，就

社頭三姊妹　　77

這獎座最閃亮最顯眼，踮腳尖就可以拿到了。金光閃爍，拿來敲頭，一定血如懸瀑，哭聲就會停止了。還是那把老吉他？真的很舊了，說是阿姨買的，演唱會一定要帶著這把吉他，否則無法登臺。用吉他？砸自己的頭，讓頭貫穿吉他，昏死過去，世界終於寂靜。這些念頭跟聲音真的太可怕，她詳細在筆記本上寫下，她覺得該去看醫生了。但，沒有空，真的沒空。

回到臺北的公寓，她查看小B給的社群網路帳號，螢幕上划動，划到小B在藍咖啡牆上畫鯨的影片，拍攝者出聲，她認得那輕柔聲音，那是社頭二號，獨木舟撞到二號聲音，遇浪失控，接著立刻撞到社頭一號在路邊餵貓的照片，撞上河中大石，舟翻人溺。

她傳了訊息給小B：「我後天就到社頭了，好想念你的咖啡。後天見。」

她查看小B帳號，那數字不太對。揉眼，沒看錯。她昨晚看到小B貼出鳥的影片，用小小的帳號轉發，想不到，點閱率流量驚人，好多好多詢問的留言。

孩子又哭了。

真的從連從十二樓跳下去的時間都沒有，她趕緊回到臥房。她又想到那隻鯨魚，後來有爆炸嗎？她覺得自己體內已經積累了大量的甲烷，隨時都要炸開了。

哭這麼久了，你怎麼還在哭呢？不累嗎？

她一直都沒哭。醫院，殯儀館，追思會，她都沒哭。她怎麼可以哭。筆記本上寫下死亡的日期與時間，致哀的人們名字，追思會上臺唱歌的歌手。很怕忽然必須在育兒筆記本上寫下，幾分幾秒，自己哭了。

沒哭沒哭，一直沒哭。不准哭，沒有時間。這間臺北公寓這麼小，有一個嬰兒負責哭就夠了。還在哭，還在哀悼。

導演在嬰兒耳朵輕聲說：「別哭別哭，媽媽後天帶妳回社頭，好不好？」

嬰兒聽到社頭，睜大眼睛，深吸一口氣，喊出分貝爆表的哭聲。手機螢幕上的戴勝被嬰兒哭聲嚇到，咕咕停止。

那哭聲力道太蠻橫，澈底趕跑了夏天。

臺北入秋。

星期三

1. 鄉長

戴勝。

什麼鬼。

在昨天之前，蕭鄉長從來沒聽過戴勝，這兩個字真的很不像鳥名。他正在視察清水岩童軍露營區準備狀況，替代役男跑過來在他耳邊說：「報告鄉長，戴勝，戴勝，戴勝，戴勝！好漂亮！」替代役男講了三次戴勝，音量音階逐句調高。這位替代役男來鄉公所服務幾個禮拜了吧？每天依規定身穿醜陋不合身的替代役制服，負責送公文影印清潔等雜務，窄眼似乎從來未揭幕，髮型濫墾山丘，一臉違章建築，全身最朝氣蓬勃的動作是呵欠。但講到戴勝，雙眼忽然璀璨百老匯音樂劇，雙頰青春痘火山，炸出嘹亮歌聲。一問才知道，原來是動物相關科系。

戴勝來社頭了。沒有人知道為什麼，戴勝並非本地鳥，怎麼會在初秋來到社頭？數量有多少？星期一晚上，臺灣各地攝影愛好社團發現網路上有人轉貼影片，地點標明清晰，就在

星期三

社頭，其中短短幾秒影片拍攝戴勝在紅磚地面跳躍，咕咕咕鳴叫，手機鏡頭拉遠，拍到社頭鄉公所金色字體招牌。幾個鳥友攝影社團連夜串連，約好星期二搭第一班區間車抵達社頭，想要拍到戴勝的風姿。

蕭鄉長沒聽過戴勝，外來鳥來到社頭，幾個攝影社團來社頭拍照，來者是客，歡迎歡迎，但鄉公所無需特別關切。想不到他手機一直響，許多媒體打電話來到鄉公所，關切戴勝的蹤跡。拜託，超級星期六就要來了，他真的沒時間處理鳥事，就交代祕書不用特別回應。

星期二下午，鄉公所前出現了一臺電視臺SNG轉播車，記者訪問幾位全身披掛專業攝影器材的攝影師，剪接網路上擷取的畫面，音調高亢連線報導：「本臺獨家報導，彰化縣社頭鄉出現稀客，地點就在社頭鄉公所前方，已經有許多攝影愛好者在此耐心等待，戴勝風潮即將席捲……。」鄉公所所有電話立刻集體遇刺，失聲狂叫。

鄉長找來替代役男加班，幫大家惡補戴勝相關知識。替代役男做了精美的投影簡報，在會議室裡幫鄉公所團隊上課：「各位長官知道為什麼戴勝叫做戴勝嗎？再看一次這張照片，因為頭上的羽毛，『勝』是古代的頭飾，帶著頭飾的鳥啦。」簡報大河小說，三部曲變成五部曲，五部曲延伸成九部曲，替代役男噴出的口水都是安眠藥，連最愛開會的勤勞鄉長都睡著了。

替代役男目睹牽著羊駝的但丁在鄉公所前方遇到戴勝，怎麼可能，那獨特的叫聲與頭冠，竟然會降臨在社頭。

社頭三姊妹　　　　　　　　　　　　　　　83

記者會安排在週三中午,就在社頭火車站旁的百年古蹟同仁社前方舉行,原本只有幾個地方小媒體回覆出席,鄉長對著鏡頭說十分鐘,記者會便可結束,幾位祕書實在擔心場面太冷清,鄉長會不開心。但因為戴勝,不到中午,社頭火車站前方就擠滿了各家媒體的採訪車。

鄉長趕回家換上了全套西裝,呼應秋天色調,選了駝色三件式訂製西裝,鞋襪領帶精心搭配,都是美國帶回來的精品。回臺灣投入鄉長選戰,他等的就是今天,聽說主要的電子媒體都來了,還包括知名YouTuber。絕對不能開車,所有攝影機都拍到了社頭鄉長穿筆挺西裝騎單車抵達記者會的帥氣模樣,節能減碳不是口號,鄉長每天身體力行。

「首先歡迎各位媒體朋友來到社頭,我是社頭鄉長蕭大衛,這個週末是我們社頭的Super Saturday,有好幾個大型活動都在⋯⋯。」

「請問鄉長!我們在哪裡可以拍到戴勝?」

「我們並沒有辦法追蹤鳥的行蹤,我剛剛說Super⋯⋯。」

「鄉長鄉長,剛剛有攝影師跟我說,懷疑上傳的戴勝影片是AI做的,假的啦,只是為了騙大家來社頭參加活動,請問鄉長怎麼說?」

「AI?我們怎麼可能造假,我們這個禮拜要辦很多活動,不可能有時⋯⋯。」

「那鄉長知道為什麼第二支戴勝的影片,是拍攝鳥在,那個,怎麼說,就是,鳥在啄一

個,畫面上看起來,就是一個假屁股?請問鄉公所可以跟我們說,這個帳號的主人是誰嗎?我們想要採訪他。」

「涉及個人隱私,我們不方便透露,而且我也不知道⋯⋯。」

「請問鄉長有看到鳥嗎?」

「Unfortunately,我沒看到。那我來考大家一個問題,大家知道戴勝英文怎麼說嗎?」

這是他在美國花了很多錢去學到的演說技巧,面對群眾無理提問,可以立即反問一題,最好是艱澀的,或者精巧的悖論,這會造成離題效果,截斷對話流動,講者可以趁機奪回主導權。果然有用,提問中斷,記者皺眉相覷。

鄉長深呼吸,接下來,至少五分鐘,他絕對不會讓任何人打斷他⋯「大家不知道沒關係,來社頭採訪新聞,還可以學到新英文單字,那我就來教導大家⋯⋯。」

「Hoopoe。」是一位年輕女記者,手高舉手機,按下發音播放鍵⋯「這個網路查一下就有了啊。請問鄉長,我們剛剛有採訪到鄉公所裡的替代役役男,他跟我們確認了,戴勝的確來到了社頭。請問鄉長接下來是否有對應的相關措施⋯⋯。」

今天一大早,鄉長比鬧鐘還晚了兩分鐘才起床。

老婆搖醒他。

不,她根本沒碰他。

社頭三姊妹　　　　85

老婆的尖叫吵醒了他。

這樣說也不對,她根本沒發出任何聲音。

他從床上彈跳起來,趕緊按掉手機鬧鈴。05:03。怎麼可能。這表示鬧鐘05:01就響了,連續響了將近兩分鐘,他完全沒聽到。怎麼可能。他腦中有個無形的鬧鐘把他喚醒。昨晚幾點睡?睡前是不是有吃了母親煮的麻油雞?母親擔心他太累,每天都會交代打掃阿姨煮一鍋雞湯,放在廚房桌上。一定是那碗麻油雞,米酒加太多,害他腦中的鬧鐘宿醉。

「對不起。」

老婆只是安安靜靜坐在床的另一端,沒發出任何聲音,頭埋進雙腿。但他清楚聽到老婆身體內部傳出的尖叫聲。那是累積多年的求救聲。老婆身體冰凍,他卻感覺有力道凶猛的拳頭,把他的鼻梁當沙包。

他多說了幾次Sorry,老婆在他趕出門之前,維持一樣的姿勢,沒發出任何聲音。

更多記者提問,群眾圍觀,他背誦熟稔的講稿完全派不上用場,剛剛在露營區那邊看到的蜜蜂,等一下,還是虎頭蜂?管他,反正就是很肥的蜜蜂,嗡嗡嗡,吵死了,好想拿殺蟲劑噴蜜蜂,那些死蜜蜂是不是一路尾隨,鑽進他耳朵築巢?世界嗡嗡,腦中的鬧鐘忽然大響。

一個沉重的氣流，從他身後襲來，擊中他後腦勺，按掉他腦中的鬧鐘。

「大家好。」

他當然認得那聲音。他極厭惡那聲音。

一號從同仁社走出來，又大聲說了一次：「大家好。」同仁社此刻是臺灣織襪文物館，裡面陳列社頭各時期的織襪紡織機。一號一定把文物館裡面所有的織襪機都吞進肚子了，開口機械轟隆，有機油味。

一號走到鄉長身旁，對著麥克風大聲說：「你們一定都不知道我是誰，對不對。但你們一定都知道我的女兒是誰。我是小小的媽媽。大家還記得她嗎？金曲獎歌后。還是你們已經都忘記她了？拜託不要這樣，她只是人死掉了，歌聲沒有死掉，拜託不要忘記她。你們一定都不知道，她是社頭人，我是她媽媽。小小是她的藝名，也是她從小的外號，其實她姓蕭，對，她就在離這裡不遠的地方出生。她死掉了，不能唱歌，不能回來社頭開演唱會。我今天來跟大家宣布，我這個媽媽要代替她，上臺唱歌。歡迎這個星期六，大家來社頭，聽我唱歌。喔，我知道你們都很需要聳動的標題，那我就給你們一個。小小為什麼會死掉？你們以前寫的那些亂七八糟的，都是錯的啦，幹你娘，小小是我殺的。幹，我害死了自己的女兒。」

2. 一號

小小怎麼可能是她生的？

取名,三合院三姊妹想破頭,翻字典,紙上寫下許多字,從母姓蕭,那字太菜市場,那字容易被取外號,那字邪,那字難寫,那字筆畫數不吉。都不行。這種時刻,三姊妹就會特別想念父親。要是父親還活著就好了,恭請神鬼附身,神界或靈界指示賜名,在字海中打撈,撈啊撈,撈出一個或兩個字,適合剛剛在三合院出生的蕭姓女嬰,保佑一生順遂,處處逢貴人,有權有勢開賓士。

二號讚嘆:「看這張小臉,小小臉。」

三號說:「小小臉⋯⋯啊不然就,叫她,小小?」

女嬰聽到小小,笑了。那笑聲如善舞矯健女子,在三合院輕盈跳躍翻滾,上亮漆,換新瓦,植栽更綠,花更紅,壁虎鳴唱合音,蜘蛛垂吊舞動,錢鼠列隊跳恰恰,風軟雨柔。社頭蕭家三姊妹看到了,聞到了,聽到了。這個家門不幸的蕭家,終於擺脫滿嘴苦黃蓮,從此齒

舌蜜瓜。

一號用力搖頭，小小兩字不穩不重，哪能當名，加上姓氏，蕭小小，印在身分證上簡直笑話，三號真是白痴。三姊妹輪流抱嬰在三合院的埕繞圈，沉睡女嬰怎麼可能對花草有反應？小手沒辦法摘葉啊。三姊妹繼續繞，女嬰安定乖巧，繞兩圈，笑一下，就睡著了。繞了好幾天，記得是一大早，一號剛餵完奶，抱著女嬰繞圈拍嗝，忽來一聲啼哭，女嬰把剛剛吸進肚子的母奶全都吐出來，澆淋盆栽。一定就是這盆，葉在手心搓啊搓，奶香四溢，四周氣體結晶，一號就看到了兩字。女嬰自此定名。

但，三姊妹還是習慣叫女嬰，小小。

要是二號跟三號沒親眼看到小小從她身體裡滑出來，她們一定也不相信小小是一號生的。

一號根本就是個廠房，臉剛體硬，骨骼機械，血管裡流著黑色機油，屁根本就是車輛廢氣。這樣的廠房，怎麼可能會製造出一個雲軟小巧的女嬰？

先不講小小這麼漂亮的女生到底是不是一號生的。一開始，就根本沒人相信一號懷孕了。

「啥貨？有身？一號？瘠查某一號？」

這是當初社頭人聽聞一號，最普通的反應。

社頭三姊妹　　　89

怎，麼，可，能？

一群男人榕樹下泡茶下棋，說到一號懷孕，宛如說到民間真實鬼故事，皺眉搖頭嘆氣。

棋盤停戰，微風落葉花生蝴蝶蚊子蒼蠅瓢蟲都把棋子當板凳，坐下托腮聽這群男人說故事。

聽說啊，三姊妹，同一天出生。啊？三胞胎嗎？不是啦，三姊妹，各自有自己的媽媽啦。就社斗路上巷子裡那一戶老三合院，童乩爸仔囝，後生真厲害，體力真好，你們這些戀人找不到老婆，人家一次娶三個，厲害喔，三個都歡歡喜喜的，不吵架不爭吵，人稱三仙女，擠一張床，而且同時懷孕，更奇怪的是，三個老婆還同一天生小孩。騙人的吧，怎麼可能？同時懷孕還同一天生產？是一起安排去剖腹產嗎？不不不，聽說是自然產，那個誰可婆是產婆啊，去他們家接生，很誇張吧，真的同一天，咚咚咚，生出三個女兒，哎喲反正那一家都很奇怪，有人說是拜小鬼，有人說那一家人全部都有什麼奇怪的法力，說起來很玄但不要鐵齒不信，反正我家小孩很難教，帶去繞一繞，回來就變得很乖，考試第一名啦，再也不應喙應舌。三個老婆？對，那三仙女呢？哎喲，你是剛搬來社頭是不是？怎麼會不知道，三仙女都死了啦。哎，所以，有法力有什麼用？娶三個老婆有比較幸福嗎？還不是夭命，死了。留下三個女兒。啊現在懷孕的是哪個女兒？一號啦，那個很像男人的一號。一號？誰給的編號？這個，不可考。大家猜測，應該是依照那一天的出生順序，記名字太麻煩，那一天產婆也覺得麻煩，乾脆叫一號二號三號，叫久了就習慣了。

一號最醜。從小就醜，那張臉根本沒有女生模樣，還不肯留長髮，小時候就刺耙耙，跟男生打架絕對不會輸。長大後也沒女大十八變，更醜，更像男人，個性勁蹺，大家都怕。我只是把大家心裡的真心話說出來，你們說，這世上怎麼可能有男人有辦法幹她？大家看到她就軟了，怎麼可能會有男人有辦法硬起來插進去？有身？有身表示有人幹啊，到底是誰幹她？你喔！哈哈哈，我沒有那麼厲害，我看到一號會縮回去！哎喲我跟你們講，那家人就是怪怪的，神桌會跳舞，法力無邊啦，啊那個美國人還是歐洲人不是很信什麼聖母處女子？不用出國看什麼聖母院，我們社頭就有啦，完全沒有被人幹過的老處女一號，自己懷孕了啦。

一號根本沒宣布自己懷孕，肚子小山丘，鄰人猜測最近吃太多。等到一號肚子真的有點誇張，遠遠看根本比八卦山還高聳，大家才發現她懷孕了。三號是第一個知道的人，她聽一號身體出現了奇妙的跳動，覺得一定是聽錯了，拿掏耳棒挖耳垢，耳朵湊近一號的肚子，喉嚨染狂犬病，亂吼亂叫。

一號手掌用力拍打三號背部：「叫什麼叫，起痟喔。」

三號：「怎麼可能？誰的？」

一號摸摸肚子，繼續吃面前一大盤蔬菜。

「白癡喔。當然是，我的。」

社頭三姊妹

原來懷孕是這種感覺啊，口味真的劇烈改變，之前她只肯吃肉喝鹹湯，死不喝水，現在好愛吃胡蘿蔔番茄小黃瓜，時時刻刻在喝水。她覺得子宮裡養著一朵愛吃蔬菜水果的雲，軟綿綿的，輕飄飄的。以前皮膚根本昨天棕刷今天菜瓜布明天砂紙，現在滑溜豐潤，像新鮮的豆腐。以前的屁會造成社頭空氣汙染，懷孕了之後，排出的氣體根本是一朵一朵桃香雲朵，在她身邊飄來飄去。

二號從芬蘭回到社頭，一踏進三合院，就聞到了那些桃色雲朵。怎麼可能？一號這麼討厭吃水果，竟然坐在板凳上吃一大盤水果。兩人這麼多年沒見，不知道怎麼打招呼，相視無言。一號把去籽切片的芭樂裝小盤，遞給二號，說這是昨天剛採的，本地無農藥芭樂，夭壽甜。二號蹲下來，剛下飛機，怎麼可能有食欲，鼻子貼上一號的肚子，用全身的力氣，深呼吸，整個社頭都被她吸進身體裡了，還是沒聞到她想聞的。二號當然想知道，孩子的爸是誰？但真的聞不到。到底誰會跟一號做？不是一號刻意藏匿，而是，一號根本不在乎，這麼不在乎，就沒有任何味道可追蹤，聞不到孩子的爸。真的沒有爸爸？沒有爸爸，怎麼懷孕的？

兩個跟一號一起長大的姊妹都無法相信，更何況是尋常社頭人。

一號一輩子都被說是男人婆，查埔體，絕對沒有男人敢娶。從小，二號就是大家公認的美女，愛留長髮，清瘦大眼，大家都想幫二號擋風阻雨，不能讓強風折了二號的細腰，雨滴萬一

92　　星期三

砸昏了二號怎麼辦？颱風來社頭，不怕，沒關係，一號在這裡，颱風嚇死了，趕緊繞道。

我的。我的小小。沒有人相信沒關係，但真的是我生的小小。

小小跟她說過：「萬人？喂，我有這樣教妳講話嗎？這麼誇張，萬人？我們三合院前面這邊清一清，把盆栽搬開，來十個人，加上但丁叔叔，二號跟三號阿姨，還有我，這樣……十五個，我們就放煙火。」

「哈，那妳要不要當我演唱會特別來賓，跟我對唱？」

「幹你娘。」

小小最清楚了，這世界上絕對選不出唱歌最好聽的人，但，如果要選唱歌最難聽的人，很簡單，就是她媽。一號在嬰兒床邊唱搖籃曲：「大象，大象，你的鼻子怎麼那麼長？媽媽說，鼻子長，才是漂亮。」每個音都在五線譜上迷路違規逆向闖紅燈，嘴巴放出的大象在高速公路上逆向奔跑，引起車輛連環追撞，聽者骨折腦震盪，嬰兒床崩塌。只有小小，有辦法躲過追撞，聽著聽著，還真的睡著了。

別人都覺得她唱歌難聽，只有小小覺得她唱歌不難聽。她要唱給小小聽。小小，媽媽代替妳，在社頭開演唱會。她不管這世界有沒有人要聽。她要唱給小小聽。小小，媽媽代替妳，在社頭開演唱會。對不起。媽媽有沒有說過，有沒有對妳說過，對不起。

社頭三姊妹

她離開同仁社記者會之前,對著鄉長下指令:「喂,鄉長,請問,你到底有沒有聽到我說的啊?我要開演唱會喔。我剛剛用手機上網,看什麼超級什麼星期六的網頁,拜託,請快去更新一下,把我加進去。我要開演唱會,大家都聽到了。」說完她就快跑跳上機車,才沒空管那些追上來的記者,她還要去餵貓狗。

不行啊。說要唱歌很簡單。但星期六那天,是真的要唱歌。但她自己也知道,根本不會唱歌。

小學,音樂老師要組合唱團,班上每個人都要站到風琴旁邊,啊,誒,嗚,喔,跟著老師彈的琴音試唱音階。她一開口,啊一聲,音樂老師的手指立刻在琴鍵上摔倒,第二聲誒是電鋸,把風琴劈成兩半。不用唱到第三聲,一號就知道了,她真的,不會,不能,唱歌。

不會唱歌,卻大聲宣布要開演唱會。

拜託,我是歌后小小的媽,我去學一下,今天星期三,要是今天就找到老師,算一下⋯⋯可以學四天。四天夠了吧。星期三電鋸,努力學,努力練,星期六就會削弱成一把小水果刀了吧。

合唱團。啊。合唱團。

啊,她想到了,就那個那個,會彈鋼琴啊,社頭婦女合唱團的老師。

3. 夫人

夫人今天好想彈鋼琴。

單純彈琴。不練唱。只有自己，還有鋼琴。

她最討厭人家叫她夫人。算了。夫人就夫人，她好想爭辯，但累了。她中文其實不太好，上網查字典，「對已婚婦女的尊稱」，這定義看似OK，但回臺灣這幾年，她發現政治圈裡，夫人這兩字，怪怪的。臺灣不是性別平權已經有一定的成績？但她遇到的政客夫人，不知道是不是她倒楣，還是丈夫所屬政黨特別奇怪，怎麼那些夫人都，怎麼說呢，無聲無臉，傳統，賢慧，長年忍耐丈夫家暴，過於用力堆砌奢華精品，虛假排擠。她自己的婆婆就是前鄉長夫人，一生躲在丈夫背後養子持家，認為丈夫暴力是婚姻必經，這幾年憂鬱症腳鐐，幾乎無法走出家門。

還敢說別人。那自己呢？她應該也是很多人眼中的完美夫人吧？沒事業野心，不太出門，人們不太記得她的聲音，只有在某些場合會去揮手，剪綵，頒獎，發紅包，給白包，合

社頭三姊妹　　　　　　　　　　　　　　　　　　　　　95

照，從不穿張揚衣服，寡言，淺笑，真是黯淡的好夫人，讓丈夫發光。

今早，丈夫竟然沒在手機尖叫之前醒來。

她真的很討厭丈夫早起的習慣。剛結婚那幾年，她其實應該是欣賞丈夫的紀律吧？老實說，她現在也沒那麼確定。但，當時，應該沒有那麼討厭，不然怎麼會嫁給他，美國校園鼓勵外向活潑，她永遠格格不入。格，格，不，入，這四字中文成語，要她用筆寫，要想很久，一定會寫錯。大學邀請了臺灣作家來演講，教授請她這位研究生協助規劃，校園裡的臺灣學生主動來幫忙，講座規劃會議，有人做了鹽酥雞，桌上珍珠奶茶堆疊，笑語哄哄，她不知道怎麼參與討論，恐慌症如銳利小刀，悄悄割掉她的耳垂。有個男生，安靜，沒發言，看著她。男生說要影印文件，問她影印機在哪裡？「影印機」是什麼？她一時聽不懂這三字中文，但她確定這三字是逃遁的好藉口，趕緊起身往外走。她帶男生來到了飲水機，男生淺淺笑了，拿出水壺裝水，沒說話，跟她一起坐在走廊地板上，盯著地板看。作家離開之後，他們交往了。男生說要跟我這裡，好不好？她竟然主動抱了他，而且竟然真的睡著了。男生一定要吃定量的蔬果與蛋白質，晨跑聽課堂錄音，每天跟臺灣家裡通兩分鐘電話。她一開始當然排斥身體親密，但這個男生身體味道好乾淨，公寓整齊無雜物，窗外大雪，男生說，今晚就別回宿舍了，睡我這裡，好不好？她坐在床上看窗外的積雪，好餓，論文壓力好大，似乎好幾天沒早就按掉鬧鐘，出門慢跑。

吃什麼東西了，在這男生的床上，她覺得自己可以吃一頓豐盛的早餐。好像可以，活下去了。

幾年後，男生變成老公，問她：「要不要跟我回社頭？」那句話，聽起來跟好像當年那句「請問，影印機，在哪裡？」當年男生看穿她的焦慮，找藉口帶她脫逃會議，現在，男生要帶她離開美國，去社頭。

小學三年級，母親帶她離開臺北，搬到阿拉巴馬州一個小鎮。社頭在哪裡？丈夫說是個臺灣中部小地方，人口不多，沒有高樓，有很多的田。再怎麼小，也應該比阿拉巴馬州那個小鎮還大吧？抵達美國的第一週，她去小學報到，整間小學只有她是亞洲人。有一天媽媽說想吃豆腐，開了兩小時的車，才找到越南人開的小店。

在阿拉巴馬州格格不入，在社頭，依然格格不入。

是，她知道，很多人都會說，格格不入的人，還是可以發光啊。但在美國這個鼓勵向獎勵活潑的文化裡，要發光，還是必須面對人群。那，去寫作？

Harper Lee 一生遺世，一本書就永恆發光。她試過，大學時代寫了很多小說手稿，從沒被採用。系上有個跟她背景相像的亞裔女孩，畢業前夕就已經有文學經紀人，高價賣出了首部小說，之後得大獎，《紐約時報》暢銷作家。那女孩好漂亮，領文學獎的姿態高雅話自在。她去書店排隊請女孩簽名，女孩完全沒認出她，微笑簽名，眼神裡沒有一絲絲的熟

社頭三姊妹　　97

悉。其實，她們一起修過好幾堂課。走出書店，她感謝女孩。她懂了。Fuck 寫作。

丈夫堅守承諾，從沒給她任何壓力。當年結婚，他違反臺灣父母的意志，單純登記，沒有任何喜宴，她至今感激。他清楚跟她說：「我知道妳討厭什麼。妳討厭人類，討厭假笑，但我可能不太知道，妳喜歡什麼。What makes you happy? 跟我回社頭，要是，unhappy，跟我說就好，妳不用管我爸媽，妳隨時可以離開。I won't stop you，我是說真的。當然，我希望妳 happy。」

來社頭幾年了？

去年她在圖書館幫忙整理書籍，在堆滿雜物的房間裡找到黑色 YAMAHA 鋼琴，鍵盤發霉，琴身烤漆剝落，音色混亂。她隨意彈一下，身體回到阿拉巴馬小鎮練琴時光。當年的鋼琴老師是個秀氣的大男生，說話輕柔，每週來家裡兩次，耐心教導。她總是期待鋼琴老師的到來，在學校沒有任何朋友，好幾天沒看到媽媽了，每天自己吃微波食品，老師會帶自己烤的蛋糕來家裡，跟她說好多話，她彈琴，老師在旁邊扭身跳舞，下課後幫她擦指甲油。直到老師被打了。她到醫院探望老師，老師抱著她哭，說 They broke my fingers，以後怎麼彈琴。老師出院後，來她家上最後一堂課，藍莓起司蛋糕，那天沒彈鋼琴，老師來道別，說要搬去一個沒人毆打他的地方，叮囑她要繼續彈琴，lemonade，記住，答應我，有機會離開，就一定要離開，聽到了沒？

找來調音師，請館員幫忙把鋼琴移到比較大的閒置空間，門窗緊閉，她開始每天彈琴。

來社頭，每天都不知道要做什麼，彈鋼琴，讓她有了一點微笑。彈著彈著，鄉公所幾位祕書的孩子說要跟夫人學，就收了幾個學生。去年社頭婦女合唱團成立，請她當指導老師，她當然是用力搖頭，但一大群社頭媽媽睜大眼睛看著她，把她的皺眉慌張誤譯為欣然同意。

今早丈夫沒準時起床，她靜靜坐在床上，心裡吼叫，她真的很想把尖叫的手機丟到窗外去。心裡召喚一臺鋼琴，亂彈，琴音驅趕尖叫。丈夫說：「對不起。」她好氣自己，她才想大聲尖叫說對不起。對不起，我到底為什麼在這裡。對不起，為什麼我還沒有離開。對不起為什麼我腦中出現我拿鋼琴砸你的畫面。對不起，我也不知道我到底happy還是unhappy。

她今天只是想一個人靜靜練琴，卻被迫收了個學生。

一號大步走進圖書館，用力推開門，瞬間掐死她指尖的莫札特：「鄉長夫人，教我唱歌。」

她當然知道一號是誰。

公婆想抱孫，不斷催促，請風水師來家裡看床的方位，敦請她喝黑色濃稠的求子中藥湯，不見肚皮造山，老鄉長夫人親自出動，說要帶她去問。問什麼？老鄉長夫人已經很久沒踏出家門了，為了求孫，硬是多吞了幾顆藥，甩自己巴掌，發抖拉著媳婦出門，去社斗路上

社頭三姊妹　　　　　　　　　　　　　　　　99

的三合院。

她覺得一切都很荒謬,都什麼時代了,她必須在一堆盆栽裡繞來繞去,選葉,一號接過葉子,直接說:「鄉長夫人,我知道妳不想來,也不相信我,換我是妳,我也不相信。但,妳用點心好不好?妳婆婆要包紅包給我,我就必須努力工作一下。那妳認真選葉子啦。拜託。」連續好幾次,一號接過葉子,立刻丟棄:「用心。謝謝。今天很熱,快一點啦。幹。」

她不知道什麼叫做「用心」。大概也熱壞了,繞啊繞,似乎,有棵小樹對她揮手。一號接過葉子,看到了。

「無。」

老鄉長夫人跪下來,大雨忽來,用力敲打屋瓦,彷彿想遮掩什麼,沒用,整個社頭還是聽見了老鄉長夫人的悲嘆。

「我⋯⋯我不會⋯⋯。」

「騙痟的,妳美國回來的哩,高材生,很厲害,又是合唱團老師,啊合唱團這個星期六不是要表演?」

「但是,我⋯⋯。」

「哎喲,妳三八,我會付錢啦,我跟妳講,不要看我這樣,我生意很好,我其實很有

錢。我們三合院只收現金，不開發票，從來沒有繳過稅，厲害吧。哈哈，我剛剛站在門外聽妳彈鋼琴，超，好，聽，我聽不懂喔，但我還是覺得，超，好，聽。我付錢，不管啦，教我唱。」

「我不知道⋯⋯。」

「我也不知道啊，但我們不用什麼都知道，反正就是妳彈鋼琴，我唱歌，妳教我do re mi，我跟著唱，這有什麼難的。」

「我真的⋯⋯。」

「夫人，妳聽我說。認真聽我說喔。我是要唱給我的女兒聽。我知道妳是美國人，但妳一定要知道一件事，我的女兒死掉了。去年死掉了。年紀輕輕。我，我，我要唱歌給她聽。我知道有很多表演團體，還有妳教的那個合唱團，難聽死了，我跟妳說，我只想要唱給我的女兒聽，沒有人聽最好。老師，老師，老師，她死掉了，我救不了她，妳知不知道。妳不知道沒關係，但，我要唱歌給她聽。」

三聲老師，算是拜師，一號緊緊握著夫人的手，不肯放。夫人看著一號的臉，眼周的皺紋像是地圖街廓，仔細看，再多看幾秒，她快認出來了，那些深刻的皺紋，就是社頭的街道地圖。

一號的爛超能力，在此時派上用場。她看穿夫人的心。那顆心，好軟。從不懂得拒絕。

社頭三姊妹　　　　　　　　　　　　　101

聽到她女兒死了,假裝堅硬的眼神也軟化。

夫人在鋼琴上彈了幾個簡單音階。

一號跟著音階唱了幾聲。

夫人身體裡大聲響起英文髒話。

如果,真是要形容這歌聲,夫人會想到工業革命,煙囪,車諾比核電廠。

這,怎麼教?

掌聲。

但丁站在門口拍手,眼神無焦距,傻笑。

夫人今天還在社頭當夫人,依然這裡彈鋼琴,就是因為但丁。

有一次,夫人真的受不了了。什麼都沒帶,沒有跟任何人說,護照錢包背包,就這樣去搭火車,永遠離開社頭。問題是,離開社頭,她要去哪裡?

半路,她遇見了羊駝。但丁送她一根假陽具。

她就留下來了。

4.

二號

太吵了。味道太鬧了。許多記者與攝影師湧入藍咖啡,有人脫鞋,有人偷放屁,有人齒縫裡卡著塞滿腐肉的壞掉冰箱,有人腋下豬舍,有人頭皮煉油廠,有人耳垢裡埋了幾具屍體。所有味道衝向二號鼻腔,忽然誰拿出打火機點菸,火苗飛入她的鼻,點燃所有氣味火藥,焰火爆炸,每一種氣味都有不同的發光劑,綻放出七彩繽紛煙火,這麼臭,這麼美,炫目晶亮,絢爛後的黑煙與塵屑,她一人獨享。

店裡冷氣開最強,秋天還是進不了門,好熱。二號長髮自有生命,糾結扭動,折轉拉扯頭皮。她以手指安撫長髮,髮尾搓揉,髮根按摩,她完全理解長髮的不安,長髮想離開藍咖啡,太多陌生人的味道了,想過街去三合院,躲到神桌下。不行啊,真的好久沒走進三合院了,一號應該不會讓她進門吧?

Jimi Hendrix跳到二號的肩膀上,以長髮當掩護,喵喵狂吼,好多陌生客人亂摸,好脾氣的貓被摸成憤怒的豪豬。座位全滿,甜點一下子就售罄,幸好小B俐落,毫不慌亂,面對

社頭三姊妹　　　　　　　　　　　　　　103

記者各種提問，小B刻意以咖啡機的噪音掩埋所有問題，眼神淺笑，頭微微搖晃，分不清在點頭還是搖頭。

請問知道這個帳號的主人是誰嗎？就是上傳鳥影片那個？哎喲，都什麼時候了，你們電視臺還管鳥喔？是不是！現在誰要拍那個死鳥啦？煩死，我新聞系畢業的喔，結果來拍什麼鳥，超白癡的，幸好早上無聊記者會有好多畫面可以拍，那個阿婆真驚人，我好怕她。請問你們知道小小是社頭人嗎？小小的母親你們認識嗎？知道她住在哪裡嗎？我們根本追不上她。我剛剛聽說，跟這家咖啡館有關係，請問你們可以幫我安排採訪嗎？我們可以在這裡做獨家專訪，你們店會拍進去，不用收費喔，通常拍店家，都是要收費，但我們免費幫你們打廣告，雙贏喔。有人說，小小的媽媽的誰，那個人沒說清楚，反正意思就是親戚，是這家咖啡館的老闆，請問誰是老闆？可以讓我們採訪嗎？請問你們會聽小小的歌嗎？我的老闆要我追這條新聞，請問你們社頭有飯店嗎？還是天哪，你們的咖啡怎麼是藍色的？民宿？你們這裡有經營民宿嗎？

記者身上噴出焦灼氣息，烤焦吐司，焦黑荷包蛋，長黑黴的年糕。有個嗓門特別大的記者，已經喝了三杯義式濃縮咖啡，一直盯著二號，雙腿地震抖動，身上散發濃重屎味，二號憑氣味判斷，這位記者大概便祕一週了。便祕記者不想讓其他記者聽見，逼近二號，壓低音量：「老闆娘，打擾一下，我聽鄰居說，妳是，小小的阿姨。請問，我們可以採訪嗎？放

104　　星期三

心，我們什麼都以尊重為前提，我跟他們都不一樣。我們，可以，去別的地方採訪，我有車。小小的阿姨原來這麼漂亮。」

她往後退一步，實在是太臭了，真的好想去神桌底下，躲好幾天都不出來。但一號不會讓她走進三合院，三號在泰國，自己躲進神桌下，根本沒用。啊，要不然，上樓拿護照，立刻去機場，飛去義大利。

Frascati。

跟芬蘭丈夫去羅馬度蜜月，八月炎夏，市區裡塞滿觀光客，太熱了，滿桌麵食，她一口都吃不下。她說想去鄉間走走，喝冰鎮白酒，遠離市區。他們搭火車，半小時就到了Frascati，觀光客少很多，車站小巧，她聞到葡萄，麵包，冰淇淋，空氣中有糖絲。品各式白酒，她最喜歡粉紅酒，入喉刺殺身體裡的盛夏。店家提到世界大戰，地面房子都被炸毀，但幸好Frascati有個地底城市，爺爺奶奶才得以躲避存活。她聽到地底城市，睜大眼睛，央求店家帶她去看看。難怪，她剛剛一踏進來，就隱隱聞到熟悉的味道。

推開移動式酒櫃，牆上一扇隱身的厚重鐵門。門開，一道乾冷的風從地底蛇出，陡峭的階梯通往地底。這風的味道，質地，密度，強度，根本就是社頭神桌下的風。

「不可以。聽到了沒？妳們三姊妹，不可以爬到神桌下。」她想不起來，是哪個媽媽這樣告誡。好像每個媽媽都說過這樣的話。

社頭三姊妹　　　　　105

「為什麼？」她也想不起來，是誰發問的。

「因為，神桌下，是，地獄。乖，聽話。」

當時三姊妹還小，三合院生意好，阿公跟父親幾乎天天起乩。許多登門求解者不見得是遇到人生難關，而是想來親眼看看那張搖晃的神桌。無風，無地震，無人動手，噓，閉氣，睜大眼專心看，有沒有看到？桌子搖晃，桌上香爐像是喝醉了，在桌面上緩慢迂迴繞行，桌布上三隻鳳凰揮翅擺尾，幾乎要逃脫桌布，朝社頭的天空飛去。

登門者好奇，三姊妹當然也想知道，到底為什麼神桌會搖動。

噓，不准說出去，這是家裡做生意的祕密，桌腳有隱形電線，插座在地板，遙控在爸爸手上，人起乩，按下掌心的按鈕，見者堅信目睹神蹟，受苦受難者終將得救。這不是做假人，根本不是地獄。沒有地獄。

看到了，相信了。信了，覺得被神靈拯救，走出三合院，樂觀面對人間疾苦，終於舒坦。

當然沒聽媽媽的話，三姊妹都曾各自偷偷爬到神桌下，觀察那些電線與機關。媽媽騙人，根本不是地獄。沒有地獄。

直到。

直到那天。

三姊妹一起爬到神桌下。原來媽媽沒騙人。是地獄。

Frascati地底有個巨大的洞穴世界，是個與地上人間平行的黑暗世界。他們跟隨店家走下階梯，燈泡微弱，空氣乾涼。一走下階梯，芬蘭丈夫呼吸急促，嘴巴發出怪異的雜訊，胸腔噴出尖叫氣味，他快速爬上階梯，回到地面的Frascati。後來他回想當時的恐慌，只覺得地底洞穴的牆面伸出拳腳朝他踢打，有隱形的手掐喉，最奇怪的，是腦中有很清晰的影像，地上有什麼銀銀閃亮的東西爬行，仔細看，是千百根小鑷子，爬上他的腿，他的陰囊，他的腋下，他的胸部，他的下巴，開始用力拔毛。他說，他不信什麼天堂地獄，但，Frascati的地底世界，應該就是地獄了吧。

她沒對芬蘭丈夫說，怎麼說呢？其實芬蘭丈夫說得沒錯，那真的是地獄，我的家鄉，也有一個。很像，根本一模一樣。

Frascati的地獄，不冷不熱，溫度剛剛好，走道彎曲，看似狹窄，其實寬敞，挖得很深，瘦高的芬蘭丈夫完全不用彎腰。酒莊店家說，在這裡找到爺爺存放的酒和書籍，還有外遇的情書，超過半世紀了，完全沒有更動。此地地質是火山岩，從洞穴牆面可看到不同時期的火山岩層，顏色深淺不一。她鼻子貼著洞穴牆面，深呼吸，對，就是這個味道，被百萬年岩層濾過的氣味，乾爽，入鼻鬆脆，聞了似乎有一點食欲，想躺下睡覺，從此定居。

她天天造訪洞穴，後來直接拜託店家，可不可以讓她一個人在裡面午覺？關門，關燈，澈底的黑暗，終於，地底世界，只剩下她一人。她張開雙手，感覺到一號跟三號的手伸過

社頭三姊妹 107

來，握住她的手。人間所有紛雜都被鎖在門外，無鬼無神無人，無。她已經好幾天沒吃東西了，芬蘭丈夫很擔心。在這個地獄裡，她感覺肚子裡的器官終於鬆弛，胃腸輕輕撞擊腹腔，咚咚咚，似乎有點餓了，想吃一大碗carbonara，加兩顆蛋。她身體在黑暗裡飄浮，失眠的長髮睡著了，慵懶垂墜。要不是店家擔心她，忽然打開了那扇門，引人間的光源入地獄，她的身體應該會繼續漂浮，穿越這些火山岩牆壁，進入一個平行的空間，從此誰也找不到她。

想入地獄，卻必須待在這腥臭人間。記者的所有提問，她都有答案。不是不能說。而是。怎麼說？從哪裡說起？

記憶不是清楚的編年史。說記憶，不是寫史列傳，無法以年為綱，明白說出年月日，說過去，怎麼依照年序呢？記憶一片一片，亂序交疊穿插，堆成墳塚。小B剛來社頭那幾天，每天都花很多時間整理她的墳塚。小B說：「老闆娘，妳真的……。」「怎樣？不用怕啦，我不會怎樣，想說什麼就說啊。」「喔。我的意思是，妳東西，真的好多喔。」「年輕人喔，說話可以直接點，不用這樣拐彎。就直接大聲說：老闆娘，妳真的好亂喔！喂，搞清楚，什麼都不准丟掉。」小B寄給她幾個網頁，她才知道，自己這個狀況有個正式名稱，叫做「囤積症」。

她讀那些網頁，完全沒有不開心，原來有個正式名稱來形容她，那以後被一號罵髒亂，就可以大聲說反駁：「怎樣，我這就是囤積症，沒聽過吧，哈！不治之症啦！醫不好啦。」

囤積，就是她處理記憶的方式。不能丟啊，通通不能丟，都留好，有一天，這些世人眼中的廢物，都會有用。這些廢物，都是記憶，燦燦金銀的寶物，堆堆堆，堆成她的羅浮宮，堆成她的烏菲茲美術館。例如現在，她那些廢物就能派上用場了。要是記者給她時間，她就能上樓去翻找，一定可以找到那些存取記憶的實體寶物。

一定可以找到那首詩。小小寫給她的詩。小小當時幾歲？絕對不記得。但她記得那首詩。後來，小小有一首很受歡迎的單曲，歌詞的藍本，就是這首詩。所以怎麼可以丟掉。她知道那首歌是唱給她這個阿姨聽的。對，我是二號，我是小小的阿姨。小小曾經寫了一首歌，獻給我。我現在沒辦法聽那首歌，聽了會哭。

小B把她所有的囤積都整理好了，分類裝箱，都堆在樓上。給她一點時間，她一定可以找到小小的社頭國小制服。對，這件是小小穿過的，證明她真的是社頭人，在這裡長大。還有琴譜。我這個阿姨，每個星期六，都會帶著小小搭火車去員林學鋼琴。後來小小又學了吉他。但那把老吉他可能真的找不到了。

小小的臍帶。胎毛。童裝。小鞋。圍兜兜。單車。高中男生寫給她的告白情書。小學課本。高中週記。獎狀獎盃。

一號好愛整理打掃，無塵清爽。但她要滿的，回憶疊羅漢。三任丈夫的遺物，她都留得好好的。當年從芬蘭回到社頭，一箱一箱的遺物走海運，隔很久才寄到。一號看著那些堆

社頭三姊妹 109

成山的箱子，口吐髒話，揚言要放火燒了。一號不懂，這是二號與前夫們久別重逢，生死纏繞，這些東西，都是她剋夫的證據。

她的長髮忽然僵直豎立。

一號牽著白羊駝，快步經過藍咖啡，她遵照鄉長夫人教的丹田發音方法，邊走邊唱。白羊駝近距離聽一號唱歌。卷毛豎直，眼睛兩顆苦澀可可豆。

二號想到一號生小小的那天。一號喊出怪異的叫喊，似哭似笑，音階混亂歪斜。二號聽到，搥牆抗議：「很難聽啦，一大早唱什麼，吵死人，我好不容易睡著了。」一號歌聲越來越大聲，三號跑進二號房間，摀著耳朵喊：「破水了啦。」

二號和三號打電話叫車，待產包不是早就準備好了，怎麼現在完全找不到？三號在二號囤積的雜物堆裡翻找：「要死了！找不到啦！妳留這些垃圾幹什麼啦！」

一號大聲喊唱，拉著二號和三號的手說：「我不要生了。幹。我不生了。跟我去地獄，拜託，現在。我在想什麼，咱兜攏痟的，這個小孩，以後一定會討厭我，一定嘛是痟的。我不生了啦。走！去地獄。」

110　　星期三

5. 但丁

但丁眼睛不餓，吃不了字，或者吃太飽，或者書頁上的字鬧脾氣，不肯跑進他眼睛。

但丁覺得一號唱歌真好聽，夫人的琴音，一號的歌聲，伸進耳朵裡搔癢，想笑，笑了。好久沒笑了。但丁到處走，就是找不到羊駝。但丁還找不到羊駝。天涼，羊駝會不會感冒。但丁覺得鳥好吵。在小吃店點一碗麵，但是老闆背對他，眼睛黏在電視機上。新聞臺的記者說，好多人來社頭看鳥。他們找不到鳥。他們現在不找鳥了。他們要找小小。

他知道，大家都說他瘋了。但，他不確定，到底，什麼是「瘋」？提筆，還會寫「瘋」這個字，筆畫沒忘，只是寫很慢。一字，一天。會寫這個字，表示沒瘋吧？他也不知道。這應該去問醫生。他很久很久沒看醫生了。他怕醫院。不看醫生。

去社頭圖書館翻字典，瘋：精神失常，癲狂，錯亂。

失常。意思是，失去，正常，是不是？他的確失去了很多，花五百年，五十年，五千

社頭三姊妹　　　　　　　　　　　　　　　　　　111

年,慢慢列失去清單,老婆,孩子,工廠,朋友,話語,視力,說不定還有自己。清單上多列一筆失常,他也失去了正常。沒錯,他跟其他社頭人不一樣,所以不正常。他速度不一樣,愛走路,愛慢慢來,刷牙刷兩小時,一季看一棵樹,看蝸牛,等芭樂樹開花,花兩週等秋冬驅趕額頭的盛夏。社頭是鄉間,似乎很多人都以為鄉下時間流動緩慢,但他覺得大家都在趕路,趕去搭火車,求神快點給予財富,感冒吞兩袋藥想要當天痊癒,吃飯好快,開車常超速,摩托車與時間高速對撞,火車誤點五分就是世界末日。他前幾天,還是前幾個月?或是幾年前,反正不久前吧,還是很久很久以前,目睹一輛速度很快的小貨車撞上山腳路上的泰安宮,大家都說廟裡祭拜的石頭公保庇,車毀廟損,蕭姓司機無傷,但他不信神,他覺得石頭公若有神力,大可以不讓車子撞上來。他當時坐在泰安宮前方的榕樹下,目睹貨車撞進廟裡,他把司機從變形的座位拉出來,想問司機,為什麼要開這麼快呢?要不要下車,跟他一起慢慢走路。他腦子裡很多問句,嘴巴卻無法同步,一句話都沒吐出嘴巴,救護車把蕭姓司機載走了,沒有跟他一起走路,鄉下根本沒什麼人在走路。只有他,每天都在走路,慢慢走,吃便當,吃一整天,慢速咀嚼,用餐就是吃掉一整個星系。他真是不正常。大家吃百香果,卻不知道百香果的花朵長什麼模樣。他好喜歡蹲在路邊看百香果花朵。看著看著流淚了,睡著了,醒來了,撒泡尿,喝水,繼續看。沒有人跟他一起蹲下來看花。經過的人以為他是石

一粒米是一顆星球,

112　　　　　　　　　　　　星期三

頭。再待久一點，說不定會有人原地建廟，膜拜他這顆石頭。花一輩子看花的石頭，不正常。

癲狂。他癲嗎？狂嗎？他不攻擊人，眼神迴避眾人，這樣算癲狂嗎？他的眼神留給風，留給雨，留給花。二號前一陣子來找他，說只是想跟董事長聊聊，不知道董事長有沒有時間？他點點頭。他知道他沒辦法「聊」，但他會聽。他們走路，二號說，他聽。二號說的那些地方，他年輕時去過。加州Big Sur，芬蘭Seinäjoki，地中海西班牙島嶼。真可惜，沒機會帶老婆去那些地方，說過了，承諾了，等襪子工廠的業績穩定，一定帶老婆小孩去。去。去哪？反正最後哪裡都沒去。二號說著說著，身體慢慢縮小，長髮慢慢變短，變成小女孩模樣。那個還沒離開過社頭的過瘦大眼小女孩，不知道未來會結好幾次婚的小學生。放學，他在校門口等三姊妹，陪她們走路回家。三姊妹搶著牽他的大手，一路拌嘴，好吵，像是沿街爆米香。他盡量天天去陪她們走路回家，只要他在，其他的小孩就不會罵她們瘠查某，一號在路上就不會揍人。走著說著，二號越走越老，走成如今這模樣，還是好瘦，還是站在麵攤前說不餓不想吃東西。二號手指頭拉扯頭髮，髮絲越拉越長，覆蓋背部，包裹全身，觸地，沖天，像黑色電流，胡亂散射，在田裡工作的阿伯被電到了，嘴裡檳榔變成小熊軟糖，褲襠裡升旗，咬一口手中稻穗，嘴角甜汁流淌，種米換來甜甘蔗，啊，戀愛了。整個社頭只有他看得見這些電流。好吧，沒錯，不用醫生說，他自己知道，他癲，他錯亂。

蕭董事長到底是什麼時候開始瘋的？問他，當然沒有答案。老一輩的社頭人倒是有清楚的答案。他們說，就他老婆死掉之後啊，難產，好不容易生出來了，大屁抱小屁，一起死。當時襪子工廠還在運作，董事長辦完喪事，立刻回來上班，趕出貨。那時候社頭襪子產業急速凋零，訂單不上門，好幾個董事長連夜搬離社頭，紡織機停工，不做襪子了，社頭變得好安靜，廟口大樹下多了好多泡茶下棋賭博的閒人。蕭董事長沒離開，變賣設備，資遣員工。很多員工都記得，蕭董事長親自跟所有員工握手說對不起說謝謝。好多員工哭了，但不是因為失業了，而是董事長怎麼沒哭，家逢巨變，還來跟他們一起加班。一定是因為哭，不肯回家，怕回家，回到家啊，要哭就給他哭。

出門散步，晒太陽，謝謝不用傘，來，跟叔叔說謝謝，跟阿姨說謝謝。完了，董事長，好卻不出門。大雨，他終於出門了，每天淋雨走路，有人遞傘，他說，不用傘啊，帶老婆小孩出門散步，晒太陽，謝謝不用傘，來，跟叔叔說謝謝，跟阿姨說謝謝。完了，董事長，好像，瘋了。

也是有人不覺得他瘋。或者假瘋。例如那些國高中生。不知道是哪家無聊死小孩，把艱難的高中數學題目塞到他面前，說解開這些就跪下拜師。但丁提筆，平常慢吞吞，看到那些題目，一頭白花捲髮忽然開始扭動，筆尖在紙頁上花式溜冰，三轉兩跳單腳落地，一下子就把所有題目解開。禁果從此成為青少年放學後最愛去的地方，但不是對裡面那些滯銷的產品有興趣，而是只要遇到但丁坐在禁果小屋前乘涼，今晚的數學作

業就有救了。

電視機裡面的人在找小小。他們才瘋了吧。小小死了啊。喪禮在臺北，他走路去。沒錯，他從社頭出發，走路去臺北。他要去跟小小說再見。說了沒人信，他用走的去臺北，但他這顆老石頭真的走到了。他在追思會的會場外面遇到社頭三姊妹。不，是先聽到三姊妹，她們正在大吵。他伸出大手，想要帶她們走路回家，就像以前一樣。跟我一起走路回家，回到社斗路那棟三合院，我沒有辦法進門，但我會帶妳們到巷口。回家就好了。但他這個瘋子也察覺到了。三姊妹之間，有什麼被剪斷了。散掉了。毀壞了。小小死了。永遠回不了家了。怎麼辦？這世界上，只有小小可以讓三姊妹閉嘴。他記得小小的哭聲。小小平常愛笑，哭聲涓涓，但去打預防針，或發燒，或尿布溼了，那小巧的嬰兒嘴巴裡就會有搖滾樂團登場，舞臺上砸爛電吉他，鼓手踢破鼓，主唱歌聲狂熱巨瀑。只有那哭聲，可以讓三姊妹停止吵架。

他蹲在路邊慢慢吃完一碗麵，吃到麵攤老闆睡著了。《神曲》放在油膩的桌上，涼風翻頁，掉進書中地獄，算了，給涼風讀，他今天不讀了，眼睛拒絕吃字。一號牽著羊駝，來到對街。對街的一號是小女孩模樣，在學校的外號是刺查某，虎豹母，老師用膠帶黏住她嘴巴，威脅說要是再罵三字經，就用三秒膠把她嘴巴封起來。一號把羊駝牽過來給他，順便給他一袋乾淨的衣服。才過一條街，怎麼一號老了一世紀。

社頭三姊妹

「天氣變涼了，董事長要穿外套。」

他想跟一號說，妳唱歌真好聽，要不要牽我的手，我帶妳，還有羊駝，我們一起，慢，慢，走，回家，好不好？

小吃店的電視上，出現了小小。

小小得金曲獎，上臺哭著致詞的畫面。

「我要感謝我的媽媽。我要在這裡，公開，大聲，很大聲，跟我媽媽說，媽，我得獎了，我結婚了，我知道妳不開心，我要，妳不要，妳現在很討厭我，但我要跟妳說，我老婆，對，我老婆來了，她在那裡。」

小小的手指向觀眾席。但丁覺得小小的纖細手指伸出電視螢幕，戳戳他的下巴。小小從小就喜歡戳他下巴。他摸摸下巴，戳的觸感還在。

但丁覺得自己轉身的速度太慢了吧。小小的畫面還沒播完，他轉身，一號就不見了。剩下一號的髒話在街上迴盪。

一群脖子掛著大相機的人走進小吃店，截斷老闆的午睡。他們大聲談論戴勝，說今天找不到就撤，抱怨社頭好無聊啊，請問麵店老闆，你們住在這裡，每天要幹麼呢？誠實跟老闆說，在昨天以前，根本沒聽過社頭這個地名。

其中一個男人端著一盤滷豬頭皮，跟他一起蹲在小吃店前面，問他：「這隻，你養

116　　星期三

「的?」

他沒回答,羊駝代他說話,發出了細細的叫聲。他不知道怎麼回答。什麼是「養」?當初有好多隻,風光開幕,夫人剪綵,但,後來都死光了,這是最後一隻。飼主放棄了。羊駝陪他吃飯,陪他走路。這是不是「養」呢?

「請問,你有看到戴勝嗎?就是這隻鳥。」男人拿出手機,播放戴勝在鄉公所前鳴叫的影片。

他從口袋拿出手機,手指在手機螢幕上慢慢滑慢慢點,像是輕舟在平靜的湖心划動,慢到身旁的男人開始打盹。鳥悄悄飛來了,停在輕舟上。手指點開,是他在禁果拍的戴勝影片,早上傳給了小B。

咕咕。咕咕咕。鳥鳴啄破了男人的睡眠。男人大醒,雙眼小貨車,失速撞上但丁的手機,手機滷豬頭皮散一地,宛如車禍現場的屍體橫陳。羊駝低頭聞一聞豬頭皮,不吃。手機螢幕碎裂。戴勝叫聲鑽過螢幕裂縫,越來越大聲。

男人遞上名片,臺北內湖攝影愛好協會理事長。果然,也姓蕭。

社頭三姊妹　　　　　　　　　　　　　　　　　117

6. 三號

三號看著小B傳來的新聞影片連結，鄉長致詞被一號打斷，一號對著攝影機大吼大叫，鄉長在一號背後臉色發綠，額頭青筋爆開，許多巨碩汗珠湧出，那張臉變成一顆長滿疣的苦瓜。一號真的好吵，說要代替小小唱歌，罵髒話被電視臺消音，她實在聽不下去，手機丟進度假村餐廳裡的魚缸。員工趕緊撈出手機，擦乾遞上，真是笨蛋，忘了手機防水，一號沒淹死，持續在手機螢幕上吼叫。

她從小就知道自己是笨蛋。幾乎隱形的，沒什麼顏色的，智商不高的，音量太小的，三號笨蛋。瘠查某三姊妹，就她最沒特色，要是她旁邊沒站一號或二號，她會立刻聽到人們身體發出的各種問句，但並非「這是誰啊？」「我見過這個人嗎？」的完整問句，而是被疑惑搗碎的不明不白，實心飽滿的尷尬，怎麼問？問什麼？算了。

一號從小就被說醜，鋼鐵五官怒，全身毛細孔藏暗箭，唾液辣椒水，打架沒輸過。二號

社頭第一美，纖腰，說話細雨，淚眼人癲，嘟嘴傾城，老了不失鮮豔，多國流轉歷練，皓齒加州驕陽，雙眼裡盡是歐洲湖光山色，垂柳長髮藏香花。三號笨蛋呢？一張臉像是隨意潑一地的水，先被太陽晒乾的那兩塊就是眼睛，頑固不肯蒸發的那團就是嘴唇，不算醜，實在是不美，不易記住的隨機輪廓。

對，她就是那個大家記不住的三號，從小在校成績不上不下，沒特色，沒特殊才能，出口句子破碎，語意斷裂，拙於表達自己。她這麼多年來總是想問一號：「到底小小的爸爸是誰？有人說是但丁，很多人看但丁跟小小感情那麼好，很像是父女。跟我說，拜託，我好想知道，到底是不是董事長？」這句話在心裡反覆練習，找不到機會問，在小小的追思會外面，三姊妹大吵，終於來到怪罪時刻，我指妳責我我怪我她罵我，反正澈底撕破臉，什麼話都可以說了，她提高音量跟著吼，但這句排練很多年的話出口卻變成：「但丁⋯⋯是不是，妳說不說，到底小小⋯⋯是誰，妳都不⋯⋯別人說⋯⋯妳說！」喉嚨碎紙機，開口零散，吵架必輸。

曾想怪罪源頭，是不是因為母親長相平凡，給了她這平庸的身軀與容顏？二號那邊有幾盒貼「照片」標籤的鞋盒，開盒見蠻橫溼氣，很多照片都黏在一起，影中人面目糊爛。幸好溼氣饒過一張三仙女在神桌前的合照，色澤被時間刷淡了，照片上有大塊溼氣斑點，但三仙女容貌還算清晰。中間那個仙女，就是三號媽媽。唉，真是無法怪罪生母，三仙女自有獨特

社頭三姊妹　　　　　　　　　　　　　　　　　　　　119

輪廓，一直盯著照片看，覺得三個都美，看起來好快樂，看到哭了。哭什麼。都死那麼多年了，不看照片還真是沒辦法在腦中勾勒三仙女的模樣。哭著問照片，媽，拍照的時候，妳已經當媽了嗎？妳已經想離開了嗎？我當然知道妳們後來脫隊失敗，如果當年脫隊成功，妳留下來，如果路邊沒有那棵茄苳樹，我現在說不定不是這渙散模樣吧？拜託，妳可以給我一點聲音嗎？不是有聽覺的超能力嗎？把褪色照片放在耳邊，三仙女不言不語，沒有任何聲響。笨，聽不到聲音，只會哭。眼淚滴進照片盒子裡，溼氣黴菌歡呼迎接。

當年她發現一號肚子凸起來，竟然懷孕了，她立刻覺得自己的肚子凹陷，像是被人暴力飛踢。她低頭看凹陷的肚子，那痛楚太複雜了，嫉妒，羨慕，不信，憤怒。原來，一號有人愛。不，不見得是愛，但。一號，有人，真的有人跟一號做。不管是不是愛，反正就是有對象，有做，才會懷孕，至少是喜歡吧。一定是做很多次，搞不好懷孕了還繼續做，每天做。

有男人喜歡一號。有男人喜歡一號。有男人。多說幾次，還是不肯相信。大家都認為不可能有男人喜歡一號，那麼粗野，不像女人，死不肯穿裙子。她去書局買文具，聽到老闆娘跟客人聊天，說到病查某一號，夭壽，聽說懷孕了啦，怎麼有男人有辦法硬起來，看到她都軟了吧？哈哈哈，插進去不會斷掉嗎？哈哈哈，等人家發喜帖啦，肚子都大起來了，應該要結婚了吧？恭喜恭喜。聽說啊，搞不好，是董事長。哪個董事長？就，那個瘋掉的。她低頭看，手心一片藍海，原來是鋼珠筆被自己折斷了，雙手藍墨。

連一號都有人愛。

她,三號,沒人要的老處女。

二號早跑了,沒交代去哪裡,不用說,意思就是永遠不回來。鄉下女人不結婚,一定是有病。沒關係,還有一號跟她一起,在這個三合院裡當永遠的老處女。結果。一號偷偷做。

她拿了原子筆去結帳,書局老闆娘一臉驚駭,抽了幾張面紙給她。她搖頭,不用不用謝,我就買這些,對不起,這支筆,剛剛被我弄壞了,一起結帳。老闆娘搖頭,完了,是不是自己說話不清不楚,人家聽不懂啦。老闆娘走出櫃檯,拉著她,快步來到書店後方。書架後有個洗手臺,老闆娘給她毛巾跟肥皂,她不懂,直到抬頭看到鏡子。她整張臉藍墨縱橫,雙眼暴雨,藍色的眼淚滑到脖子。

她不知道自己在哭。蹲著挑筆,手在臉上拭淚畫抽象。

藍墨頑固,好幾天都洗不掉。藍墨在臉上住了幾天,她就哭了幾天。最後應該是眼淚洪水,洗掉臉上的藍。一號忙著孕吐,根本不知道三號在隔壁房間哭。一號懷孕初期沒孕吐,都已經七個多月了,忽然開始吐,每吐一次,伴隨十句幹你娘。三號覺得那些幹你娘孕吐都是炫耀,我有人幹喔,有人愛我喔,我要當媽媽了。三號沒人幹,一輩子都不可能當媽哭什麼哭,她根本懼怕男人。

社頭三姊妹

國三那年，她騎單車去買菜，在田間貪看紫茄天空，亂騎亂轉彎，竟然迷路了。田間道路景色根本一模一樣，這畦芭樂，那畦稻米，朝夕陽騎去，又是芭樂，又是稻米，彷彿身體根本沒移動，卡在時間裡。天色暗下，四周無路燈，她似乎終於看到遠方有房子，立刻加速奔去，今天輪到她去買菜煮晚餐，拖這麼久還沒回家，一定會被罵死。騎著騎著，她先聽到一句髒話，身體忽然飛起來，單車自己往前跑一段才倒下，她身體離開單車坐墊，有股力量把她往上拉，把她丟進路旁的草叢裡。

那個男人戴著全罩安全帽，嘴巴緊閉。但她聽到了他身體裡的那些辱罵，破媾、瘠查某，柴耙，去死，幹，去死，爽不爽。她認得那個聲音，無法指認名字，但，是來過三合院問事的人。男人像翻魚，把她身體翻面，她臉朝下，一嘴土，雙手被男人箝制在背上。她真的很笨，連尖叫都不會，忘了掙扎，一直想：「完蛋了完蛋了，菜都還沒買，說好今晚要煮貢丸湯，一號會罵死我！」男人跨坐在她肩頸上，好痛，她聽到褲頭拉鏈的聲音，一個軟軟的臭臭的什麼東西摩擦她的後腦勺，移到她耳朵，在她臉頰上摩擦。男人忽然吼一聲：「幹你祖嬤！」她脖子上的重量移開，她趴著不敢動，摩托車鑰匙，引擎發動。她一直等到完全聽不到摩托車的聲音，才慢慢移動身體。月光來，視線逐漸開朗，她身上衣褲都在，只是左腳涼鞋不見了。天。草叢裡有一條巨大的蛇。她知道這是黑眉錦蛇，鄉間常見。她怕蛇。但此刻，她聽見月光在蛇鱗上漫步的聲音，那聲音好輕柔，忽然覺得蛇好美。蛇無惡意，跟她

對看，緩緩從她面前爬過。啊，謝謝你，剛剛那個男人看到你，才會跳開吧。蛇穿過草叢，爬上馬路，離開了，她猜可能要趕著去買貢丸吧。蚊子圍攻她額頭，她拍打額頭，啊，痛，笨蛋當然沒打到蚊子。蚊咬的痛覺讓她想起來了，剛剛那個男人指甲好尖，在她的額頭留下好幾個凹痕。

從那次以後，她再也不怕蛇了。蛇有什麼好怕的。男人才可怕。

但在「海邊的鳥」，她完全不怕男人。真的，生平第一次，她完全不怕男人。這裡的客人，全部都是男人，只喜歡男人的男人。不知道從什麼時候開始，這些來度假的男人都叫她Mama，Ma什麼Ma，她聽到都會翻白眼，但那些男人看到她翻白眼會尖叫繞圈狂笑。在網路上給飯店留評價，很多都會提到Mama，她懶得看那些留言，反正都看不懂這些男人看到她又親又抱的，應該不會在網路上罵她吧。她其實也不知道該怎麼解釋，為什麼自己完全不怕這些男人？想想真荒謬，竟然來泰國，當了一堆男人的媽。以前去社頭衛生所當義工，不是來協助家中寵物施打狂犬病疫苗嗎？怎麼被一群婆媽圍住，兩隻德國牧羊犬耳朵豎立，等她回答所有問題。無需使用聽覺超能力，婆媽直接把心裡的話說出口。

「真的不結婚？」「沒有對象？」「老姑婆，孤單一個人，很可憐啦。」「不結婚生小孩，以後老了誰照顧？」「連妳大姊都生了，生小孩了還不結婚是，怎麼說，很奇怪啦，但至少，她以後老了有女兒顧啊。那妳怎麼辦？」「不要跟我說養狗養貓，妳大姊不是就養一

社頭三姊妹　　　　　　　　　　　　　　　　　　　123

堆了。」「最好狗是可以幫忙推輪椅啦，還可以拍痰，呵呵呵。」「我有一個舅舅，老婆去年癌症過身，家裡沒人打掃，沒人煮飯，想要找第二春，要不要我介紹一下？訣穗啦。」

「訣穗？訣穗，妳去嫁啊。」

兩隻德國牧羊犬耳朵垂下，身體往後縮。

笨蛋。原來她把心裡的話大聲說出口了。

在故鄉當不了媽，竟然來芭達雅當了一堆gay的媽。她自己也不知道怎麼一回事，明明好怕男人，這些gay也是男人啊，但她完全沒有任何受迫感。像是此刻，游泳池畔躺了一群多毛的男人，穿著緊身小泳褲日光浴，欲望電波滋滋流動，完全不會朝她流過來，她因此好放鬆，毫無壓力，盡情聆聽這些男人身體振動。他們的毛真是太茂密了，胸肚背都被毛髮覆蓋，像是皮膚上種滿苜蓿芽。她看著這些在泳池旁打鬧的男人，傾聽他們身上毛髮發出各種的飢渴聲音，比電視上的連續劇還好看。可惜語言不通，不然她好想問，你們這麼多毛，還需要擦防晒嗎？陽光還得花力氣撥開你們皮膚上昂揚的苜蓿芽，才能抵達皮膚表層吧？

忽然一陣騷動，所有多毛男人都站起來，肢體慌張，度假村員工也都衝向游泳池。廚師對她說了幾句，大步走向通往沙灘的階梯，她聽不懂，就跟著跑。幾個男人尾隨他們，奔向沙灘。階梯往下，她差點重心不穩，高大多毛的男人抓住她問⋯「Mama, are you ok?」男人牽著她來到沙灘，她有點暈眩。男人手汗浪濤，手臂貼著她的身體，溼溼的苜蓿芽黏在她身上。

沙灘上有個孩子。啊,是昨天入住的客人。一對gay爸爸,帶著可愛的幼子入住,在櫃檯給她看網路社群帳號,每一張照片都是兩個帥爸爸跟兒子的出遊照,腹肌胸肌,皓齒燦笑,追蹤者三百萬。剛剛應該是那個小兒子在泳池旁的斷崖上玩耍跳躍,失足摔到沙灘上。她抱起那個小男孩,快速檢查,沒看到任何明顯外傷,小男孩沒哭,眼睛睜好大,右手摸著額頭。她輕輕把男孩的手移開,額頭上有輕微擦傷。兩個帥爸衝上來,哭哭啼啼,把手機遞給她,示意要她拍一家三口在沙灘上擁抱哭泣的影片。

幸好沙灘柔軟,接住了男孩的小身軀。沒事。一群gay在沙灘上哭笑互抱,她是個盡責的度假村Mama,拍下了所有畫面。這些影片等一下剪接一下上傳,流量應該至少五百萬吧。也好,免費幫「海邊的鳥」打廣告。

回到房間,小男孩看兩個爸爸淚眼,跟著哭。她從廚房冰箱拿了一桶斑蘭葉冰淇淋,男孩立刻不哭了,手還是抓著額頭。

她也摸著自己的額頭。那個痛覺,又回來了。

被男人丟進草叢的那個晚上,她終究沒買到貢丸。她的單車掉進路旁的大水溝,她完全搆不著。還是找不到左腳涼鞋,右腳扭到了,她一拐一拐走路,心裡一直想到要找雜貨店。黑暗中,她削尖聽覺,排除身體所有雜念,終於聽到一號在三合院罵髒話。朝著一號的髒話走,先找到了雜貨店,太晚了,鐵門早就拉下來。她不想也不敢回家。她覺得自己好髒。額

頭刺痛。這樣走進三合院，一號二號一定會看穿她。好噁心。笨死了。臭死了。怎麼在草叢裡跟陌生男人亂搞。而且沒買到貢丸。

她亂走。不知道要走去哪裡。走到社斗路平交道，警告鈴聲大響，噹噹噹噹，柵欄快速放下。她驚醒過來，啊，她怎麼站在鐵軌中間。柵欄都放下來了。她往回跑，腳步踉蹌，腳卡到鐵軌，身體往前摔，額頭剛好撞上剛剛放下的柵欄。幸好平交道現在完全沒有車輛，四下無人，沒人看到。

好痛。

她趕緊爬起來，手抓著額頭。

她退到柵欄外。黑暗中，火車的車頭燈刺入她的雙眼。

她聽到身體裡的陌生聲音。是自己的聲音。

她聽到鐵軌說話了。高速行駛的火車也說話了。柵欄朝她吼。

「往前。」

「往前。」

她點點頭，聽懂了。往前，就不用回家了。媽媽當年想脫隊。現在，只要她往前，說不定，就自由了，就脫隊成功了。往前一點點，身體迎向火車，就不會覺得自己好噁心好骯髒

好變態。額頭那個痛楚,就會永遠消失了。

往前一步的脫隊行動失敗。那個額頭痛覺,一路跟著她,直到她來到泰國。

她當時已經踏出一大步了,身體凌波舞,越過平交道柵欄,站上鐵軌。火車的車頭燈出拳擊中她的雙眼。

閉眼迎接。怎麼身體又飛起來了。今晚第二次飛起來。又一雙大手抓住她,把她從鐵軌那邊拉回來,她身體與地面平行飛翔,小腿刮過尖叫的平交道柵欄,右腳涼鞋卡到柵欄脫落,身體懸浮。火車喇叭聲大響,衝進平交道。

火車駛過,噹噹噹噹,涼鞋碎屍,柵欄往上。好痛。額頭好痛。雙腳還沒落地。還飄浮著。誰抱著她?又要把她丟進樹叢嗎?她嚎啕大哭。她一直沒睜開眼睛,手胡亂抓,是誰抱著我?問什麼不說話?抓到手指,手掌,找到了,是你。社頭靜下來,柵欄閉嘴。你來了。

無需睜開眼睛,不想睜開眼睛。從小握到大,她當然認得那雙手。

社頭三姊妹　　　　　　　　　　127

7. 小B

深夜,客人終於都走了,藍咖啡恢復寧靜。小B推開所有窗戶,後門也打開,拜託涼風進門,帶走一整天複雜的人聲人味。深夜涼風有醉意,進門到處亂撞,金屬風鈴叮叮噹噹喊疼,菜單摔落一地,牆上的藍鯨抖了一下,Jimi Hendrix急忙跑上樓。老闆娘盤腿坐在咖啡館前方的地上,長髮睡了,社頭睡了,一雙手卻失眠,不斷在散落一地的箱子裡翻攪。

雨。雨?什麼時候開始下雨的?小B整天忙,完全沒踏出咖啡館,外面的社頭忽然變得好陌生。夜色不懷好意,雲朵鋼絲,在天空留下一道一道的赤紅血痕。細雨鬼祟,刻意避開小B伸出的手。手抓不到雨,抓不到黑夜,抓不到不遠處的吹狗螺。「吹狗螺」,天哪,心中竟然會出現這三個字,一定是老闆娘教的。誰在唱歌?誰在深夜拉二胡?哪間廟在誦經?對街商家這麼晚末班火車剛剛駛離社頭,好靜,今晚竟然聽得到火車鋼輪摩擦鐵軌的聲音。燒紙錢拜什麼鬼神?紙錢餘燼頑固,紅光熾熱,遇雨不滅。

這個午夜紋路色澤怪異,不是小B熟悉的社頭。鬧了一整天,怎麼此刻如此寂靜?他是

外地人，當然跟社頭不熟，但今晚真的怪，街道完全無人，卻有腳步聲，樹影勾搭路燈，裝神弄鬼。記者留下的駁雜細碎人聲被涼風轟出咖啡館，像是搖滾演唱會舞臺噴出五彩碎紙，雨絲和碎紙成雙成對，漫天旋轉華爾滋。

怎麼了。今晚怎麼想到五彩碎紙。

和他去看阿妹演唱會。最後一次和他去看阿妹演唱會。舞臺上方炸出五彩碎紙。萬人尖叫。他鬆開握著小B的手。說。要結婚了。對不起。小B假裝沒聽到。歌迷尖叫是最好的掩護。碎紙在他們之間渦流飄蕩。小B跟著萬人吼唱。對不起。他說了好幾次。小B感謝那些碎紙。繼續假裝聽不到。如此華麗的告別。

今天傍晚，老闆娘不是說要出門剪頭髮嗎？怎麼此刻看老闆娘背影，長髮吸收細雨，好像又長了幾公分。

找到了。老闆娘從箱子裡拿出一疊照片。她知道小B想問。心中有很多問題，卻沒開口問。她想回答，不知道要怎麼回答。三姊妹一起把小小養大。如何三言兩語。就讓照片說吧。小B接過照片，不同年紀的小小。小B算是小小的歌迷吧。小小得到金曲獎那晚，小B在電視機前大哭大叫。那幾首歌會哼。不，不只會哼，歌詞很熟，和弦會彈，隨時可以唱給老闆娘聽。

碎紙跌落路面，一陣強風，澈底帶走細碎人語。社斗路回復平靜。

老闆娘，怎麼哭了？

「臭豆腐。臭豆腐。臭豆腐。」

不定時，午夜時分，臭豆腐小卡車會從黑夜深處冒出來，在社頭街道滑行。臭豆腐阿伯把音量轉到最大，播放他親自錄製的老舊音檔，「臭」這個字拉長兩秒，再接著快速說「豆腐」。臭豆腐其實不是特別美味，但深夜聽到「臭豆腐」三字，許多人家會穿著睡衣衝出來，阿伯一份臭豆腐，加辣，泡菜多一點好不好？有沒有豆腐湯？今天沒有貢丸嗎？小卡車車身有許多凹陷，聽說，車子以前撞進一間廟，把人家的梁柱都給撞掉了。車修一修，阿伯戒酒，清醒度日惶惶，去三合院摘葉問事，該做什麼？一號說，看見臭豆腐。他轉去大廟問廟公，廟公說，聽說羊駝最近很紅，要不要來投資？臭豆腐跟羊駝，廢話，他當然選後者。羊駝賣紙錢賣香還兼賣羊駝觀光農場風光開幕，卻沒紅幾天。賠光家產，他只好賣深夜臭豆腐。一號，他一週只出來賣幾個晚上，幹，羊駝去食屎啦，生意奇佳，時常繞不到三條街就關掉廣播。一號也常跑出來買臭豆腐老闆的後腦勺，就共你講訣聽。

「啊，完了，今天店裡太忙，晚上忘記送便當。我買兩份臭豆腐，你去好不好？對不起啦，這麼晚了。我怕董事長沒吃飯。要是睡著了，就不用吵他。拜託啦。」

單車如刀，割開潮溼黏稠的社頭午夜。

媽啊。有鬼。

白白的一塊，螢光點點飄蕩。

「小B！」

小B手按煞車，單車失控，差點掉進大水溝。

原來是鄉長，穿著白背心跟螢光球鞋。

「哈哈，幹麼啦，我不是鬼啦。我鄉長啦，出來慢跑啦。你這麼晚要騎去哪裡？喂，別忘了，明天下午五點，圖書館。」

鄉長今晚特別多話，小B安靜騎單車，他邊跑邊講。

「這麼晚出來跑，原來也不錯。明天忙死了，接下來幾天，天哪，不行不行，絕對可以辦到。明天的朗讀活動，拜託你啦，我們以前在Brown，圖書館裡的朗讀活動，非常受到小朋友歡迎。guitar，要不要順便帶guitar來？哎喲我怎麼突然想喝咖啡，看到你就想喝咖啡。這麼晚你去送便當？我今天下午有看到但丁牽著那隻，你們真是好人，非親非故，對人家這麼nice。」

小B真是佩服鄉長，速度不慢，說這麼一大串話，幾乎不喘。

前方一團亮亮的光。

深夜的芭樂園，怎麼這麼亮？

社頭三姊妹　　　　　　　　　　　　　　　　　131

好熱鬧。這裡什麼時候開夜市了？怎麼有烤香腸的濃郁香味？不可能吧。彷彿天降晶亮隕石，撞上這個暗摸摸的農地，所有芭樂樹都燒起來。小B和鄉長都沒看過禁果招牌在夜裡閃閃發光。此時的禁果招牌，燈全亮，紅色帆布在夜裡招搖。好紅。好亮。直視幾秒，眼睛刺痛。用力揉眼睛。不是啊，明天，明天才是露營活動啊，怎麼禁果旁邊後面的芭樂園裡，已經提前搭了好多帳篷？好多露營燈具，照亮禁果，芭樂園好熱鬧。好多人烤肉，煮雞湯。深夜臭豆腐小卡車來了，臭味把所有人引出帳篷，生意興隆，阿伯笑呵呵。

今晚但丁不需要小B送便當，他牽著羊駝，坐在舒適的露營椅上，面前一大盤烤雞翅，大腸包小腸。

許多人包圍他，攝影機鏡頭全部朝向他。好吵。彷彿但丁是歐洲博物館裡知名的雕像。

但丁大腿上一個矽膠蜜桃臀部。

臀部上。

戴勝。

星期四

1. 導演

導演踢到軟軟的東西。她打開手機的手電筒,原來是裝布料的大型塑膠袋。數一數,十幾袋,一定很髒,不管了,天花板上的風扇多久沒轉動了?三十年?五十年?她雙手舉高,身體往後躺,背部撞上這些大塑膠袋,灰塵驚醒,布料從塑膠袋裡噴出。好軟,好舒服,耳邊傳來奇妙的聲音,她從沒聽過的聲音,細碎,好像來自很遠的地方,又好像就在耳邊,聽覺無法探測距離,從天花板降下,從地板湧出,朝她身體擠壓。她什麼都不管了,她現在只想睡覺,布料活埋,一秒入睡。

睡了多久?醒了嗎?我在哪裡?她覺得身體在一個暗暗的空間裡飄浮,暫時失憶,忘了自己是誰。身體上下左右飄蕩,撞上裁縫機,刷過斑駁牆面,好多襪子跟她一起懸浮,像蝴蝶,在她身邊緩緩飛舞。牆上一幅世界地圖,誰的豪邁字跡?在地圖上寫下「出口國」,

巴西圈起來，阿根廷圈起來，南非圈起來，德國圈起來，泰國圈起來。老照片散落一地，工廠員工合照，一些家庭照片，婚禮照片。天花板塌陷，排風扇被蜘蛛網纏住，紅春聯蒼白剝落，桌面上堆滿帳本筆記本設計圖，一切都被世界遺棄了，困在這個空間裡。怎麼感覺有火？

她的筆記本呢？她想要記下這個空間所有的細節。她在做夢吧？如果是夢，為何意識如此清澈？抓不到筆記本，出門前不是帶了幾本？要是此刻她正在寫劇本，她一定會標明這場戲是「夢境」。舞臺燈光要有幻境質地，要不要乾冰？演員手持火把？該選什麼樣的音樂？演員的妝容？但，不像夢啊，伸手去摸製襪機，冰冷堅硬，觸感很真實。啊，抓不到筆記本，怎麼抓到了尿布？什麼是「真實」？她覺得需要寫五頁，探究「真實」的粗淺定義。

這間廢棄的廢棄廠房，才應該是織襪博物館啊。今天早上劇團搭火車抵達社頭，鄉公所的替代役男還有祕書前來接待，幸好不是那個多話的鄉長，她好怕他，人沒來就算了，還要求替代役男朗讀一段噁心的歡迎詞，說什麼要去參加童軍露營開幕儀式，不克前來迎接貴賓，她抓住替代役男手中的講稿：「不用唸完，真的，謝謝。」不是應該直接去下榻處嗎？竟然還得參觀火車站前方的同仁社，她忍著脾氣，日式古蹟建築很美沒錯，裡面的織襪機器陳設與說明都是勉強的策展，把舊機器擺放在同一個空間裡，應該是城鎮的織襪興衰身世，卻不抒情。她現在身處的廢墟，完全不需要更動，就是個完美的織襪博物館，曾

經輝煌，如今破敗，桌椅紙筆都有人類使用過的痕跡，廢墟，卻有情有故事。照片裡面的人都還活著嗎？她不需要影片，不用音效，沒有文字說明，就能聽到機器轉動，人類交談，風扇攪動氣流。那些飄浮的襪子的原始設定是吸收人類腳汗，卻從未出廠，只吸收了人類撤離前的各種喧鬧，扯一下絲襪，趕訂單的加油打氣聲，拉一下繡蝴蝶的兒童襪，誰哭了？手伸進運動襪，指尖長耳朵，聽，誰關窗，誰拉下廠房鐵捲門，誰身體裡燒金紙銀紙，誰熄燈，誰轉動鑰匙，把時間永遠囚禁在這空間裡。

時間推移她的身體，手肘擦撞窗玻璃，撞出小裂縫。封存的空間終於出現裂縫，涼涼的秋風夾帶此時此刻闖入，來自外面的新時間與廠內舊時間對撞，金銀火光迸濺，廢墟失序。

她大聲喊叫：「筆記本！我的筆記本呢？」她要寫下眼前的這一切。

當初談公演事宜，劇團人這麼多，必須提前來搭臺，事先彩排，請問社頭有可以容納這麼多人的住宿空間嗎？鄉長立刻說有，是廢棄的襪子工廠，屋主把整個空間捐贈給公家使用，鄉公所已經開始活化空間，可以在短時間內闢出住宿空間，未來計畫打造成文創藝空間，空間真的很大，歡迎劇團成員帶家人一起進駐社頭。空間的確寬敞，劇團今天全體入住，喧鬧歡樂，像大學宿舍。她的女兒一路啼哭，到了廢棄工廠終於哭累了，小身體陷入柔軟床墊立刻睡著，演員大聲練唱背詞打鬧都吵不醒。

是典型的臺灣鄉下廠房，劇團入住的空間應該是前屋主的居住空間，三層樓混凝土獨棟

建築，看得出來當初花費不少心思裝潢，雖然陳舊，非常舒適，家的氣味。住家隔壁則是鐵皮屋廠房，風敲鐵捲門，無人回應。她沿著廠房的鐵皮外牆走，找到後門，鎖老了，她輕輕一拉，鎖解體，放棄多年守衛的任務。走進來，暫時遠離孩子與劇團，躺下睡一覺。這裡好安靜，好舒服，她想在這裡永遠懸浮，去他媽下鄉公演，什麼狗屁精緻文化下鄉，她不想回到現實。搭臺好麻煩，戶外公演變數太多，萬一觀眾人數很少怎麼辦？女主角感冒未痊癒，男主角星期五才能來社頭排演，星期六要是下雨怎麼辦？離開臺北，往南，以為能離開秋天，想不到鄉下風更涼，她看很多工作人員根本沒帶外套，拜託不要感冒啊。

小小，妳知不知道，我帶著我們的孩子，回到妳的故鄉了。我導的戲。我寫的劇本。我寫的歌。我好害怕。妳媽。我看到電視新聞了。她是不是要來鬧場？妳知不知道，妳上次看到我，對我說什麼？妳當然不知道，妳當時已經死了。她對我說：「我看不到妳。髒東西，我的眼睛看不到髒東西。」她的眼睛真的穿過我。在她面前，我變成一塊透明的玻璃。她的眼神撞上我。她踩過我。我是一地隱形的碎片。我真的好怕妳媽，她才應該來當導演，吼一聲，景片太害怕了，趕緊自行搭建，演員準時且不抱怨便當難吃，觀眾沒拍手十分鐘不敢走出劇場，劇評回到家不立刻美言幾句晚上會惡鬼纏身。

女兒醒了，哭聲擠進廠房窗玻璃裂縫，新時間舊時間都掩耳，放開她。她停止飄浮，重摔在地。好痛。地上不是有很多襪子碎布嗎？怎麼全部都閃開，她身體直接撞上地板。小

社頭三姊妹　　137

小,這痛覺,又讓我想到妳媽。妳媽把我摔出去。哈哈哈。記不記得,我們笑得好開心。妳的兩個阿姨也笑了。就妳媽笑不出來。

地上幾張泛黃老照片。她不想起身,看照片,假裝沒聽到嬰兒哭聲。認出來了。照片裡的男子是董事長,她見過一次。這些照片裡的董事長好年輕,大捲黑髮,墨鏡西裝,牽著清秀大腹女子。

2. 一號

一號最討厭星期四。幹。想喝杏仁湯。唱歌有夠難。要是現在有一大碗杏仁湯就好了，喝下去，嗓子裡的魚骨頭就會長出魚肉，復活成一尾悠游的彩色熱帶魚。對，一定是因為吃太多魚，嗓裡卡太多魚刺，誰叫她只吃肉不吃青菜，當年生完小小，就拍神桌發誓此生再也不吃青菜。青菜去死！還是因為吃太多鴨？喉嚨裡養鴨人家，呱呱呱呱吵死了，再呱就全部抓來烤鴨三吃。不會煮杏仁湯，不會唱歌，只會吃肉，想要大聲唱歌。夫人說，這幾天早上起來用幾個簡單音階開嗓，但不要亂用力，這首歌聽起來似乎簡單，其實不好唱，唱到高音不要想往上走，反而要用肚子的力量，吸飽氣，音符往上飛，呼吸往下降，肚子撐開，想像用手抓住那個音符，抓好，穩住，好，往下走，來，唱。幹！抓你的鳥穩你媽的啦，小小寫的歌詞你會背不下什麼鬼通通聽不懂。一大早騎機車去餵貓狗，邊騎邊唱，歌詞背叛音符，鄉間涼風聽不下去，想不代表會唱，沿路唱「玫瑰是玫瑰是玫瑰是玫瑰」，歌詞背叛音符，鄉間涼風聽不下去，想逼她閉嘴，捲來一堆昆蟲朝她嘴裡塞，蒼蠅，虎頭蜂，蛾，螳螂，杜伯仔，她可不管，當天

然檳榔，嚼一下吐回給風，不要煩，這世界上沒有人可以叫我閉嘴，老娘要練唱。

唯一可以讓她閉嘴的人，已經死了。

小小走的那天，星期四。該死的星期四，她盡量不出門，躲在房間裡，吃醫生開的助眠藥，等星期五。但今天早上狗很吵，藥吃了毫無睡意，算了，出門餵狗。小小寫這什麼歌詞，不懂。夫人說，這是引用美國知名作家的詩。小小當年去臺北讀大學，堅持要讀英文系，還輔修法文系，說什麼以後要用英文法文寫詩，啊不管什麼語言她都聽不懂啦，詩是什麼鬼東西，什麼玫瑰玫瑰的，廢話，玫瑰不是玫瑰不然是芭樂喔。家裡種了幾盆玫瑰，小小拿著吉他對著玫瑰唱，上門問事的人都不肯走，拉了小板凳聽，三合院小型演唱會，還喊安可，說女兒要去當明星，這麼漂亮歌聲又這麼好聽，當星媽賺死，以後就免費幫我們這些苦命鄉下人解決事情，不用收紅包了啦，門口地上的小燈改成「全部免費」，小小我們以後靠妳了啦，哇！刺青貼紙好漂亮喔，頭髮留長啦，去臺北讀大學有沒有交男朋友？找個有錢的，開公司做大生意的，唱片公司老闆，炒股票的，哎喲，科技業啦，對對，科技業才有前途，每天加班不會早早回家煩老婆，拜託交到有錢男朋友不要忘記我們鄉下這些叔叔阿姨等一下，什麼刺青貼紙，哪裡？一號看不到。她質問小小，三號衝出來說要帶小小去找董事長，來不及了要趕快出門。她用力推開三號，再問一次：「什麼刺青貼紙？妳不要欺負妳老母眼睛不好。」小小坦然：「不是貼紙，是刺青。」小小轉身背對她，右腿往上抬，短

140　　　　　　　　　　　　　　星期四

褲往上拉。幹,看不到啦,視覺抹除,小小右大腿背,一團霧。看不到就無法悲傷。二號開口:「很美啊,真的啦,沒什麼,就一朵玫瑰花,顏色好漂亮,以前在美國,隔壁鄰居的小孩才十幾歲就把男朋友的臉刺在手臂上,小小這個很美啦。小小,董事長在等妳,好久沒看到妳了,快。」

她無法控制自己的視力,過了一段時間,眼睛撥霧,終於看清了小小腿上那朵玫瑰。刺青很痛吧,媽媽不是氣妳去刺青,有什麼好氣的,媽媽是怕妳痛。

幾隻老貓狀況還不錯,看起來有點肥,不知道有沒有喝水?晚上會不會太冷?放在樹下的毛毯夠不夠暖?飼料罐頭是不是給太多了?算了,反正老貓日子不多了,說不定這是牠們最後一個秋天,多吃一點吧。貓名都是小小取的,太複雜,她不會,要看一下小抄,小小隨意撕下一張宮廟送的月曆,畫貓臉寫貓名,黃貓喵聲沙啞,叫Janis Joplin,總是在哈氣的虎斑貓叫Alanis Morissette,憂鬱的波斯貓叫Kurt Cobain。她怎麼可能有辦法記住這些名字。她把紙摺好,放在皮夾裡。小小走的那個星期四,往臺北的火車誤點,列車長廣播說訊號異常,二號跟三號急死了,說是不是要下一站下車,找計程車衝去醫院,她雙手抓著列車窗戶,想跳出去,用跑的是不是比較快?車窗外山區大霧,是真霧還是她眼睛作怪?眼前的世界皺一下,立即攤平,看到了,死亡的預感。她不肯相信自己的預感,站起來,在車廂走道來回

社頭三姊妹　　　　　　　　　　　141

走，看到一個穿制服的高中女生背誦英文單字，她回座，從皮夾拿出這張月曆紙，跟自己說，無代無誌，什麼都沒看到，小小沒事，到臺北之前，只要她把二十幾隻流浪貓的英文名字拼法全部背起來，小小就會沒事。

到底發生了什麼事，她到今天還搞不清楚。怎麼，到底，那個每天跟她一起在社頭到處餵流浪狗貓的那個小女孩，為什麼，就成為大明星。

臺北的追思會，好多人上臺說話，播放照片影片。他們說的那個小小，真的是她的女兒小小嗎？在街上揮舞彩虹旗，穿西裝打領帶手抓胯下，燒毀胸罩，網路上發表自創歌曲，創下驚人流量，唱片公司登門簽約，從不接受媒體訪問，只在自己的社群媒體帳號上發表作品，搖滾精靈，自己執導MV，重新定義性別的新世紀女聲，極具爆發力的吶喊，寫詩寫小說寫詞曲，憤怒的吶喊藏有堅毅的溫柔，身上好多刺青，剃光頭，忽然又綠長髮，在金曲獎頒獎典禮上出櫃，萬人演唱會，女女海島私密婚禮，璀璨熱烈卻短暫的一生。

那是誰？一號不確定，那真的是小小嗎？怎麼都沒說到她的家人？只有一張小小童年的照片，那是她三號阿姨拍的，坐在鋼琴前，嘟嘴。歌詞，小說，散文，詩，充滿城市喧囂，英文法文，性別衝撞，社頭不存在。小小在創作裡把故鄉抹除，打造一個嶄新的身分。

妳是誰？是那個在山區步道哼歌的小女孩嗎？那邊有幾隻狗，餵了一段時間，試過各種方法，就是不信任一號，警戒攻擊姿態，一號想過誘捕，帶去給獸醫治療皮膚病。小小跟

142　　星期四

來，山林裡的樹鵲與白頭翁歡唱迎接，一號心裡大聲咒罵這些死鳥，那些樹那些鳥應該也都聽到了社頭耳語，這女人神經病，受詛咒，未婚生子，每次她來，鳥噤聲，樹背對著她，狗吠逐客令。怎麼小小來了，枝椏舞動蝴蝶翩翩鳥迎賓，那幾隻凶巴巴的狗搖尾巴，輕快碎步，讓小小摸頭。

妳是誰？是那個皺成一團的黏黏鬼東西嗎？看不到，聽不到。怎麼辦，嬰兒沒有哭，是不是，死了。

妳是誰？是那個有很多疑問的小女孩嗎？「媽，為什麼妳要餵這些流浪貓狗啊？」「因為，沒有人喜歡牠們。只有我喜歡牠們。」「媽，妳忘了，還有我啊。我喜歡牠們。還有，我喜歡妳。」

當然沒有跟小小說過，她根本不想生下小小。

破水了，該去醫院了。她站在床邊，動不了。完了，不想生。不該生。她在發什麼神經，怎麼可以生。她有三個媽媽，但根本想不起來她們的臉了。她只記得擠壓變形的臉。連媽媽的臉都忘了的笨蛋，怎麼當媽。

懷孕讓她覺得驚奇，有一種奇異的勝利感，大家都說她查埔體，她終於證明自己是女人，有陰道有子宮，哇哈哈。國中時她痛打那些說她有屪鳥的男生，男老師扯住她的長髮喊：「蕭同學！說幾次了，不可以打架！妳到底是不是女生？跟妳講，人長得不漂亮，個性

社頭三姊妹　　　　　　　　　　　　　　　　　　　　　　　　　　　　143

就要隨和，才會討人喜歡，妳看那個胖胖的女同學，是不是個性就很好笑？大家都喜歡她，因為她知道，不漂亮，又胖，個性就要好笑，妳懂不懂啦？妳長這樣，又愛跟男生打架，完蛋。」她拍掉老師的手，這老師很愛拉女生的內衣肩帶，上衣襯衫口袋總是一根扁梳，看到女生頭髮亂，就拿出梳子，命令女生站好，老師幫妳把頭髮梳好，女生要有女生的儀態，頭髮不可以亂七八糟，聽到了沒有？梳頭順便按摩一下肩膀，諄諄教誨，女生最近是不是胖了？女生青春期，要忌口，不能吃油炸的，這樣皮膚才會好，發育才會健全，男生才會喜歡，乖。老師的扁梳從來沒碰過她跟那個胖女生的頭髮。其他女生其實羨慕她，但不能表現出來，怎麼可以羨慕瘠查某？男生笑她說有屍鳥，說我有屍鳥，我就給你們看有屍鳥的女生怎麼揍死你們。老師抓住她的手臂，說要帶去訓導處，她再度用力拍掉老師的手：「你這個色老頭，再碰我一次，給我試看看。好啊，訓導處是不是？走，我去跟他們說，你都怎麼亂摸全班的女生。走啊，嘿，親愛的老師，怎麼又不走了？」老師深呼吸，從口袋拿出扁梳，梳自己稀疏的頭髮：「好好好，不去訓導處，蕭同學做什麼事，我以後都不會再管。我就等著看，有屍鳥的蕭同學，這輩子有沒有人幹。同學們，聽好了，老師願意用退休金跟大家打賭，她啊，絕對沒人幹。」

老師那幾句話，她記在心裡，確定自己懷孕之後，她每天都在找這個老師，她腦中幻想的畫面，是老師坐在輪椅上晒太陽，垂老重病，看到她一身光燦走過來，擋住陽光，朝他的

星期四

耳朵吼:「親愛的老師,你的退休金交出來吧,你輸了,我有人幹,幹好幾次,還懷孕了。哇哈哈。」

但根本找不到,打聽許久,賣豬肉的說,老師後來當了校長,踢掉元配,娶了年輕美麗的老婆,聽說就是以前的學生,老來得子,幸福美滿啦。她不管,她還是想要找到人,追討退休金。幹你娘,沒找到人,怎麼就要生了。

她很少哭。當年老師那些話,她每一句都記住了,放學回家,一踏進三合院,忍了一天的眼淚才掉出來。大哭,因為她知道,老師說對了。不會有人幹她。不會有人愛她。用力捶打肚子,白痴喔,怎麼沒去打掉孩子,挺著大肚子,到底證明了什麼?幹她的人根本活在另外一個世界,不可能愛她。產檢結果是女生,她怎麼沒想過,肚中小孩一定是跟媽媽一樣,沒人愛的粗野女生。不能生啊,生下來一輩子被笑,這是被詛咒的蕭家,她不能讓這女孩來到這世界。

三姊妹拉扯。一號要去神桌下,這次進去,就永遠不出來了,絕對不能把女兒交給社頭。二號跟三號覺得一號瘋了,都什麼時候了,要趕快叫車去醫院,還想去什麼地獄。鄰居衝過來幫忙,一號力大,亂踢亂撞,一人擋十人,就是不肯走出三合院,宛如社頭舉辦奔牛節,一號蠻牛衝破柵欄,牛角突刺,眾人撲倒。

眾人喊叫:「一號要生了啦!」引來更多的鄰居加入,平常大家都在路上都躲一號,看

社頭三姊妹

145

她向右走，大家就算繞遠路也要向左走，但生小孩是大事，一定要把她帶去醫院，眾人之力終於制伏狂奔蠻牛，扛她出三合院，奔牛節擠過窄巷，終於走到社斗路。

「有沒有人叫計程車？」「來不及了啦，誰有車？」「去火車站？」「拜託，誰會坐火車去醫院生啦！」「平常這條路不是很多車，怎麼現在一臺車都沒有！」「我有機車！」「機車你去死啦！」「我！我！我去跟我爸借車！」「來不及了啦！」「我找不到待產包怎麼辦？」「現在叫產婆來得及嗎？誰有她電話？」「待產包是啥潲？」「我再回去找！」「神經病啦，來不及了啦，東西去醫院再買啦！」

一輛小卡車剛好經過，眾人攔下，卡車司機聽到是要載產婦去醫院，搖頭拒絕，車子後退。

三號推開人群，手伸進小卡車駕駛座，把司機的耳朵當保險箱的鎖，左三圈，右四圈，密碼忘了，那就左右再來三圈，司機叫得比產婦還大聲，三號輕聲對變形的耳朵說：「你敢走，我就去報警，你車號我記下來了，我找你找很久了。你不要以為你那一天戴安全帽，我就認不出你。你給我停車，現在。載我們去醫院。」

司機急踩煞車。

他剛剛心裡罵的髒話，都被三號聽見了。她當然記得這拖她進草叢的聲音。找了這麼多年，終於找到了。

蠻牛被抬上小卡車，還在喊叫：「我不要生！都給我滾開！」

完了。

蠻牛大喊：「幹！我要生了！」

二號說：「妳不要急，我們先去醫院，醫生有說，破水之後，然後是陣痛，咦？是這樣沒錯吧？還是先陣痛？反正，不會馬上生啦。」

蠻牛抓住二號的長髮吼：「妳瘠查某，聽不懂我說的話是不是？我現在就是要生了！」

抽菸百歲老阿祖爬上小貨車，頭伸進蠻牛胯下，看啊看，爬下小貨車，吸一大口煙說：

「看到頭了。」

蠻牛尖叫，睜開眼，天，為什麼這麼多人，整個社頭，都來了嗎？

社斗路上人潮洶湧，宛如臨時開幕的黃昏市場。棉被，枕頭，床墊，小診所的醫生被拉來，醫生聳肩，他是耳鼻喉科醫生啊，誰說要燒熱水？為什麼要燒熱水？電視連續劇都這樣演啊，反正就是要燒熱水，幹什麼？燙嬰兒喔？消毒啦！消什麼毒？嬰兒有毒喔？剪刀！五金行老闆拿剪刀來了，說這個日本進口的，剪臍帶絕對一剪就斷，學校放學了，下班了，幾隻貓跳到卡車上，對著一號喵喵叫，人越聚越多，警察也來了，管制道路，不讓車輛進入社斗路，遠方傳來救護車趕路的尖叫聲，賣烤香腸的來擺攤了，在廟口一整天

社頭三姊妹　　　　　　　　　　　　　　　　　　147

沒賣出兩條香腸，怎麼現在還要打電話叫老婆從家裡拿香腸跟大蒜來，芭樂園那邊的農人也聽到消息了，暫停採收工作，一號要生了，在街上喔，快喔快喔。

一朵雲路過社斗路，往下看，以為是群眾鬥毆，仔細看，人潮圍著一輛小卡車，卡車上躺著一個哭叫的女人。眾人喊：「用力！」「再一次！」「加油！」「出來了！出來了！」

誰放鞭炮？嚇跑了雲，社頭的黃昏天空橙金，一朵雲都沒有。一號睜開眼睛看天空，覺得天空好美，身體空空的，好餓。懷胎九月，她每天都好愛吃水果蔬菜，不太愛吃肉，好愛吃豆腐。此刻，她忽然，好想好想吃一大塊五花肉，配大雞排，再來一碗蒜頭麵，啤酒一打。

夕陽金光灑在社斗路上，照亮小卡車，照亮女嬰，抵達社頭。

鞭炮燃盡。貓狗人蚊蠅集體閉嘴。晚風握緊鳥喙。炭火上的香腸不敢流汗，怕油脂滴到炭火會滋滋大響。救護車不再尖叫。老阿祖的百年肺用盡力氣困住一大口煙。彷彿誰忽然關燈，天色一暗。太陽不忍看，滑進地平線。

嬰兒，怎麼，沒哭？

一號不看天空了。怎麼這麼安靜，社頭人每天都很吵，忽然這麼安靜，一定有事。她用手肘撐起身體，看不到，面前一團霧，糊糊的，有血，她看不到嬰兒。不可能。一定是活

的。她剛剛的確不想生。但，並沒有死亡的預感。完了。會不會，這次，預感沒來找她？

一個高大的身影穿過人群，來到一號眼前。

董事長放下手中的厚書，接過嬰兒，輕輕拍打了嬰兒。

嬰兒發出細細的聲音。好細微，像是笑聲。不可能吧，哪有嬰兒出生就笑的？大家看不到，嬰兒睜眼看到董事長，真的笑了，像是老友久別重逢。董事長又輕輕拍打嬰兒，嬰兒這次就懂了，要哭，街上人這麼多，他們需要幾聲嘹亮的哭聲，才能確定嬰兒沒事，母子均安。

哭聲撞到一號的眼睛。先是一團光彩，闔眼，再張眼，霧終於散去。誰開燈了？天色忽然明亮，掉入地平線的夕陽聽到哭聲了，爬回社頭。

她看到了。

她這輩子，視野從沒這麼開闊過。看到嬰兒，她如見大山大水，雙眼蓄汪洋，海水從她眼角傾瀉。

妳好漂亮。頭髮好多，好捲。長得一點都不像我。

社斗路歡騰。鞭炮炸開，香腸攤老闆宣布買一送一，五金行用鐵鎚敲鍋具，蕭姓老鄉長準備麥克風要致詞，夕陽貪看嬰兒，遲遲不肯離去，救護車終於開進社斗路。燦燦金光裡，董事長把嬰兒放到一號懷中。一號眼中的海水潑到了嬰兒。嬰兒皺皺溼溼的。一號還是想到

社頭三姊妹 149

了那個國中老師。她知道，永遠找不到那老師了，要不到退休金。但她終於可以忘記那老師了。沒關係，沒有人愛她沒關係。真的，沒關係了。

小小剛出生那刻，一號看不到她。

最後的時刻，小小的屍體，也是一團霧。

生與死，皆霧。

一號輕輕拍打病床上的小小。這不是小小吧？一團霧。沒笑。沒哭。她抬頭要找董事長。董事長，你在哪裡？你可以過來一下嗎？幫我拍一下小小。她現在已經長大了。她不笑不哭，不理我。拜託董事長，幫我拍她一下好嗎？她最聽你的話，拍一下，她就會醒了。我看不到她。

3. 小B

二號說要來支持，但小B知道她一整晚賴賴趄，根本沒睡覺，現在一定在昏睡。

只有夫人。一個人。

活動已經延遲半小時，幾位館員放下手邊工作，在觀眾席坐下，但場面依然冷清。負責拍照的館員請示主管：「這，我要怎麼拍？」一看就知道都是我們自己人，這樣照片貼上網，很難看。以後不要辦這種奇怪的活動了啦。」館員沒有刻意壓低聲音，故意要讓大家聽到，她覺得鄉長真是太奇怪，找來一個彩虹怪人來圖書館朗讀，她一開始就反對，星期四小學校外教學活動，本意是推廣閱讀，鼓勵小朋友課餘時間進入圖書館，怎麼現在搞成這樣。幾個月前這個怪人來櫃檯辦證，她就注意到了，非男非女，她心裡找不到適當標籤，就稱之教壞小孩的彩虹人。她厭惡彩虹，幸好鄉下純樸，見不到彩虹，那種怪東西只有臺北才有。想不到鄉長勾搭上這個彩虹人，請來圖書館朗讀繪本，說什麼推動多元文化，其他館員竟然還熱烈配合，牆上貼彩虹，製作感謝狀，還說要幫朗讀者親自做排骨便當。沒辦法了，大家

都瘋了，她只好自己來，在通訊軟體的群組裡主動警告家長，很簡單，就說什麼性別觀念會受到影響，成長偏差。警告見效，百張折疊椅等不到孩子。

小B抱著吉他，獨自坐在臺上。館員的話掌摑，小B臉頰紅燙。溺水感，吉他充當救生圈，抓太用力，吉他發出怪異弦音，喊痛。三本繪本，吉他伴奏，印好歌詞，跟孩子們一起唱。真傻，為什麼要答應鄉長呢？其實來社頭之後，日子平穩，盤問眼光是日常，但只要安靜不出聲，外來異物彷彿無害。朗讀是高聲宣布，我有聲音喔，但外來異物怎麼可以有聲音，這分明是踰矩。

夫人很早就到了，看小B彩排。她是藍咖啡的常客，午後時光凝滯，社頭睡意濃，鄉長官邸裡迴盪著婆婆的鼾聲，她從後門離開，到藍咖啡讀書。她跟小B都是入侵者，口音外來，長相，怎麼說呢，一看就知道，都不是本地人。午後咖啡館冷清，通常只有她這個顧客。小B把音樂播放權交給她，她在串流介面上搜尋小時候在阿拉巴馬州聽的那些專輯，並非懷舊，而是有一種擾亂的暢快，舊時音樂入侵此刻時區，這是她微小的興風作浪。兩個外來者搖擺身體，靜靜讀書，喝咖啡，吃蛋糕，不太說話。不用說話，真好。

小B要夫人給意見，音量如何？小朋友會跟著唱嗎？她搖頭，她想到一大群小孩塞滿這間閱讀室，腦中出現奪取吉他砸自己頭的畫面。孩子沒來，她其實鬆一口氣，也好，那我們就回去藍咖啡放音樂，搖滾，或電音，音量調最大。

鄉長在童軍大露營那邊行程耽擱,此刻終於趕到了。椅子收好靠牆,麥克風關掉,第一場朗讀活動,可能也是最後一場。鄉長問館員,不是都跟學校老師確認了嗎?有沒有跟他們說有準備驚喜小禮物?立刻打電話了解情況,電話那端的老師囁嚅:「鄉長,那個,你不要生氣,我其實也很為難,是家長來抗議,說要是我們把小孩子帶去參加朗讀活動,就要去找記者把事情鬧大,反正現在社頭就有記者,很好找。所以⋯⋯我們今天的校外教學,就臨時改成採火龍果。」

鄉長快速評估情勢,他發現自己很亢奮,他最愛解決棘手情況,找小B來圖書館朗讀,目的就是讓小朋友從小習慣多元,沒關係,他的目標不是那些家長,而是小朋友。不來圖書館,那我們就去找小朋友,小B在火龍果園裡朗讀,田園牧歌,效果說不定比圖書館還好。

今天早上他又比鬧鐘還晚起床,他用力打自己的臉,清醒,振作,在筆記本上列今天星期四一定要達標的清單:

一、大露營順利開幕!
二、小B朗讀順利!
三、掛燈!
四、監督舞臺搭建進度!
五、阻止一號唱歌!!!

社頭三姊妹

紙上寫滿驚嘆號，一號太可怕了，三個驚嘆還嫌不夠。再用力打自己的臉，YES，你一定可以辦得到，YES！

但是小B不見了。這是小B擅長的遁逃。來社頭的那天，小B從一場婚禮遁逃。不，是很多場婚禮。小B從沒去過的彰化鄉間，原本計畫是偷偷在對街看一眼就走。就一眼，最好能夠遠遠對到眼，凝視一秒，那就夠了，那就是告別。搭區間車抵達，小車站完全不見人影，幾棟房子，農田，昏睡的黑狗，月臺上的站名標示被人塗鴉括號註解：（鬼地方）。覺得自己真荒謬，根本不知道婚宴地址，只知道這個括號鬼地方是新郎的家鄉，這樣怎麼可能找得到？陪黑狗坐在樹下，背包裡有水煮蛋，狗一半人一半，打算吃完蛋就搭下一班區間車滾蛋。黑狗迅速吃完一半的蛋，精神來了，往田間小路走去，回頭看小B，那眼神似乎指路。區間車來了，小B趕緊跑上月臺搭車，過了兩站，看到有便利商店，決定下車買狗食回頭去餵狗，找不到人，至少餵飽一隻狗，此行不枉。回到那鄉野車站，狗還在原地，像是在等小B。等一下，怎麼黑狗變成白狗，體型一樣，那張臉也一樣，鬍鬚還有蛋黃殘留，怎麼毛色被陽光漂白？狗吃掉罐頭，喝水，往鄉間小路走，一樣，回頭看。好吧，這次就跟狗走。農田，三合院，廠房，游泳池，幼稚園，皆廢墟，走了一段，不斷回頭，怕等一下走不回去，怎麼，完全沒遇到任何人？小黑蚊圍攻小腿，忙著驅趕蚊子，都沒注意到黑狗，不，白狗，不見了。完了，澈底迷路。正準備用手機導航，就聽到了鞭炮聲。聽覺引路，穿過窄

巷，一地鞭炮屍，路邊搭起了帳篷，婚宴辦桌，啊，竟然找到了。鄉下人家的門口擺了新人婚紗照，小B看著那張照片，修片太誇張，太多柔焦，沒有小鬍子，新娘新郎如韓劇明星，不是不是，走錯婚宴，這不是小B要告別的那個新郎。又有鞭炮聲。小B亂走，天哪，今天是什麼大好日子嗎？竟然有好多路邊婚宴，每個喜事人家外面都擺了一大張新人婚紗照迎賓，每一對新人都是去同一家婚紗店拍照嗎？怎麼拍出來的照片都一模一樣，認不出來誰是誰。鞭炮，喧鬧，路邊大火炒菜，酒醉賓客在菊花田狂吐，算了，搞不好根本是記錯地方，永遠找不到那個告別的對象。走回剛剛抵達的第一場婚宴，新郎新娘從賓士車走下來，遠遠的，小B就認出來了，婚紗照認不出來，新郎實體本人，那個笑容，那個眼神，找到了。新郎看起來好快樂，小鬍子剃掉了，嶄新的臉，牽著新娘的手，眾人歡呼。兩天前，新郎來找小B，說是最後一次，要返鄉辦婚禮了。當初說得清清楚楚，不能認真，玩玩而已，婚後要搬去新加坡，新工作，要好好照顧自己喔，以後不能一起去看演唱會了。小B躲進路旁的農舍，想哭嗎？想尖叫嗎？想把那個新娘推開嗎？想當新娘嗎？逼自己誠實，最想最想的，其實是倒轉時空，回到兩天前，新郎的堅硬慢慢進來，尺寸實在是驚人，小鬍子新郎很會慢來，從來不急。小B確認新人已經進入宴席，腳步無聲，像飄蕩的鬼，經過那張婚紗照，朝忙著敬酒的新郎揮手道別，無聲遁逃。走回火車站，走著走著，白狗來了，一路陪到車站，

社頭三姊妹　　　　　　　　　　　　　　155

走上月臺前回頭看，又變成黑狗，搖尾道別。一坐上車，小B尿急，真的，真的忍不住了啊，好像坐錯車了？往北還是往南？方向不對。不管了，下一站就下車，車站一定有廁所。

下一站，社頭。

來社頭，隱形過日子，身體是透明的，沒有聲音。這樣就好了啊。為什麼要答應朗讀。

鄉長快步，擋住小B的單車。

「It's ok, really, 我剛跟老師通過電話了，小朋友們現在在火龍果園，我們去找他們。」

小B搖頭。

「好，我們沒那麼多時間。Calm down, 聽我講，我以前在Brown, 社區有一間圖書館，找來了drag queen來朗讀童書，也是有家長抗議，製作標語說要boycott，但是！也是有支持的家長，所以活動每次都很成功，很多小朋友都很開心，我就是希望社頭的小朋友也有這樣的機會，不是說鄉下小地方，大家就是保守，就是守舊，我當鄉長，絕對不一樣，我們可以做很多有趣的事，let's celebrate diversity！」

「可是，可是我，我不是，drag queen啊。」

「沒關係，我們就慢慢做，做到一個程度，我們可以爭取一下budget，或者，我就自己掏腰包，就可以請化妝師，造型師……。」

「鄉長，你到底在說什麼啦？我不是drag queen。」

「好好好，label不重要，sorry，我不該任意貼label，跨性別？‧trans? sorry，就當自己，whatever。我們不可以因為幾個恐龍家長就放棄。我不是普通的鄉長，走，我們……。」

做自己？那是什麼意思？怎麼辦到？什麼是自己？小B真的不知道自己到底是什麼，不男不女？人妖？跨性別？從小就有很多標籤硬貼上來。標籤，外號，辱罵，都隨便，都默默收下。國中，樓梯間，「變態人妖」標籤貼上來，幾隻手也用力貼上來，小B滾下樓梯，老師來醫院問，是不是有同學欺負？搖頭，再痛也要大力搖頭否認，不不不，是我自己不小心，住院很好，不用回學校，好開心，最好就一直住下去。不知道，小B不知道自己是什麼。鄉長好激動，已經開始演說，什麼多元價值，性別光譜，性別流動，沉默非選項，抗爭，革命，教育，實在聽不下去，不想抗爭，只想離開，回到藍咖啡，繼續做個透明人。小B注意到，鄉長的脖子上，有幾個紅腫的隆起丘疹。

鄉長不肯放開單車，舌頭快速列印五萬字講稿。小B受不了了，仰天尖叫，從籃子拿起精裝繪本，朝鄉長的臉和脖子揮去。

4. 鄉長

精裝繪本剃刀,把鄉長的細長左眉毛當鰻,快速剃下魚頭。止血,消毒,無需縫線。醫生取出鄉長脖子上的螯針,遞上小鏡,鄉長完全不看無頭鰻,專注自己的嘴角,上揚,毫無挫敗感,真心微笑。非伴裝,要不是醫生護士在一旁,他會放聲狂笑。原本以為這就是個無法達標的星期四,童軍大露營的開幕儀式是大災難,接下來的行程全部亂掉,去運動公園跟搭建舞臺的劇團合照,取消,跟無人機表演團隊線上開會,取消,掛燈儀式,絕對不能取消,改到下午,圖書館多元朗讀,取消,再取消一個行程他就要瘋了,他真的沒有辦法忍受To-do List沒達標,不行,還是要去圖書館。他痛恨遲到,遲一分鐘,心裡髒話嘶吼兩世紀。遲了五十七分鐘才衝到圖書館,竟然沒有任何孩子來參加活動,心裡深處的洞穴小規模崩塌,不斷罵FUCK FUCK FUCK,是不是該承認挫敗,這是個失敗的星期四。FUCK NO,打自己的臉,絕對不能放棄,他完全不知道什麼叫做放棄,跑到街上試圖說服小B,想不到剃刀刷過來,視線染血。不,這不是挫敗,他好感謝小

星期四

B，給他勝利感。認識小B多久了？從沒看過那張安靜的臉出現慍色，淺笑，灰白棕寬鬆穿搭，盡量不開口，腳步無聲，連騎單車都沒有任何聲響，那單車被主人調教成輪軸壓抑、鍊條自制的無聲鬼魂，悄悄在鄉間小路滑行。但是小B剛剛卻失控了，吼出好幾聲尖銳，拿繪本砸他，憤怒踩單車。成功了，他讓小B暴露真實的情緒，不再壓抑。單車也跟著瞬間解放，鍊條掙脫，輪軸鬆脫，鈴鐺墜地尖叫。小B把解體的單車丟在路旁，回頭朝他再吼一聲，快跑離去。

小B生氣了。鄉長好有成就感，想立即頒發社頭鄉榮譽獎章，腦中已經響起頒獎典禮該播放的音樂，Vangelis的Conquest of Paradise，得主噙淚，慢慢走上臺，全場起立鼓掌。獎章不是頒給小B，是給自己。

候診室的電視好吵，為什麼診所要播放新聞臺？播到社頭那則新聞了，護士喊：「鄉長！你上電視了！」FUCK，根本不是他上電視，他一早就看到那則新聞了，有他的聲音沒錯，但根本沒拍到他的臉。昨晚深夜在禁區，記者拍攝戴勝跟但丁，許多攝影愛好者開心接受訪問，都說能這麼近距離拍到戴勝，真是奇蹟，而且這隻戴勝根本不怕人，這麼多鏡頭瞄準，完全不害羞，還會擺姿勢喔。他快速評估現場狀況，深夜出門慢跑的鄉長接受訪問，媒體效應一定很正面，主動跟記者表明身分。記者要他站在但丁身旁接受訪問，這樣才能拍到鳥，他開口說Hudhud，想不到貴客Hudhud來到社頭，一定是因為超級星期六，特地來訪，

社頭三姊妹　　　　　　　　　　　　　　　　159

參加盛會。還沒講到重點,羊駝把頭伸過來。今天一大早打開新聞臺,歌手酒駕鞠躬道歉,保時捷法拉利對撞,新北市牛肉麵大排長龍,捷運搶博愛座搶到打架,立法委員互毆,小模街頭露乳攔車,終於,輪到社頭,彰化鄉下出現稀客。一分多鐘的新聞畫面,都是拍鳥,的確有剪到鄉長受訪的畫面,但整個畫面都是羊駝的頭,鄉長的臉不見了,彷彿是羊駝在說話。

對著醫生,他說出了這個字。昨天晚上根本沒有人要聽他講Hudhud,醫生護士一定沒辦法拒絕他,找到聽眾,把握機會。

「醫生,你知不知道,戴勝其實有出現在《可蘭經》裡面喔,叫做Hudhud,負責幫先知傳達訊息。為什麼叫做Hudhud呢?因為叫聲,你聽,記者有拍到鳥叫,其實就是hu的聲音,所以叫做Hudhud。」

昨晚在禁果沒說完的,此刻一字不漏,全部傾倒給醫生跟護士。倒完心情更好,勝利感更濃,清空沮喪,只要沒有那隻fucking alpaca,一切好辦事。

借用診所洗手間,該整理一下儀容,褲子上的泥巴乾掉了,今天還有很多行程。小便,手住褲子裡撈,直接撈到器官,什麼!沒穿內褲。怎麼可能。解開皮帶,西裝褲底下真的是空的。沒有Jockey。他只穿Jockey牌的白色純棉內褲,classic brief,一次買好幾打,尺寸M,

洗完之後一定要用熨斗燙平，自己來，絕對不麻煩老婆，他可是倡導女性主義的新世紀異性戀男性，絕對不是什麼臭直男，白內褲自己燙，不允許任何皺摺。洗手間裡有全身鏡，他往後跌坐在地。怎麼可能。剛剛照鏡，竟然沒注意到下巴亂鬍，今天早上忘記刮鬍。不可能。忘記穿內褲就算了，為什麼沒刮鬍，等一下，那件是什麼鬼，他身上怎麼穿著藍色背心。再看一次鏡子，真的穿著那件印著蕭鄉長大名的背心。當初競選，團隊訂製了幾百件，大家都穿，就是他這個時候選人死也不穿，醜死了，穿印著自己名字的衣服，那是沒自信，怕人不認識。他是自信的政治新生代，不肯穿那件背心，依然高票凍蒜。為什麼，今天穿著這件出門，而且完全沒意識到。

藍色背心上有乾泥巴。

早上彰化童軍大露營開幕，來自彰化各學校的遊覽車抵達清水岩營地，車門打開，吐出呵欠惺忪的童軍。這些孩子們頭戴耳機，眼睛裡只裝得下手機，不看樹不看山不看天，當然也不看微笑迎接的鄉長。鄉長致歡迎詞，社頭的好山好水歡迎童軍蒞臨，相信大家會在接下來幾天學習與大自然相處，發揮童軍精神。童軍打鬧，有孩子從背包取出無人機，升空拍攝營地。無人機在鄉長頭上盤旋，致詞還未結束，麥克風沒電了，童軍自行解散，開始搭帳篷。一直有抱怨聲。什麼鄉下爛地方，手機收訊這麼差，什麼？沒有Wi-Fi？沒有Wi-Fi還敢開放讓人來露營喔？最近的便利商店有多遠？什麼？那麼遠？這樣我們怎麼買東西？會餓

社頭三姊妹　　　　　　　　　　　　　　　　　　　　161

死。這裡好偏僻喔，有沒有蛇啊？我要充電！哪裡有插座？我媽說要來拍我露營的照片，看到我在這種爛地方露營，應該會立刻把我帶回家。

為了迎接各地童軍齊聚社頭，鄉公所準備了許多新鮮食材，讓童軍們抵達社頭的第一餐，就能自行烹飪。結果好幾籃的食材沒人取用，有人大喊：「我要叫Uber Eats！」「我也要！」「Shit，我手機沒收訊！」沒人生火烹煮，外賣機車奔赴營地。

青春痘男孩撿石頭，挑尺寸，鄉長腳邊剛好有一顆，男孩蹲在鄉長身旁，把玩石頭，看天，看地，看樹，認真思考，對石頭說話，鄉長心暖，畢竟還是有孩子願意親近大自然，手指沒有黏在手機螢幕上。男孩站起來，看了鄉長一眼，手臂成弓，用力射出石頭，精準擊中樹上的大蜂窩。石頭撞上蜂窩之前，沒有人注意到樹上有個大蜂窩。蜂怒，童軍鼠竄，踩爛鄉公所準備的食材，推垮剛搭好的帳篷。鄉長被童軍推擠，摔進泥窪。蜂衝向鄉長，瞄準他的頸部。

FUCK。有記者。

這幾週，鄉長最擔心沒有記者要來採訪。但此刻，他看到記者會怕。

「啊，鄉長，又是社頭！」

候診室的電視上果然出現了童軍躲蜂的混亂畫面。

「彰化社頭舉辦童軍露營活動，主辦單位竟然沒注意到營地有大蜂窩，童軍被叮咬，大

「哭說要回家。」

他不想看新聞，萬一拍到他摔倒的畫面怎麼辦，用力拍掉背心上的泥巴，火速離開診所。

不是跟祕書交代說要等他來，才可以開始掛燈嗎？沒等他，火車站前已經擺出兩隻大型吉祥物，懸掛圓形彩繪燈籠，綿延將近一百五十公尺，千百個燈籠都是社頭學童親手彩繪的作品，彩繪主題是「社頭有希望」、「展望好明天」。沒押韻，但這不是他想的主題，無法控管。什麼叫「有希望」？「好明天」？拆解標語，社頭沒希望，今天太爛，只能期望明天。他看著兩隻大型吉祥物，實在是很醜，左看像龍，右看如獅，遠看像魚。為什麼從來沒有人跟他說會擺出這兩隻怪獸？為什麼沒有等他來，就開始掛燈籠？

沒關係，晚上還有點燈儀式，人一定很多，他要趕快回家換衣服。天哪，為什麼還穿著這件醜背心。

一號騎機車經過，停下來跟掛燈工人說話。距離太遠，他聽不到對話內容。他猜，一定是在邀請工人星期六去運動公園聽她唱歌，不然就是在大聲抱怨為什麼鄉公所的活動網站上還沒有列出她的表演訊息。

他拳腳硬石。不。腦中怎麼出現了暴力的影像。怎麼想學那個青春痘男孩。腳邊有沒有石頭。不。怎麼可以對女性施暴。FUCK。用力打自己的臉。他不是這種人。他的父親對

社頭三姊妹　　　　　　　　　　　　　　　　　163

老婆施暴。他絕對不會允許自己傳承那樣的暴力，他可以用理性與知識提升自己，他提倡女權，深知父權毒害。不，深呼吸，驅趕暴力念頭。

一號這種人，就是阻礙社頭進步的舊勢力。這是理性實證時代，排除神祕不可測的超自然力量。他想要把韋伯的「除魅」應用在他的施政，無法避開廟宇，所有廟會慶典都要去露臉。他堅信新世代一定會帶來全新氣象，理性科學，不再迷信，這才是社頭的明天。Entzauberung，對，他會「除魅」的德文，他就不相信，整個社頭，還有第二個人會拼這個字。

十八歲，他被母親逼去三合院，要去臺北讀大學了，去給一號看看，當時不懂抗拒，只覺得對方是神棍，滿嘴胡言，一定很快會被揭穿。當年的一號就已經滿口幹，他覺得一號用牙線牙籤，剔出來的都不是菜渣肉塊，想不到過了這麼多年，還是有這麼多人信一號。一號當年對他說：「幹，好運啦，接爸爸的工作，大富大貴，鄉長命喔，幹。運勢大好之後，要特別謹慎，嚴防情緒失控。」這種包裝成預言的廢話，他自己也會講。他轉頭看著醜怪的鬼吉祥物，一隻頭上寫「平安」，另外一隻肚上寫「發財」，堅硬的拳腳瞬間鬆軟。父權舊時代醜死人的美學大獲全勝，理性的鄉長無力去除鬼魅，心中的洞穴又崩塌了一點點。他想像腳邊有一塊隱形的石頭，撿起來，其實沒有力氣了，還是用盡全身最後一點力氣，丟向一號。

5. 二號

二號受不了小B身上的味道，臭死了。

她說頭痛，想去髮廊剪頭髮，是不是該去看醫生？一整天都沒吃東西好餓，想去散步，下雨了，我們出去走一走好不好？找不到，幫我找雨傘，小B不理她，繼續招呼客人：「老闆娘沒關係，妳去忙，我來就好，妳去吃飯，生意這麼好，我一個人可以，去去去，去吃飯。」

好睏喔，什麼！都十點多了！我們打烊好不好？小B怎麼了？從圖書館回來，頭髮剪得好短，幾乎平頭，嘴唇乾裂，話語洪水。許多沒見過的新客，不少為了超級星期六返鄉的年輕人，小B大聲熱情招呼。這是小B嗎？怎麼跟陌生人如此熱絡？怎麼還跟幾個返鄉的年輕人討論，要在藍咖啡後面的空地舉辦社頭芭樂歌音樂節？怎麼大聲說戴勝的影片就是他貼出去的？怎麼這麼臭？

臭是痛覺，熱燙，從鼻腔侵入身體，胸腔腹腔灼燒。太臭了，好痛，她無法辨別小B的臭味到底傳達了什麼訊息，她只知道是盛怒，混雜著羞愧，那痛覺快速傳導到雙腳，快斷

社頭三姊妹　　　　　　　　　　　　　　　　165

趾了。小B一直都很香，貧汗，花香洗髮精，晚霜伊蘭伊蘭，護手乳薰衣草，好愛洗手，無論怎麼洗，手指還是有咖啡粉末味。小B今天身上的臭汗簡直群鼠，尖牙嚙破皮膚，猛攻姿態。口腔墓穴，陪葬品是長毛的百年臭豆腐。她受不了了，抓住小B的手臂喊：

「你好臭！」

小B手臂上的群鼠攻擊她的手心，好痛，但不能放開，天的雨有海的氣息，就走出去淋五分鐘，閉氣，閉眼，想像落海。海淹死鼠輩，沖垮墓穴，把那個香噴噴的小B還給她。

小B的墓穴竄出殭屍木乃伊：「我？臭？幹你娘，你他媽才臭。老闆娘妳要不要去聞一下妳的冰箱，那才臭。幹。」

應該是一號教的，小B罵「幹」有電鋸氣魄，她的手被鋸掉，抓不住小B，太痛了，衝到街上去淋雨。

冰箱。

她當然知道很臭。

但她就是沒有辦法忍受空的冰箱。可以一個人，可以孤單到死，有什麼好怕的。沒有人愛她最好，反正無論怎麼愛，結局都是死。可以不吃飯。可以不睡覺。可以老。可以醜。可以胖。但，冰箱就是不可以空。好啦，也不可胖，她不可能允許自己胖。死的時候，要美

雨勢凶猛，才走幾步，她就完成墜海呼救溺斃的除臭程序。幾步就淹死了，身上所有的臭味都被海潮帶走，身體終於不痛了。

走到火車站，地上無雨痕。回頭看，天垂降寬大雨幕，藍咖啡那邊浸在海裡，火車站這邊乾燥無雨。直直的社斗路，那邊是海，這裡是岸。她穿梭雨幕，入海哭，上岸笑，抬頭見燈籠，黯淡無光，宛如千百隻水母懸浮。藍咖啡的客人說，鄉長發高燒，氣象預言下雨，點燈儀式取消，其實啊，聽說廠商出包，點燈那個開關壞了，通不了電，不會亮的燈籠掛在那裡幹什麼？那個奶噗鄉長一定會找藉口說什麼是省電響應環保救地球，救我的尻川啦。深夜裡不亮的燈籠的確有死亡氣息，燈籠墳場。太靜了，不尋常，商家打烊，無人無狗，雨擣嘴，落地無聲，時間被淋溼，車站立面的數字時鐘暫停，沒有列車抵達或離去。難道整個社頭都被困在雨幕裡？只有她逃出來？能逃去哪裡？霧聽說火車站那邊有個瘠查某哭笑笑，撥開雨幕，來到她身邊。

霧像萬隻海中銀魚，繞著她迴旋。霧帶魚腥，剛剛才去拜訪過她的冰箱吧？小B說她的冰箱很臭。廢話，我可是有嗅聞的超能力，我當然知道自己的冰箱有多臭。

藍咖啡後面的小廚房塞了兩個大冰箱，一個是小B的，一個是她的。小B剛來社頭那一陣子，每天都在清理她的冰箱，還不熟，身體之間的陌生距離以禮節填滿，不好意思對小B生氣，小B一直清，她的反制就是一直買。直到有天她打開冰箱，發現整個冰箱空無一物，

社頭三姊妹　　　　　　　　　　　　　　　　167

她手上沒有任何食物可以放進去，徹底輸了。小B把她的冰箱清空，插頭拔掉，冷凍庫打開除霜，沒有任何食物氣味，只剩清潔劑的化學味道。空的冰箱就是恐怖片，她心悸，腎上腺素海嘯，忽然發現自己真的好孤單。這根本就是一個人去電影院看恐怖片，沒有戀人的手可抓，沒有人安撫尖叫，沒有人幫忙遮眼。都死了，可以陪她看恐怖片的人都死了。

丟棄禮節，她在廚房狂叫，立刻打電話到電器行訂冰箱，型號品牌顏色價錢通通不管，一個小時能送到的，不囉唆不殺價，立刻付現金。她對小B說：「你要清這間房子裡其他東西，隨便，我不管。我的冰箱，不准動。新的給你。」她剜死的幾個丈夫都沒管過她的冰箱，囤積習慣，連潔癖鬼一號也不敢動她的冰箱，小B要做什麼都好，就是不准開她的冰箱。

空的冰箱喚醒疼痛與飢餓。皮肉腸胃記憶力超忘，根本沒忘，剛剛吞進去的米全部嘔出來。她把工人推開，叫小B去樓上，喊自己來就好。兩位工人瞠目，看清瘦的二號獨自拆箱，搬，推，拉，插電，巨碩新冰箱幾分鐘內就擺好。新舊冰箱緊鄰，初見面，還陌生，馬達羞怯運轉。一疊現金丟到工人手上，她喊：「免找！我要去市場買東西！」

小時候辦完三個媽媽跟爸爸的喪事，阿公不見了。喪禮法事喧鬧，三合院日夜都塞滿人，三姊妹空了傻了，搞不清楚狀況，大人把指令塞進她們耳朵，不准剪指甲，不准洗頭

髮，不准剪頭髮，不准坐下吃飯，所有的人體動作濃縮成點香跪拜點香跪拜點香跪拜。出殯之後，三姊妹昏睡，醒來第一個動作就是點香跪拜。三合院空了，靈堂撤走，遺像不見了，奇花盆栽還沒移回埕中央，所有人都離開了，好靜。找不到阿公，不敢踏出家門，沒有大人可以問，可以嗎？辦完喪事，可以踏出家門嗎？還是要等幾天之後才能去上學？禁忌是什麼？頭皮蟻穴，還是不准洗嗎？指甲蔓生，可以剪嗎？剪掉的指甲跟洗頭髮的髒水，都會跑到死者的眼睛，對，人死了還是會痛，痛就不肯去輪迴轉世，永遠留在人間膏膏纏。找不到大人問，三姊妹被困在三合院裡。餓，冰箱裡有一些剩菜，不懂加熱，不會烹煮，拿了就吃，三號坐下吃，一號立刻吼叫：「不可以坐下！」三號真的站不住，雙膝烏青也跪不了，只好躺著吃。幾天後冰箱空了，廚房裡還有一些罐頭，但找不到開罐器。學校老師上門關切，喪事不是辦完了，怎麼都沒來上學？老師驚恐的表情是鏡，照出三姊妹的窘迫。不敢開口問老師，罐頭怎麼開？洗澡，剪指甲，沒有乾淨的制服，不知道怎麼洗衣服，找不到書包，襪子不見了，不管了，問過老師，可以出門去上學。但是，沒有錢怎麼辦？努力翻找，就是找不到紙鈔硬幣，沒錢買食物，餓一整天，三合院還是空的，冰箱也是空的。

深夜，阿公終於回來了。阿公開燈，打醒三姊妹。那種疼痛，二號牢牢記住。飢餓已經掌控她們身體，掃帚長柄揮過來，她們完全無力反抗，連喊痛的力氣都沒。一號呢？一號不是力氣最大？怎麼現在完全無力回擊？阿公嘴裡塞釀酒廠，一直喊：「酒呢？酒呢？冰箱裡

社頭三姊妹　　　　　　　　　　　　　　　　　169

面那些酒呢？」三姊妹一路被打到廚房，冰箱門敞開，寒氣瀰漫。阿公繼續揮舞掃帚，這麼會吃，吃到整個冰箱空的，我的酒呢？我衰尾啦，車撞一撞，全部死了了，留這三個死查某囝仔予我，好佳哉恁爸韌命，死不了，剋爸剋母，剋袂死我啦，幹，衰啦，我開神壇的，不是開孤兒院，死查某囝仔敢偷喝我的酒，幹你娘膣屄，怎麼沒跟著去死。

二號站起來。阿公的味道讓她作嘔。阿公解開皮帶，褲子掉在地上，皮帶當鞭，持續咒罵。她認得這味道。有一次她跟媽媽睡，半夜阿公踢門進來，抱住媽媽，就是散發這種味道。她什麼都不懂，但她清楚，她們要趕快離開廚房，這味道侵犯，如刀鋒利，目標是廚房裡三個無力的小身體。她深呼吸。這是媽媽教她的。閉眼，深呼吸。排除身邊餿腐的氣息，想像不遠處的山，大樹百年根，樹冠上強悍的風，地上的毒菇，野狗的牙，猛禽的爪，好，用剩餘的力氣，把那一座山全部吸進身體。沒有時間了，阿公脫掉內褲，皮帶甩到她臉上。她不想碰沒穿褲子的阿公，那就推一下冰箱吧。山在她身體裡崩裂，雙臂劇烈抖動，輕輕推一下，冰箱離地幾公分，朝阿公倒去。阿公跳開，冰箱砸爛餐桌。還有一點力氣，她拉著一號與三號，往神明廳跑，真的不知道能躲去哪裡，只好鑽進神桌下。三姊妹劇發抖，三號哭叫：「怎麼辦？阿公說要殺我們，全部殺光光。」

細碎聲響。似遠又近。風聲？神桌微微抖動。有一股引力拉扯她們。有聲音呼喚。阿公的咒罵逼近。三姊妹緊緊抓住彼此的手。無處可逃了。身體往後靠。墜落。對。就是墜落

170　　星期四

一個強大的引力把她們吸走。離開了神明廳。柔軟的力量接住她們。無重力。漂浮。不餓了。不痛了。身上那些血痕都不痛了。好暗。但覺得有光。太奇怪了。那光不是視覺的。看不到。但就是知道有光。不冷不熱的光。柔柔的光。一點都不可怕。這裡是哪裡？這就是三個媽媽不准她們進入的地方嗎？她們還在社頭嗎？想說話卻無法開口。想哭卻沒有眼淚。遺忘方才的恐懼。這裡是地獄嗎？這就是媽媽口中的地獄嗎？如果這是地獄？那外面的世界是什麼？

「對不起。」

二號轉身，小B彎腰鞠躬。感謝雨，洗去小B身上所有的臭味。

「白痴喔。對不起什麼。」

雨停了，小B眼睛裡的雨才剛開始。

兩人坐在火車站的階梯上，分享一包鹽酥雞。二號有一點食欲了，吃了一小口。

誰修好了那個壞掉的開關？

火車站前方懸浮的燈籠，忽然全部亮起。秋夜淒冷，霧氣徘徊，夜色藍藍的，燈籠就像是漂浮在海面上的水母，紅的黃的藍的綠的，小B和二號的雙眼塞滿晶亮光點亮了。

最後一班火車到站了，只有一人下車。一看就知道是外地人，大行李，尋找方向，似乎

社頭三姊妹　　　　　　　　　　　　　　　　　171

想問路，但沒開口，傻看燈籠水母。小B遞上鹽酥雞，吃一口，瞳孔映照的燈籠炸成煙火。鹽酥雞吃完了，外地人打開琴盒。

三人坐在階梯上，不言不語，慢慢咀嚼。二號一直在想，在哪裡看過這個人呢？

琴音引誘失眠的社頭人走出家門，賞燈籠，尋琴音。夜越深，霧越重。人霧糾纏，燈影朦朧。無眠的孩子穿著睡衣偷偷溜出門，抬頭尋找自己的畫作，紅的，當初畫的是紅燈籠，找啊找，終於找到他的大作，忍不住大叫：「找到了！那隻，我畫的！」紅燈籠上一隻胖胖的短腿白羊駝。

一陣強風，燈籠旋轉，羊駝被離心力甩出燈籠，掉到地上。羊駝甩甩身體，大眼珠無視孩子的驚駭，快步來到二號的身邊，專注聽琴。

幸好大家都看著這個外地人拉小提琴，沒有人看到燈籠甩出一隻白羊駝，也沒人看到二號眼中的大雨。沒有人注意，那就盡情滂沱。哭什麼哭？怪罪小提琴。怪罪音樂。怪罪玫瑰。二號撫摸羊駝，輕聲問：「董事長今天晚上有沒有吃飯？」二號想起來了，他就是小小音樂錄影帶裡的小提琴男子。

這是小小寫的曲子。

星期四

6. 但丁

玫瑰是玫瑰是玫瑰是芭樂是鳥仔是尻川是鳥仔。啦啦啦。

但丁沒有意識到自己在哼歌，還亂加歌詞，玫瑰最後都唱成尻川。肚裡啤酒匯成河，不不不，搖晃身體一下，其實比較像個湖泊，還不到海的規模，再一罐啤酒，應該就是汪洋了。醉。很多很多年沒醉了。時常有人鬧他，請他喝烈酒，高粱，威士忌，濃度越高越好，他們想知道瘋子喝醉，會不會更瘋？還是，瘋子醉了之後，反而會變得跟大家一樣，大聲說話，開心唱歌，所謂的，「正常」？但他都搖頭拒絕，他是社頭公認的瘋子，既然都瘋了，還需要醉嗎？醉了太危險，很可能肌肉完全放鬆，會洩漏身體的喜怒。今天晚上在芭樂園露營的人們請他喝啤酒，他也不知道為什麼，口渴？戴勝站在他肩膀上，朝他耳朵咕咕叫，很明顯就是在催促他接下啤酒，好吧，咕嚕咕嚕，一大瓶一口飲盡。眾人歡呼，更多啤酒端到他眼前，都接下都喝掉。他記得老婆很喜歡喝啤酒，夏夜，織襪工廠機器睡著了，

社頭三姊妹　　　　　　　　　　　　　　173

員工都回家了，他和老婆一起在庭院喝冰鎮啤酒，揮扇驅蚊，社頭那時候的天空有很多星星，兩人不說話，靜靜聽天上的星星說話，聽草叢裡的蟋蟀唱歌，聽老婆肚子裡的孩子踢肚皮。不不不，說記得，不對不對，其實是他忘記了。他忘記老婆的長相了。喝醉有用，每一口就是一小片拼圖，喝啊喝啊，老婆的臉慢慢完整。他忘記老婆的身體慢慢重組，在腦子裡重生，想起來了，老婆愛笑，放屁好大聲，腋下有哈密瓜的香氣，睡覺之前會摩擦腳趾，喜歡短短俐落的髮型，性高潮的時候會流眼淚，好想生小孩，早就火化的產三次了，還是想生小孩，最想生女兒，這一胎，有強烈的預感喔，一定是女兒。就是這一胎了，不會離開，一定會留下來。

一號的歌聲偷偷寄生在他的喉嚨，張嘴就開出幾朵玫瑰。喝醉了也想不起來。但依稀記得小小說話的聲音，好奇怪，怎麼現在就是想到小小在鄉間小路狂奔，離他遠遠的，回頭對他大聲叫出的那一句話？對，好清晰，每個字都記得好清楚，彷彿小小現在就站在鄉間小路的正中央，離他幾百公尺，腳踩地，對他大吼：「董事長！我要去臺北讀大學！你要不要跟我去？聽到了沒有？跟我一起去臺北，永遠離開社頭！聽，到，了，沒，有？」這句話留在他瘋掉的腦子裡，但瘋掉的腦子卻留不住小小的歌聲。他只記得，小小的歌聲跟說話的聲音差很多，說話細細的軟軟的，歌聲卻狂放不受控。他好像不知道這是小小寫的歌。似乎是一首搖滾節奏的歌。搖滾？他笑了，他是瘋子哩，怎麼可能知道

174　　星期四

什麼是搖滾。現在腦中響起的是一號的歌聲，他覺得很好聽，為什麼很多人覺得難聽？媽媽唱女兒寫的歌，就跟今晚的雨聲一樣，都是沾水的棉花棒，在耳朵裡輕輕搔刮。好舒服。下雨了。下雨讓喧鬧的芭樂園安靜下來，人們衝進帳篷，或驅車離去。芭樂樹終於不用搗住耳朵，感謝雨，今晚樹草土蟋蟀小蛇都可以好好睡覺了。動物跟樹根本不怕雨，只有人類才需要撐傘穿雨衣躲進帳篷。人類安靜，大地就可以淋雨，安眠。

蜜桃屁股讓給戴勝，沒有蜜桃當枕，但丁疊了幾本裸女寫真集當枕，睡不著。戴勝蹦跳飛舞咕咕一整天，一定累了，翅膀在屁股上攤開，喙微張，兩腳朝天，睡姿怪異。羊駝呢？睡前找不到羊駝。羊駝睡姿也很怪異，最喜歡睡在田間草堆上，頭朝下，四蹄朝上，屍體模樣。一開始芭樂農人以為又死了一隻羊駝，反正乾草堆要燒掉，乾脆羊駝屍體一起火化。打火機轉動的聲音驚醒羊駝，社頭最後一隻羊駝抖動身體，滑到地面，死不了就是死不了，跑了兩圈，又回到乾草堆，還想睡，睡飽之前，不准點火。

他學羊駝，也時常睡在乾草堆上，一羊駝一瘋子，農人嘆，乾草越堆越高，大概沒機會燒了。他睡在乾草堆上，乾草扎皮膚，肌肉放鬆，眼部周圍肌肉放鬆，四下無人，黑夜掩護，羊駝不介意的話，那，他要哭了喔。睡哭，哭睡，夢裡哭聲迴盪，眼淚豪雨，再不醒就要淹死了，但明明淹不死，醒來還是個瘋子。乾草很溫柔，大方吸收他的眼淚豪雨。朝羊駝的耳朵說祕密，羊駝啊羊駝，你知不知道，這乾草堆，很像當年三合院裡紙錢堆起來的小

社頭三姊妹　　　　　　　　　　　　　　　　　　　175

山，老婆坐在上面，鮮紅色的河，誰起童咒唱？誰哭喊求救？三仙女誰說要打電話叫救護車？他那天根本不想去三合院，但老婆堅持一定要去。羊駝啊羊駝，真的，我真的不肯去，但都是我的錯，我說不要去，還是帶她去了，所以一切都是我造成的。祕密是搖籃曲，羊駝聽著聽著，頭陷入乾草，滑入深沉的睡眠。

原本有幾隻羊駝？二十隻？三十隻？

羊駝農場開幕那天，鄉長夫人應邀剪綵，好熱鬧啊，老闆重金禮聘電子琴花車，比基尼辣妹牽著羊駝在臺上跳鋼管舞，重節拍電子音樂撞擊耳膜，啊啊啊比基尼扯掉了，露奶了，人群尖叫。連吐六次，早餐都還沒消化，餵養大地。他掏出口袋裡的手帕，夫人搖頭說No No No，自己從背包拿出面紙，邊擦邊說sorry。吐完，身體那個顛簸的不適感立刻消失，覺得身體空空的，鬆鬆的，剛剛的崎嶇此刻忽然都平穩了，好奇怪，好想說話，反正身旁只有一個大家都說是瘋子的人，那就說給他聽吧，他也聽不懂，瘋子不會把話傳出去，就把埋很久的話吐出來，掏空身體。夫人滔滔，但丁微笑。夫人不知道自己其實聽得懂英文，但丁也不知道自己其實聽得懂英文，日常對話，字句廉價，說出的話立刻蒸發留下什麼。但是夫人此刻的每一句，都是真心真意，一直說一直說，毫無顧忌，但丁專心傾

聽，每一字都記住了。我完全不知道為什麼要答應這件事，我最討厭群眾，我想回家，但我沒有家，美國沒有家，臺灣也沒有家，你有沒有家？我有一次看到你睡在芭樂樹下，我好羨慕，我看你睡得很舒服，我猜芭樂樹下就是你家？你有芭樂樹，好多棵，我什麼都沒有，你可以教我怎麼在芭樂樹下睡覺嗎？我下次看到你在樹下睡覺，我可以加入你嗎？睡醒了之後，你可以跟我說，我應該要去哪裡嗎？連續說了幾分鐘，夫人感覺自己回到中學時代，在課堂上朗誦莎士比亞的戲劇獨白，同學竊笑，翻白眼回應，但老師雙手捧胸，眼裡下小雨，對她說好棒好棒。獨白嘔吐都有神奇的滌淨效果，說完了，吐完了，可以站起來了，假裝微笑，走到電子琴花車前方，各位鄉親！我們的貴賓蕭鄉長夫人來了，參加剪綵儀式，噗仔聲佮催落去！一隻白羊駝跟著夫人，陪夫人剪綵，跟夫人拍照，吃夫人手中的紅蘿蔔。

羊駝農場盛大開幕，有親子主題餐館，家長可以帶著小孩跟羊駝一起用餐，餵食羊駝，拉著羊駝去散步，與羊駝自拍。前三個月吸引了爆滿的人潮，老闆抱著羊駝呵呵笑，果真是投資精準，那個三合院一號真是滿口胡言，人家廟公才是掌握天機的神人。老闆打算賣掉那輛爛卡車，買一輛德國進口的閃亮卡車，車身就畫一隻羊駝，時機大好，開始招募更多人才，引進更多羊駝，準備推出羊駝奶手製香皂體驗工作坊，還有開發羊駝毛襪子製品，到處看地，看能不能找到更大的空地開第二家羊駝農場分店。營業第四個月，人潮消失了。不是才幾天前，許多人上網預約不到與羊駝散步的活動，上門大吼大叫嗎？怎麼忽然農場空了，

社頭三姊妹　　　　　　　　　　　　　　　　　　　　　　　　177

羊駝比人類還多。

醉，禁果像一艘小船，搖啊搖，暈船了。他想讀書，拿起一本《神曲》，以為自己在朗讀詩句，其實根本是在唱玫瑰是玫瑰。走出禁果，厚書置頭當傘，每一滴雨都是一本書，讀雨，聽雨。他覺得自己就快聽到了，義大利但丁要對他說的話，都藏在雨滴的書頁裡，這個社頭但丁，讀了這麼多年，瘋了這麼多年，就快要聽到了。

告訴我，到底什麼是地獄？

聽到義大利但丁要跟他說的話之前，他先聽到小小的聲音。

小小戳戳他的下巴，說。

「董事長，我媽真的好煩。我看，只有你有辦法叫她閉嘴。拜託你去叫她閉嘴好不好啦？我休學，不讀大學了，要專心唱歌，她抓狂，我真的不知道怎麼跟她說。好啦，其實沒有抓狂啦，你知道我媽，脾氣很爛，但她沒辦法對我生氣。但我知道她很氣。我要做音樂，董事長，你一定懂，我要做音樂。

「我帶女朋友回來，她，我跟你講，說出來根本沒有人會信，但我媽真的瘋了，董事長你沒有瘋，我媽才是瘋子，她竟然把我的女朋友從床上抓起來，整個抓起來喔，往外丟。哈哈哈，怎麼辦，我現在說給你聽，我好想笑喔，真是太荒謬，我媽抓了我女朋友往外丟，什麼畫面啦！超白癡。

「董事長，我跟你說喔，要是我得獎了，我上臺領獎，我就會說。大聲說。拜託，金曲獎！

「董事長，我們結婚了。我沒有跟媽媽說，也沒有跟二阿姨還有三阿姨說，她們一定會跟我媽說。但是，我要跟你說。就是她，董事長，我們結婚了。大家都叫她，導演。

「董事長，我以後不回來了。答應我，你要好好的，要吃飯喔，不要忘記我。我的專輯裡，有一首歌，就是寫給你的。一定會聽到。聽到了，你一定會知道，那是寫給你的歌。希望你會聽到。你有在聽我說話嗎？董事長。」

小小對他說的每一句話，聽起來都是道別。第一次見到小小的那一刻，他就聽到道別，好清楚的道別。小小從一號身體滑出來，但丁抱著小小的身體，聽到的笑聲，哭聲，聲聲都是道別。但丁想跟一號說，跟我們說的每一句話，都是道別，我們留不住孩子，算了，不要掙扎了，鬆開緊握的手，記住每一句道別。但他是瘋子，他不知道怎麼把這些話說給一號聽。

禁果的紅色招牌在雨中閃爍數次，強光刺眼。遠處閃電割裂天空，雨勢越來越大，禁果小屋離地幾公分漂浮，輕輕搖晃。不行了，他真的很想睡覺，環顧四周，帳篷，烤肉架，芭樂樹，車輛，被雨淋溼的乾草堆，空啤酒瓶罐，發亮的錦蛇，失眠淋雨聽雷的鴨，傾倒的露營桌椅，沒有羊駝。回到禁果，戴勝醒了，在蜜桃屁股上對他鳴叫。他怎麼可能聽得懂戴勝

社頭三姊妹　　　　　　　　　　　　　　　　179

要跟他說什麼,他只是想躺在蜜桃上睡覺。但戴勝不肯讓他躺下,繼續鳴叫,矽膠蜜桃震動,宛如通電。蜜桃細緻模擬女性身體器官,肛門,陰部。矽膠肛門抖動,矽膠陰部收縮。咕咕,咕咕,咕咕咕。戴勝在蜜桃上跳躍。雨暫停。雷電閉嘴。禁果招牌暗下。禁果小屋裡全黑。社頭靜止。但丁屏息。蜜桃亮起,像一盞燈。不,像太陽。肛門打開,掉出一隻戴勝。陰部打開,分娩出第二隻戴勝。節奏輕快,撲通撲通,一隻兩隻三隻四隻五隻六隻。直到整個禁果小屋裡塞滿戴勝。蜜桃到底吐出多少隻戴勝?但丁沒辦法數,太醉了,太累了。每一隻戴勝都跟他一樣睡眼,叫聲聽起來都是呵欠,翅膀收攏,頭冠下垂。蜜桃終於停止震動,喧鬧的戴勝全部靜下來。他躺下,頭躺在還微微震動的蜜桃上,立刻睡著。所有新生的戴勝停駐在他身上,也立即睡去。眾鳥攤開翅膀躺平,百隻戴勝織成的華麗織錦棉被。好溫暖。把蜜桃還給他。雨回來了,禁果招牌重新點亮。這次雨滴更肥碩,重擊社頭的土地,非常清楚,每滴雨都是一本厚厚的書,都是警告。雨勢太大,帳篷快要承受不住了,大家用手機傳訊息,有人

大喊，昂貴的攝影器材被雨淋溼了。決定，天一亮，立刻搭第一班火車，撤離社頭。風聲傳進帳篷，呼呼脅迫，他們沒聽過這種風聲，似乎有音階，像恐怖電影的配樂，曲風險惡，主角就要被亂刀砍死了。帳篷裡的發抖的人們完全不知道，他們以為的風聲，其實是幾百隻戴勝的鼾聲。

7. 三號

臺灣現在剛過午夜,星期五了吧?

三號想吃7-11的斑蘭葉戚風蛋糕,三角透明塑膠盒,裡面一塊綠色蛋糕,中間夾白色奶油,泰文標示完全看不懂,英文寫PANDAN CHIFFON CAKE with WHIPPED CREAM,至少看得懂with一個字,售價二十五泰銖。現在就是好想吃,不能是「海邊的鳥」廚師做的,也不能是其他品牌,就是要7-11的,身體強烈感覺缺了一塊,全世界只有這款斑蘭葉戚風蛋糕能補足這個缺角。沒吃到,遺憾會迅速擴張,會死。

芭達雅跟社頭時差一小時,此刻晚上十一點多,這麼晚了,不好意思麻煩員工開高爾夫球車載她去7-11,自己走去好了,每天都在度假村裡躺著坐著,這老闆娘懶得要命,半夜出門走一走也好。今天一整天都躺在沙發上吹冷氣,盯著手機看社頭的新聞畫面,鄉長摔進爛泥巴還遭蜂螫已經成為網路迷因,禁果那邊竟然有一堆人搭帳篷,為什麼這麼荒唐的畫面都是新聞,點閱率好高。看著看著,忘了自己身在泰國,以為又回到了社頭。真是笨蛋,不

182 星期四

會回去了啦。想到小小當時來跟她道別：「三號阿姨，我以後不回來了。妳要來臺北找我喔。」她覺得小小就是個孩子，氣話說一說，搞不好下禮拜又回來了：「妳媽脾氣，妳知道，阿姨也不用多講。妳在頒獎典禮上面說那些，她，哎喲，妳把導演帶回家，還說要生小孩，妳不要以為大人都聰明，都有腦，其實大家都很笨，我啦，我最笨，我什麼都不懂。遇到沒有遇過的事，像妳們這樣，我們不知道怎麼反應。妳媽就是不知道怎麼反應，大概覺得要失去妳了，所以她這麼生氣。小小，妳要知道，妳媽其實是在對自己生氣。但，反正我懂什麼呢？導演看起來是個好人。阿姨很開心，阿姨只是不知道，真的不知道怎麼表現開心。我不會，我不懂。」現在她懂了，小小，我懂了，為什麼回去一個不斷羞辱自己的地方呢？每個家都有門，門可進可出，入口就是出口。小小，三號阿姨好想跟妳說，我是學妳的，真的，是妳讓我知道，我也可以離開。我真的離開了，再也不會走進三合院。永遠不回去了。真奇怪，跑到這麼遠的地方，才覺得自己跟小小好接近。彷彿，小小就在她的身體裡。

新聞畫面上記者說：「戴勝咕咕叫，到底是什麼意思呢？如果有觀眾朋友聽得懂鳥語，歡迎來我們的社群網路帳號留言，跟我們說戴勝到底要傳達什麼訊息。」另外一臺記者更厲害，請來一位穿著飄逸長袍的動物溝通師，在芭樂園現場同步口譯戴勝的鳥語，對著鏡頭用怪異的語調說：「鳥說，我迷路了，請大家幫我找到回家的路。我很想家，謝謝大家。鳥在

社頭三姊妹　　　　　　　　　　　　　　　　　　183

哭。大家聽到了嗎，那其實是哭聲。」胡扯，一群白癡，什麼動物溝通師。

決定不帶手機出門，以免又掉出一隻戴勝，煩，吵。發神經，站在鞋櫃前選鞋，竟然選了高跟涼鞋。其實跟也沒多高，兩吋而已，純白皮質，買來從來沒穿過，今晚就是想穿出門。鞋款淑女，在百貨公司看到，幻想自己在泰國沙灘穿白紗裙，搭配這雙鞋，一個人迎風散步，但買了之後完全沒穿過。今晚就穿這雙走去7-11吧。

走出「海邊的鳥」，溼風溫熱，天上多雲，不見星月，鞋跟在路面上敲出清脆的聲響。度假村隔壁是個帆船俱樂部，停車場裡很多棄置的帆船，破損的帆，折斷的桅，傾倒的船身，在夜裡像幽靈聚會。走到路口，啊？怎麼那家便宜飯店變成這樣？門口一疊棄置的床墊，門不見了，窗玻璃碎一地，招牌摔在地上，死狀淒慘，三層樓建築全暗，梁柱上貼了一些她看不懂的告示。不是去年才開幕嗎？住宿費很便宜，吸引了一堆歐美背包客，時常半夜大吵大鬧，怎麼現在變成廢墟。才沒走幾百公尺，新鞋在鞋櫃裡餓太久了，用力啃腳，看到那些棄置的床墊跟沙發，好想坐下，或者乾脆躺下。手指戳床墊，天哪，床墊吸飽大雨，指尖泰國雨季。要是她躺下去，應該會被雨水淹死吧。不，吃到蛋糕之前，不能死。

摩托車騎士看到她，一臉驚惶，加速逃離。深夜馬路上女子獨自遊蕩，一定是鬼。哈，她穿著白色寬大加長的襯衫，真像。這樣也好，不怕被搶。其實她真的是鬼，在這裡是個不懂泰文的外國鬼，在家鄉是個嫁不出去的老處女鬼，永恆的異類。

經過三隻美人魚，7-11就快到了。生意真好，這麼晚了，最後一批客人慢慢離去。三隻美人魚是當地知名的海邊餐館，占地廣大，有三個巨大的美人魚雕像，當地人很喜歡跟這些雕像合照。她去吃過幾次，食物尚可，最引人注目的是櫃檯後三個女人的吵架戲碼。從容貌判斷，她猜是三姊妹，身高神韻都近似，嗓門汽車喇叭，在櫃檯後大聲互相責罵。當然是姊妹，只有親人，才會這樣毫不保留，以語言戳傷彼此。吵架的音量越大，當晚的生意就越好，盤中飱只是配菜，三姊妹的爭執才是主菜。上次她來，一開始三姊妹還笑笑的，開心迎賓，她沒什麼食欲，正準備要結帳，三姊妹扭打，在地上互扯頭髮，她趕緊多點甜品，啊，忽然好想吃炸蝦，也好想吃肥蟹，三姊妹從室內打到室外，整間餐廳響起熱烈掌聲。此刻快午夜了，餐廳熄燈，三隻巨大的美人魚雕像失去聚光燈，在夜色裡看起來實在是有點駭人像是吃人的巨獸。三隻美人魚雕像都各有特色，她猜是以三姊妹為藍本打造，第一隻短髮僵笑，手拿一把利劍，第二隻長髮裡許多粉彩貝殼，坐在Louis Vuitton皮箱上，第三隻眼神向海，身上的漆斑駁，魚鱗脫落。她覺得三隻美人魚都瞪著她看，加快腳步，就快要抵達蛋糕了。

這麼想吃這款蛋糕，其實有理由。7-11的斑蘭葉戚風蛋糕，最像媽媽做的。其實媽媽的容顏早就在記憶裡模糊，她也不太確定到底是哪個媽媽做的，反正心裡就是認定，媽媽做的綠色蛋糕，有個特別的風味，三個媽媽離開之後，她再也沒吃過那個風味，直到來到泰國，

在7-11裡看到這款蛋糕，覺得那個綠，就是媽媽綠，立刻忍不住心裡大喊媽媽，媽啊，就是這個味道，這個香氣，這個鬆軟度。今晚7-11裡還剩三個，全部買下，邊走邊吃。三個蛋糕迅速吃完，身體完整了，不介意涼鞋吃腳了，身體綿軟鬆弛，彷彿有人緊緊抱著她。

小小來跟她道別那天，其實兩人都沒開口。小小跨一大步，雙臂敞開，遇到她的身體，雙臂立即閉合，用力緊緊抱住她。不放。她覺得好尷尬，抱什麼抱啦，我們鄉下人不抱彼此，可以一起吃飯，可以睡同一張床，可以當一輩子的家人，太尷尬了。小小不管，就是抱，對她說話，但喉嚨卻完全沒有震動。她當然都聽見了，她也沒震動喉嚨，在心裡對小小說話。那一刻她才知道，原來小小也聽得見。小小啊，妳竟然這麼會藏，三號阿姨完全不知道。從來沒有人這樣用力抱著她。從來沒有人聽得見她心裡的話。她覺得那個擁抱，是有人從她靈魂的最深最深處開始抱，接著抱腸胃，抱心臟，抱皮膚，抱子宮，抱耳朵，抱肝膽，抱腳掌，抱頭蓋骨，抱骨頭，抱血液，抱指甲，抱腋下，抱頭髮。對，沒錯，指甲溫熱，指甲還沒哭出聲，耳朵已經大哭了，頭髮還在逞強。小小身體裡唱了一首歌，隨意哼唱，唱給三號阿姨聽。小小妳聽到了。小小妳怎麼知道，我好需要有人抱我一下。我也想抱人一下。一下就好。

186　　　　星期四

三個媽媽離開那天，她好想去抱她們。好想好想。現場太混亂了，車子嚴重變形。三姊妹呆滯。等了好久好久，警察才把車子解體，把屍體拉出來。她好想去抱屍體，但她聽見太多尖叫聲了，現場圍觀的人很多，都被嚇壞了，根本沒有人說得出一句話，只有她最倒楣，能聽到每個人的細胞全部張嘴尖叫，喉嚨，大聲閉眼，以自己的尖叫埋大家的尖叫。太吵了。太恐怖了。她只好往後退，退到草叢裡，震動喉嚨，喉嚨乾漠，慢慢睜眼，屍體不見了，大家都不見了。只剩下她一人，被遺忘在路邊草叢。

此刻，她也一個人，站在路邊。蛋糕吃光了，突然有點想吐。真好，吃到蛋糕了，不會死了，清楚地感受到身體的那個缺角，被蛋糕填滿了，身體綠綠的，聞一下手臂，有斑蘭葉的香氣。絕對不可以吐。好不容易填滿的，她要用力守住。

吃太快了。

身旁的電線桿，發出滋滋滋的電流聲。她常站在路邊看泰國的電線桿，許多紊亂的電纜纏繞其上，一捆又一捆，一圈又一圈。沒辦法。她一定會想到二號。每次二號洗完澡，浴室就會一團亂，長髮卡在浴缸排水孔，像是黑色漩渦，她明明覺得噁心，但又忍不住凝視那些黑色髮絲。二號的頭髮有自己的魔法與生命，明明脫離主人了，還是擺弄姿態，有聲音，對，她聽得到，二號髮絲的聲音，輕輕柔柔。漂亮是什麼意思？真正的漂亮，就是卡在浴缸出水孔，依然漂亮。阿公以前喝醉來摸她，總是會說：「三姊妹，妳最醜。我不摸妳，以後就不會有人摸妳了。聽到了沒有？」她當年點點頭。現在想到阿公說的話，她還是會點點頭。

滋滋滋的電流聲越來越大聲，肉眼可見銀色閃亮的電流亂竄。

砰！

電流炸開，火花噴濺。

她聽到戴勝的叫聲，從電線桿傳來。她閉上眼。不想看到那隻鳥。什麼動物溝通師，騙子，她才是真正聽得懂社頭戴勝鳥語的人。社頭那隻戴勝說：「幹！幹！幹！三號！聽到請回答！不要假裝沒聽到了！幹！幹！我知道妳在泰國也聽得到！快回來社頭！快！」

電流再次炸開，火花垂降，深夜煙火瀑布，金銀閃爍。滋滋滋。細碎聲響。似遠又近。她當然聽到了。電流發出的聲音，就是三合院神桌發出的聲音。她搗住耳朵，震動喉嚨，大聲尖叫，只有這樣，才能阻擋戴勝的叫聲和電流聲。

涼鞋已經吃掉她的腳，走不下去了。不管了，身體往後，重重摔進路邊的雨季床墊。睡在床墊夾層裡的雨滴被驚醒，雨水噴泉，淹沒她的身體。好累。好睏。泰國雨季結束之前，她不想醒來。

襯衫口袋震動。咦？不是沒帶手機出門？床墊雨季有怒氣，想淹死她。她身體往床墊深處下沉，手指點開手機螢幕，小B的帳號，貼出了新影片。

一臉霞紅的但丁，拿手機自拍，身上躺滿了幾百隻戴勝。

188 星期四

星期五

1. 夫人

Horny，中文，怎麼講？

起床，打開電腦，字典網站，輸入horny。啊？有角的？好色的？

換一個網站：色欲薰心，欲火中燒，由角質材料組成。啊？什麼？她最討厭四字成語，算了算了，好難，實在是看不懂。

反正夫人此刻，就是horny。

再過幾分鐘，鄉長的手機就要尖叫了。窗外雨停了，換她的身體下大雨。揉眼，揉出煎荷包蛋的熱燙眼油。怎麼這麼熱？要不要開冷氣？昨天一整天還穿著長袖啊。汗水大潮，身體裡有一艘大船衝撞，無法阻止自己，手上下撫摸身體，閉眼躺回床墊，腦中出現的畫面是掉入溫熱的水池。手往下移動。對，horny。她，怎麼了？

昨天傍晚合唱團練唱，接著跟一號練唱，耳朵裡塞滿各種離奇的走音，露營區那邊的蜜蜂都鑽進她頭顱裡築巢了吧，嗡嗡嗡嗡嗡嗡，實在是很吵，但，她頭卻不痛，太奇怪了，只是

190　　星期五

好想笑。她原本都一直要求合唱團音色要和諧，盡量控制音準，但昨天三部合唱根本是三輛車高速對撞，她十指在鋼琴鍵盤上跟著失控，很快就要上場了，怎麼唱成了鬧劇。她忍不住哈哈狂笑，身體抖動太劇烈，從椅子上摔下來，躺在地上繼續笑。合唱團的媽媽們完全不知道該怎麼反應，夫人總是冷靜，害羞，從來沒有大動作，怎麼現在躺在地板上，身體如土裡杜蚓扭動。

換一號練唱，當然完全沒進步，歌詞背起來了，聲音比昨天還更粗。她還是忍不住，趴在鋼琴上大笑。

一號不敢相信自己的眼睛跟耳朵，大聲抗議：「鄉長夫人，拜託好不好，妳控制一下好不好，我知道我唱很爛，但妳也不用笑這麼大聲啊！」

「哈哈哈，sorry，我不是⋯⋯No！哈哈哈。」

一號覺得夫人瘋了，竟然右腳跨上鍵盤抖動，那個笑聲，想了一下，啊！很像電視上反派人物得逞的勝利笑聲。

「不要再笑了！我後天就要唱了，妳是老師，不可以這樣笑學生！喂！」

夫人也不知道自己怎麼了，就是無法控制狂笑。仔細回想，似乎是小B拿書砸丈夫的那一刻，她就開始想笑，彷彿身體裡某個開關被觸碰到了，臉部肌肉抽動，笑聲從胸腔朝上炸，喉嚨爆出她自己也沒聽過的笑聲。小B的盛怒表情，丈夫被打完之後的那張傻傻的臉，

社頭三姊妹　　　　　　　　　　　　　　　　191

一切都太好笑了，她蹲在路邊，用力把笑聲埋在大腿裡。成功抑制笑聲，抬起頭來，丈夫在她面前，一臉關心：「Are you ok? Why don't you...」丈夫還沒說完，她把頭埋回大腿裡，繼續笑。

她晚上回到家，才知道丈夫發燒了。丈夫的母親一臉苦，臉上有血，彷彿兒子就要死了，交代一大堆藥品給她，叮囑她要敷這個，吃這個，塗這個，兒子不肯去診所打針，連退燒藥也不肯吃，還沒洗澡就睡了。她這個老婆覺得沒什麼好擔心的，丈夫身體很好，每天運動，注重飲食，發燒就是多休息多喝水便可。

「妳不可以去睡那間喔。萬一半夜我兒子怎麼了，妳要來敲我的門，聽懂了沒有？」

「那間」，就是客房。剛來社頭不久，她實在睡不好，說想要自己睡，丈夫說沒問題，是不是我打呼吵到妳了？對不起，立刻請打掃阿姨整理客房。她在客房睡了幾晚，一開始的確有點不習慣，對自己坦承，很孤單，身旁有他，習慣了，覺得安穩。在客房與失眠共枕幾天後，慢慢就自在了，放了一個大響屁，不換睡衣，沒洗臉，穿牛仔褲直接上床睡覺，天氣熱就全裸。丈夫是個拘謹有序的人，睡覺一定要穿美國品牌純棉睡衣，睡衣跟睡褲必須同款，睡衣口袋繡有Hsiao姓氏，睡前認真刷牙，牙線清理所有牙縫，薄荷口味漱口水，修剪鼻毛，做幾組伸展動作，才能上床睡覺。她真的沒聽過丈夫在她面前放屁，新婚，她覺得枕邊人怎麼可能從未在床上放屁，他早晨進廁所，她把耳朵貼在廁所門上，聽到他在馬桶上發

出排氣聲，才確定他真的是人類，不是機器人。自己一個人睡客房，躺在床上覺得好自由，放屁無拘，用筆電看男同性戀色情片，耳機聽流行舞曲搖晃身體，吃掉兩份鹽酥雞，寫詩，都是她無法在任何人面前做的事。婆婆發現他們分房睡，反應激烈，哭說就是這樣才抱不到孫子。丈夫試圖跟哭鬧母親講理，她想到婆婆半夜來客房哭鬧，看到她筆電上的男體交疊畫面，主動投降，告別客房。

昨晚上床，她摸丈夫額頭，微熱，不用太擔心，但這真的是她的丈夫嗎？好怪，怎麼這個男人身上有汗味，鬍子繁星，沒洗澡也沒換睡衣，穿坦克背心就上床睡覺，襯衫跟競選背心，她就丟在床邊。結婚這麼多年，她真的第一次看到這般模樣的丈夫。剛剛熱醒，兩人都踢被，她才發現，丈夫下半身完全沒穿，只有一腳有襪子。

沒褲。堅硬。

丈夫的下體旭日東昇，Good morning社頭，昂揚對她打招呼。

她想摸。沒剩幾分鐘了，要趁丈夫的手機尖叫之前。不只想摸充滿朝氣的旭日，她也忽然覺得，丈夫的腹肌好性感，大腿粗壯，那張有傷口的臉，怎麼那麼可愛。

她到底怎麼了？

她一開始就跟丈夫說過，她不喜歡性，很可能是asexual。試過幾次，丈夫按摩她緊繃的肌肉，蠟燭，輕音樂，先舌頭，然後堅硬的器官慢慢進入她身體，也不是說不舒服，不痛，

社頭三姊妹　　　　　　　　　　193

但無歡愉。丈夫完全體諒，離開她的身體，說一切以她為主，老實說她也似乎在丈夫的臉上看到些許解脫。無性的婚姻，表面和諧，無激烈爭吵，每次只要她透露任何不安，丈夫都會盡量遵照她的意志，給她空間，主動道歉，從不多問。

今早床上的那個人，不是平常那個完全不干預她的冷靜丈夫。

這個男人，下體陰毛修葺乾淨，頭髮好亂，汗味好香。真的，香。丈夫出門慢跑回來，她會聞到那個香味，但立刻會被香皂跟洗髮精澈底破壞。感謝發燒，沒洗澡的丈夫，汗香朝她發出邀請函。感謝氣溫，丈夫皮膚冒出一顆一顆晶亮的汗珠。

決定了，跟自己打賭。如果丈夫沒有在手機鬧鐘大響之前醒來，或者，跟昨天一樣，聽到鬧鐘還是沒醒，她就會。

倒數。丈夫沒醒。

手機開始叫喊。丈夫還是沒醒，熟睡模樣。

她解開睡衣扣子，脫掉睡褲。身體裡的潮汐拍打，她跨上丈夫的旭日。進來了。一進來，她立刻感受到嶄新的愉悅。新的，從未有的身體歡快。

丈夫還是沒醒，身體微顫，似乎說著夢話，她身體起伏，忽然想到了大學室友對她說的那句話，Oh my god, it's fabulous!

大學宿舍，兩人房，室友非裔，外向多話，時常帶著不同男生回到寢室，幾件襯衫當

牆，床鋪地震，嘴巴歡愉交響曲。她從不干涉，與室友和平相處，彼此過自己的大學生活。有天室友哭著回到寢室，她以為發生了什麼大事，原來只是在姊妹會裡有爭執，跟其他姊妹為了某個男生吵架。她傾聽室友的怒與苦，覺得自己真是失敗的大學生，怎麼每天都在讀書寫報告，室友的那些戀愛人際煩惱，都跟自己絕緣。室友擦乾眼淚，給她一個溫熱的擁抱，從來沒有人這樣聽她說話，好感動。室友道歉，平常晚上帶那些男孩回來，一定很吵吧？拜託，換妳來吵我好不好？親愛的，放下書本，相信我，female orgasm，只有一個字可形容，就是fabulous，oh my god! it's fabulous!

此刻，她清楚感受到fabulous。她從沒說過這個單字吧？好浮誇。但，她身體此刻就是清楚感受到這個字。室友是對的。提醒自己，待會要去網路搜尋室友，失聯了，必須發個訊息跟人家道謝。

她一直厭惡丈夫的手機鬧鈴聲。但，此刻一切都不一樣了，鬧鈴聲打拍子，她隨著拍子，身體上下，旭日在她身體裡持續攀升，她忍不住開始哼歌，窗外的社頭跟著她震動，熟成芭樂離枝，稻穗金黃閃亮，高溫擠掉秋天，群狗朝天狂吠。

她懂了。但丁，謝謝你，我懂了。

決定要離開社頭那天，她在路上遇見了白羊駝。羊駝農場倒閉之後，所有的羊駝都死了，就剩下這隻。羊駝在路上看到她，快步跑過來，像是見到老友。她拉著羊駝的韁繩，往

社頭三姊妹　　195

火車站走去，心裡想，下一班車，不管朝北還是朝南，上車，社頭再見。一直跟羊駝說謝謝，陪她走一段。

抵達火車站，但丁坐在階梯上，像是等著她。但丁翻找塑膠袋，掏出來的不是水果也不是書，而是一根假陽具。但丁沒說話，把假陽具交給她，接下羊駝的韁繩，漫步離去。

那根假陽具，還在硬殼塑膠包裝裡。她抱著假陽具站在火車月臺上，火車來去去，她都沒上車。有人看到她手上抱著的東西，罵了一聲：「變態！」她低頭看著這個塑膠包裝上有個裸體男模特兒的照片，真稀奇，不是這種產品通常會請西方模特兒來展示雄偉尺寸？怎麼這品牌找來的模特兒，是東亞面孔。而且，怎麼可能，模特兒，長得好像枕邊的鄉長。當然不是鄉長，那張臉，那眉毛，傻笑。長度與粗度也符合。沒搭上任何一班火車，天色暗了，走回家。回去的路上，婆婆沒下樓，就他們夫妻面對面吃飯，她好餓，多吃了兩碗飯，丈夫表示關心，怎麼了？Is everything ok？她點點頭，只是餓了。她什麼都不知道呢？不確定。那晚，跟丈夫一起吃晚飯。

但，她確定，喜歡這個男人，很多年前在美國第一眼看到，不討厭，似乎，是，一點點喜歡。現在看一眼，認真再看一眼，不是愛，應該不是愛。但，確定是喜歡。至少，不討厭。

她身體抵達頂點，啊？What the f……怎麼有鳥？窗戶沒關嗎？

一隻戴勝跳到丈夫耳邊，咕咕，咕咕咕。丈夫驚醒。

旭日在她身體裡炸開。

丈夫大聲喊叫，聲音淒厲。戴勝在耳邊。老婆在他身上。他沒穿褲子。啊啊啊啊。

她看到鄉長一臉困惑，表情歪斜，不行了，這張臉真可愛，完全不想忍，開始大笑。

婆婆的腳步聲快速逼近，用力敲門。她趴在丈夫的身上，感覺到旭日在她身體裡依然堅挺，fabulous，笑。謝謝大學室友。

婆婆開門闖進來，看到兒子跟媳婦的裸體，嘴巴張大。戴勝起飛，瞄準婆婆的嘴巴。婆婆的尖叫聲蓋過手機鬧鈴。整個社頭都被吵醒了。

2. 一號

吵死了，幹，這麼早，誰在亂吼亂叫？熱死了，脖紋溝渠熱汗奔流。一號躺在床上，思考著自己到底是被吵醒的還是被熱醒的。氣。好不容易星期四終於過去了，想賴床，今天不打掃不澆花不養貓不餵狗不出門不練歌，幹，不出門啦。到底在發什麼神經，為什麼想要唱歌。那盞小燈好幾天沒放在門口了，她總是在清晨五點就爬下床，先進廚房開瓦斯爐，五一整天賴床。問題是，她不知道怎麼賴床。從小她就習慣早起，家裡人多，不想跟大家搶洗手間，一號負責開爐火，接著去洗臉，洗頭髮，刷牙，上大號，剪指甲，等她完成所有清晨例行步驟，爐子上的稀飯已經開始冒煙了。

她好喜歡如此幽微的早晨分秒。她坐在廚房的小板凳削鉛筆，清理書包裡的橡皮擦屑，擦拭所有文具，看煮稀飯的鍋子嘶嘶吐煙，黎明微光，鳥輕鳴。她清楚看見空氣緩緩流動，

媽媽早就準備好隔天的早餐備料，米洗好，浸水置在爐上，蔬菜跟水果都洗好了，醬瓜跟豆腐乳在冰箱裡，

星期五

波動平穩，忽然鬧鐘吼叫，氣流煙氣扭曲，甚至截斷，開始了，三合院清晨的秩序要亂了。

鬧鐘老式，機械撞針猛敲鈴鐺，音量駭人，負責吵醒整個三合院，還有倒楣的鄰居。鬧鐘放在阿公房間床頭櫃，被阿公摔過好幾次，每摔一次，音量就越大，含冤尖叫控訴。阿公最會賴床，不理會鬧鐘，繼續睡。三個媽媽率先起床，叫醒二號跟三號，梳洗，做早餐。三個媽媽擠進洗手間，一開始總是安安靜靜，水流聲，馬桶沖水聲，大家忙著刷牙，沒辦法說話。等三個媽媽都走進廚房，她會把小凳子搬到角落，托腮開始看戲。真的很像廟口酬神歌仔戲，三個媽媽各有自己的唱腔與體態，入廚房就是登臺亮相，手路繁複，腳步沓雜，眼神藏故事。她視力怪，很多東西會忽然一片模糊，但，三個媽媽在廚房裡唱歌仔戲，她可是看得很清楚。她炒蛋，我燙空心菜，她切水果，廚房空間不大，手肘推擠，妳的動作干擾到我的空間，嘴巴忍不住嘟囔，微弱的抱怨，很快就會配合菜刀落在砧板上的韻律，變形成大聲的斥責。牙磨了一晚，只為了早晨能鋒利迎人，話語滑過尖牙，出口字字尖銳。從做早餐開始罵起，妳水果切好慢，芭樂籽根本沒有挑乾淨，妳為什麼總是要放這麼多鹽巴，鹹拄拄，米到底有沒有洗乾淨，手要注入感情，米才會洗得漂亮，這把青菜不漂亮到底是哪個笨蛋買的，昨天晚上洗菜就抓到一隻蟲，拜託妳不要不懂裝懂好不好，有蟲代表沒有農藥好不好，妳火氣大就算了，不要火也開這麼大，會臭火焦，接著轉進昨日恩怨，妳有沒有注意看二號的作業簿，字很醜，我才不像妳，會幫小朋友寫作業，我不是叫妳不要去那一家買菜，老闆

社頭三姊妹　　199

娘上次來算命,要幫兒子討老婆,跟她說要去找媒人,來錯地方了,一臉餿水,之後每次看到我們都會故意算貴,不是昨天就叫妳去叫金紙?剛剛去神明廳看,都快沒了,拜託不要這麼懶惰好不好?妳才懶,亂澆水,有幾棵植物需要大量的水,講很多次了死都不聽,妳昨天買的便當有夠難吃,那個滷雞腿吃起來像滷塑膠,最後大絕招是鳳怨,幾年前妳對我說了什麼賤話,她明明知道我爸對花生過敏竟然還故意寄花生糖給他,那家蛋黃酥有多難買妳們又不是不知道,我都捨不得吃,妳們兩個竟然聯合起來對付我,一盒吃光光,稀飯沸騰,歌仔戲快謝幕了,忽然加戲,三人開始罵還在熟睡的丈夫,他是共同的敵人,一定又偷去廟口賭博,胡亂吃補藥成藥壯陽藥,蛀牙怕看牙醫,偷偷嚼檳榔,查埔人沒擔當,假起童,這一家帳本寫得不清不楚,內褲亂丟,菸越抽越猛,肚子越來越大,亂花錢,一定又偷去廟口賭博,胡亂吃補藥成藥壯陽藥,蛀牙怕看牙醫,偷偷嚼檳榔,查埔人沒擔當,假起童,這一家要不是靠我們三個女人不然怎麼維持。

等全家坐下來一起吃早餐,一碗一碗的熱稀飯呼出白煙,醬油淋上空心菜,醬瓜肉鬆裝盤,筷子敲擊,不吵了,餐桌氣流祥和,阿公先動筷子夾菜,大家開始微笑吃食。三個媽媽吵架的話語,都攪拌在那稠糊稀飯裡了,燙口,好好吃。她長大後才懂,吵架是疏通,身體裡有什麼卡住了,手拿菜刀鍋鏟,嘴巴也射出菜刀鍋鏟,傾倒心中所有的不滿,不是尋找和解,不是比輸贏,重點是說出口。這是三個媽媽和平相處的祕技。

車禍之前那一段時間,不吵了。一號坐在廚房角落,疑惑看三個媽媽靜靜準備早餐,她

200　　星期五

視力變差了，稀飯在爐子上煮沸了，米都噴到爐子上了，還是沒人關爐火，熱煙瀰漫，三個媽媽的身影模糊。發生了什麼事？怎麼都不說話了，不吵了。稀飯變得好難吃。

真不懂二號那個瘠查某，為什麼可以天天賴床，下午才起床。她才賴一下就累死了，明明裝死沒動，筋骨耗損。炎夏全面回歸，高溫在她身上踩踏，留下汗漬腳印。秋天真是不可靠，她都已經把短褲收到衣櫃深處了。涼風死去哪裡了？忽然想去清水岩那邊走走，那邊的狗還好嗎？這幾天實在是很忙，沒過去那邊餵狗，那邊山區很多樹，一定涼涼的。

從哪裡冒出來的？在房間四處拍動翅膀，像是在尋找什麼。停在她的肚子上，看著她。

「你這樣飛來飛去，不熱喔？」

鳥頭轉動，沒回答。真奇怪，在房間裡看到鳥，怎麼覺得好正常？彷彿鳥就是床鋪，鳥就是牆壁，鳥就是窗頭燈，鳥就是衣櫃，本屬於這房間。她想到有一大群人衝來社頭，就是為了拍這隻鳥，原來這世界根本不缺瘋子，三合院三個瘠查某根本不算什麼。她昨天晚上練唱結束，騎機車去禁果，聽說那邊有越來越多人聚集，擔心董事長會不會受到什麼驚擾。她沒看過董事長這個模樣，捲髮像是遇到靜電往上衝，大口喝酒吃肉。笑，對，董事長在笑。她好久好久沒看到他笑了。小小是唯一能讓董事長笑的人。她抬頭看禁果的招牌，怎麼這麼亮？這麼紅？她不記得這個招牌以前有這麼亮啊？光線朝瞳孔開槍。騎機車離開，忍不住回

頭看，遠遠看，禁果招牌像是一團紅色的火球，在田野裡靜靜燃燒。招牌上的字體扭動，紅色張狂，吃掉社頭所有的顏色，越來越濃豔。多看幾眼，面前一片紅糊，趕緊停下機車，不行不行，唱完歌才可以死，現在就摔進大水溝，太早了。

她明明很多東西都看不清楚，為什麼，小小跟導演，好清晰，彷彿面前有個巨大的放大鏡，一切都放大了，過分清晰。

她第一次看到導演，夜墨黑，抬頭不見星月。午夜，三合院電話大響，失眠的二號接起，是小小，快到社頭了。小小好幾個月沒回來了，一號二號三號都坐在埕等待，打蚊子，沒開燈，時鐘滴答。

一號說：「這麼晚了，都沒火車了。不知道吃飯了沒。」

二號說：「小小說，同學開車。妳放心啦，冰箱很多東西。」

三號先站起來，說聽到車聲了。

車子沒開進小巷，應該是停在社斗路上。笑鬧，行李箱輪子輾破靜靜的深夜。導演先走進三合院，立刻點三次頭：「嗨，阿姨好，阿姨好，阿姨好。對不起，這麼晚，打擾了。」

小小隨後，打呵欠：「哎喲，二號阿姨，不是跟妳說不要吵醒大家嗎？幹麼？這麼晚了，大家要一起吃宵夜嗎？我很愛睏啦，大家都去睡覺。媽，我明天早上想吃稀飯！喔，對了，這是我同學。大家都叫她導演。我要去睡了，大家快去睡覺。晚安。」

202　　星期五

導演瘦高，聲音酥脆，走路英氣俐落，臉輪廓鋒利。那張臉讓一號想起小小時候的一本立體書，整本書黑，封面黑底印黑字，拿在手上像是抱著黑夜。她記得跟小小一起讀這本書，翻開第一頁，一顆立體紙雕的藍色星球從紙頁衝出來，她跟小小一起驚呼。導演的臉，就像是那顆晶亮水藍星球，衝破黑夜，眼神炯亮。第一眼，一號就記住導演的臉，眉鼻嘴的位置，眨眼頻率，看小小的眼神。

隔天一大早，她煮好稀飯，導演已經離開了。

「怎麼沒有留人家吃早餐？人家開車載妳回來，這樣沒有禮貌。」

「媽，導演在臺北有事，還要排戲，沒關係啦，我回臺北請她吃蛋餅。不然帶一包芭樂給她。」

三號走進廚房：「放心啦，我有送人家走出去。」

那一整天，一號都想拷問三號，但不知道怎麼開口。三號陪人家走了一段路，總有聊天吧？聊了什麼？幾點幾分走出去的？那時候她在煮稀飯？還是還在睡覺？為什麼不叫醒她？為什麼要問這麼多？就是臺北的同學啊。忍了一整天，就是問不出口，只好無端跟三號大吵一架，嫌三號買的米不好吃。

第二次是小小說要休學。她到臺北找小小，大學附近的平價牛排餐館，不知道要說什麼，切牛排用力過猛，折斷手中的牛排刀。小小起身去跟服務生要牛排刀，帶回三把。小小

社頭三姊妹　　203

眼神篤定：「媽，我知道妳擔心，我知道妳現在生氣。我不知道妳在氣什麼，但我一點都不擔心，我也不生氣，我知道我在做什麼。三把刀，妳盡量喔。」

當晚她去聽小小唱歌，地下室酒吧，幾組樂團輪番表演，臺下好多人尖叫。小小沒說話，站上臺，直接開始唱歌，安可越晚越多人，終於輪到小小，臺下好多人尖叫。小小沒說話，站上臺，直接開始唱歌，安可多唱了兩首，觀眾都喝醉了嗎？她當然知道小小唱歌好聽，但她不知道小小唱歌有這種魔力，幾百個人簡直著猴，撕爛喉嚨哭叫，小小的身體鎮定，挑眉，淺笑，吸收臺下湧上來的眼淚與愛慕。晚上她跟小小擠一張床，小小說就要退租了，不用擔心，有同學幫忙搬家，也不用給她錢，她已經開始賺錢了，回去跟二號阿姨說，不用匯錢了，大家賺錢辛苦，自己留著用。她清楚「看到」這窄小的住處有第三個人存在。導演。她就是立刻想到導演。只見過一面。但她就是知道是導演。

第三次見到導演是三合院。小小和導演回來社頭過中秋，小小說，有唱片公司要來簽約了，導演要三位阿姨不要擔心，有找了高手看合約，條件很好，小小有很大的創作自由，不想做的事，唱片公司絕對不會要求，現在時代不一樣了，歌手有充分表達自我的空間。

處，兩把牙刷，一雙白球鞋，尺寸太大，不可能是小小的鞋。那是好清楚的視覺失去感，明明女兒就躺在身邊，看得到，卻也看不到。整夜不敢闔眼，怕睡著了，就失去了。

定很累，立刻睡著。她覺得就要失去小小了。

204　　　　　　　　　　　　　　　　　　　　星期五

一號現在回想，只能怪那晚的月圓。那晚社頭的圓月巨大，撒下銀亮的光，太亮了，刺眼皮，干擾睡眠，秋風鑽入窗，在身上癢處揉搓。她起身，是不是沒有給小小和導演厚一點的棉被？走到小小的房門外，窗戶沒關，月光照亮一切。

她看見了。

視覺開闊，畫質清晰，每一個小細節，都被她的眼睛抓取，沒有遺漏。

小小嘴巴張開，每一顆牙齒都在跳舞，雙眼緊閉，臉部肌肉海嘯，眉心劇烈收縮。她從來沒看過女兒這樣的表情，自己生自己養的，從小什麼表情沒看過？就這個表情，她從來沒看過。

視線移動，看到了小小臉上海嘯的源頭。

水藍星球。

導演的頭埋在小小雙腿裡。

星球轉動，大陸漂移，海洋沸騰。

小小的雙腿跨在導演的肩膀上，腳趾往腳掌大角度彎曲，她從不知道自己的女兒雙腳可以彎出這樣的角度，每個腳指甲都是盛滿月光的湖泊。

這不是她的女兒。

失去了。

社頭三姊妹

她的女兒被導演搶走了。

她要把女兒搶回來。

她撞開門，抓起導演。導演過度驚嚇，沒有任何掙扎，身體騰空，跨過門檻，來到三合院的埕，飛出去。

還是怪月光。之後的一切太清晰。小小停止海嘯。二號跟三號衝出來。小小快速打包。海嘯過後的那張臉，不肯看她。導演站起來，身體撞上三合院的盆栽，幾處割傷。那顆晶亮水藍星球在月光下更加燦爛，站起來，拍掉身上的土，身上幾朵花，無畏無懼，看著一號。

沒吵架。小小跟導演，臉上有奇妙的笑，安靜走出三合院，走出那條窄巷，走出她的視線。

為什麼不吵架？小小為什麼這麼安靜？小小為什麼不罵她？如果當初小小開口罵她就好了。她搞不好會回嘴。如果回嘴，說不定，吵一吵，就沒事了。隔天早上還是可以一起吃稀飯。

隔天一早整理盆栽，三姊妹安安靜靜，沒人知道要說什麼。她很想大聲罵幹。她很想哭。不知道該怎麼辦。沒人進廚房煮稀飯。小小沒有吃稀飯就走了。

後來的事轉速太快，時序亂，她根本不知道小小出專輯了。出音樂專輯，不是會有

CD？什麼叫做數位發行？她完全不懂。入圍了金曲獎，才聽二號跟三號說，小小出專輯了啦，怎麼都沒說。入圍？那些歌，有紅嗎？有人聽嗎？怎麼都沒看過小小上電視？入圍大獎的歌，不是應該街頭巷尾都在傳唱嗎？看網路新聞，讀到分析入圍名單的文章，批評入圍者知名度太低，根本沒人認識。另外一篇則是稱讚小小的音樂，富有獨立音樂的搖滾反叛精神，雖然沒有廣大的宣傳，但在特定的年輕族群有巨大的影響力。

忽然就得獎了。小小的得獎感言，在網路上炸開。

「媽，我得獎了，我結婚了，我知道妳不開心，妳不要，妳現在很討厭我。」

小小死後，三號出國，二號搬去對街，三合院好空，大家都走了，視線好糊，看不到任何東西，看不到任何人，她需要聽小小的聲音，什麼數位音樂串流，串你個屎鳥流，不會串啦，什麼Spotify，有夠難念。她搭火車去員林找唱片行，要買小小的CD，讀報才知道，唱片公司發行了限量紀念版本，有CD還有黑膠。黑膠？現在還有人要買黑膠？什麼？還有錄音帶？誰家裡還有可以播放錄音帶的機器啦？記得以前員林火車站附近有好幾家唱片行啊，怎麼都不見了，火車站現在長得好奇怪，附近的商店完全背離記憶，唱片行好難找。好不容易問到了，小小的招牌，窄窄的樓梯往上走，門上貼著即將結束營業的告示。她是唯一的顧客，結帳，店員妹妹說：「我好喜歡這張專輯喔，好可惜，這麼年輕。都她媽害的啦，去死啦。」

網路上有很多文章，編織小小的身世。小小有個恐同媽媽。從小虐待她。是大學教授。

某位大學教授還特別發文澄清，自己的女兒絕對不是女同性戀，她也沒有虐待女兒，請大家不要輕信網路謠言，結果引來更多憤怒的留言，怎樣，請問教授，如果女兒是同性戀，有問題嗎？

賴床。想大聲播放小小的CD。想煮稀飯。想喝杏仁湯。明天就要唱了。想到手會抖。家裡根本沒有黑膠或CD或錄音帶播放器。還是不會串什麼膣屄流。當初買的那些根本還沒拆封。她不敢拆封。董事長比她厲害，會用手機，播放小小的玫瑰給她聽。陪董事長在禁果裡吃便當，聽了，想唱。忍著沒哭。走出禁果，機車超速，一直騎一直騎，確定四周只有樹跟風，沒有人類，才終於哭了。

戴勝起飛，喙輕輕敲擊窗玻璃。

「幹麼啦？要出去喔？你很煩。」

鳥轉頭看她一眼，繼續敲擊。

「幹。」

她起身打開窗戶。

鳥飛出去。

忽然起身，一陣暈眩，眼前墨黑。

208　　星期五

黑色裡，看到小小的手。細長的手指。

手指發出白光，伸向黑夜，翻開黑色繪本。

一顆枯萎的立體星球從書頁跳出來。

星球曾經水藍燦爛。如今蹲在那些盆栽旁邊的星球，久旱，暖化，生態大亂，海洋消失，即將崩解。

星球聽到窗戶拉開。

無眠的沙漠雙眼看到一號，瞬間降下大雨。

「嗨。阿姨。」

3. 鄉長

鄉長衝去浴室淋浴，雞雞還是硬的。

「What the fuck，幹。」他沒意識到髒話直接衝出口，還以為髒話被他藏在身體深處的洞穴。其實老婆的耳朵跟浴室的門法式舌吻，每一句髒都聽見了，忍不住笑了。啊，完蛋了，怎麼可以被老婆聽到。老婆笑得好大聲。Fuck。

水溫調高，水量調最大，朝雞雞猛沖水，沒用，感覺好像更硬了一點，調成冷水，依然沒用，關水。冰塊，他需要冰塊，雞雞碰到冰塊，一定終於頹喪，不行，廚房冰箱裡才有冰塊，還這麼硬，不可以這樣走出浴室。

到底。什麼。我。她。老婆。打臉頰。打雞雞。

清楚感覺額頭裡面有好幾個陀螺旋轉。是不是還在睡覺？還在發燒？一定是因為發燒，這一切都是幻覺。為什麼醒來看到老婆跨坐在自己身上？怎麼可能，他的雞雞怎麼在老婆身體裡？為什麼現在腦子裡一直出現「雞雞」這兩個字？雞雞雞雞雞雞雞雞雞雞。不是射

了嗎？對，他有清楚感覺到，在老婆身體裡炸開了。射了就射了，為什麼現在這麼硬？沒辦法？只好擼槍了。什麼鬼。為什麼腦子會出現「擼槍」這種粗俗的字詞。他哪裡聽到的粗魯話？一定是網路。不行。以後要少用網路。從現在開始。不行，現在還不行。這幾天行程太亂太滿，社群網路都還沒有更新。好了。專心。現在開始擼。

老婆討厭性。擼。新婚，他覺得應盡人夫義務，總得試試看。試了幾次。擼。兩人達成共識，不用做沒關係。她不喜歡，不舒服，沒有性欲。擼。他完全沒意見，他絕對不走父權老路，他是新世紀異性戀男性，絕對尊重女性身體自主權。擼。他自詡為女性主義者，但這當然不能說出口，自己心裡稱讚自己就好。他絕對不問老婆為什麼不喜歡性。擼。他身體的確有性的需求。擼。擼。擼。快。他覺得這是小事，就像此刻這樣，洗完澡，身體鬆軟，淋浴時光，手上下猛擼，自己清楚擼擼會快速達陣，射了，擊發了，腦子更理性。自己來就好，不侵犯老婆。擼。但今天早上到底怎麼了？他清楚看到老婆的表情，雙眼燦笑，嘴巴張好大，那不是他熟悉的擼。媽真的是，怎麼樣都說不聽。是老婆自己爬上來的嗎？不會是自己睡夢中做了什麼侵犯老婆的事吧？擼。怎麼。鳥。怎麼會有鳥。擼。想到鳥。聽到咕咕聲，大腿肌肉抽動，雞雞終於要啼叫了。擼擼擼。擼用力一點。再擼。他頭往後仰，差點失去平衡，全身肌肉劇烈收縮，快感撞擊腦門，終於。

雞雞第二次射。可以了吧。他盤坐，低頭看雞雞，慢慢地，終於開始疲軟，他不喜歡自己這個樣子。他不知道怎麼面對浴室外的老婆。他覺得性衝動可以控制，必須控制，若身體聽從性欲，一生憾事。沒錯，性很可能會破壞一切。老婆不喜歡，自己控制得宜，這婚姻不冷不熱，互相尊重。他知道老婆並不快樂，在美國不快樂，回來社頭也不快樂。他跟老婆說過，婚姻不是給彼此快樂，要走長遠的路，兩人必須理性面對。快樂必須靠自己才能找到，這世界上沒有另外一個人可以讓自己真正快樂，只能理性分析自己的情緒與創傷，若是真的需要專業的協助，就求助心理輔導或者醫學。不用問他快不快樂，他覺得自己很快樂，能回來故鄉當鄉長，能付出，能改變，能貢獻所學，仕途璀璨。他當然知道，如果婚姻能維持，這對他日後的政治生涯絕對有幫助，因為選民總是要一夫一妻一生一世最好養育一男一女。但，如果老婆真的想離開，他也不會攔阻。不用問他快不快樂，他覺得自己很快樂，能回來故鄉當鄉長，能付出，能改變，能貢獻所學，仕途璀璨。他當然知道，如果婚姻能維持，這對他日後的政治生涯絕對有幫助，因為選民總是要一夫一妻一生一世最好養育一男一女。但，如果老婆真的想離開，他也會用實力證明給選民看，男性領導者身旁不需要一個夫人，也能把每件事做好。

老婆剛剛那表情。完了，剛剛根本沒戴保險套。萬一。好了，好了，好了啦！趕快洗澡，沒有什麼事情不能理性面對。他今天行程還是很滿，昨天發燒，很多事情都推到今天。晚上，等一下出去，就跟老婆說，晚上，我們坐下來，好好談談。

怎麼又硬了。

明天就是超級星期六了，手機裡的To-do List還有很多很多還沒完成的。今天一定要去運

212　　星期五

動公園看劇團排練，搭臺作業應該完成了吧？排練還順利嗎？一定要跟劇團合照，社群網路帳號需要新照片。明天天氣預報如何？晴天，他相信絕對是晴天。手機留在床頭櫃，無法查天氣，現在又硬了，還是不能走出去啊。跟無人機表演團隊的線上會議，是幾點？Fuck，行事曆也在手機裡。好想喝咖啡，可不可以叫小B外送到這裡？

浴室門抖動。

他的手機塞進下方門縫。

啊。老婆。謝謝。妳懂。

老婆，那是妳的笑聲嗎？妳在笑什麼？妳明明是個沒有笑容的人啊。冷冷的，就像是新英格蘭的冬天。真好。妳到底為什麼笑？

他怎麼可能會把手機留在床頭櫃。他到底怎麼了？

三百多封未讀電子郵件，社群網路有幾千則留言，一百多通未接電話，一根又想要擼擼的雞雞。

小B的帳號貼出了新影片，好多好多戴勝，才短短幾個小時，點閱數字誇張，大家晚上都不睡覺嗎？

超級星期六的官網更新了，祕書有聽從他指示，調整了照片位置還有活動的字體。什麼！為什麼明天的表演節目，出現了一號。去死！他想像一號來到鄉公所，站在網管祕書的

社頭三姊妹　　213

玫瑰是玫瑰是玫瑰。

幹。為什麼他也會唱這首歌。這幾天真的一直聽到這首歌。歌很好聽，他心裡會跟著唱。但，為什麼一號要自己唱。被記者拍到怎麼辦，一定會變成百萬人訕笑的網路迷因。一定有方法可以阻止她。

他摸自己的額頭，浴室熱氣蒸騰，手測不準，實在是不知道自己燒退了沒。從美國回來這麼久了，他第一次質疑自己的決定。為什麼？為什麼他不留在美國？為什麼要回家？這裡是家嗎？

新英格蘭才是他理想的家。秋天，他最喜歡新英格蘭的秋天，一個人入山健行賞黃葉，薄外套禦涼風，坐在百年老樹下讀書，黃葉離枝，掉到書頁上，剛好當書籤。驅車下山，不久就抵達濱海大城，高度發展的文明，人類以理性與知識，在這裡建造了偉大的國家，多元種族共生。他的夢想是買下海景房，當亞裔勵志演說家，不然就在大學當教授，夏季和老婆去歐洲，聖誕節去滑雪。不，他討厭「夢想」這詞彙。不是夢，是計畫，夢虛幻，他有高學歷，嚴守紀律，從不遲到，待人和善，擬定人生方案，不是夢，穩健執行。

一直跟自己說，回社頭，是為了父母，父親需要他這個獨子接管政治版圖，母親憂鬱症越來越嚴重，無法踏出家門，本來很想來美國參加他的畢業典禮，都要去機場了，就是沒辦

214　　星期五

法下床,只好父親自己飛。

騙子。虛偽。他看著自己硬梆梆的雞雞,終於承認這是一場騙局。他根本一點都不想回社頭。現實殘酷,摧毀他的計畫,在美國求職不順,履歷撞牆,他要新英格蘭,但新英格蘭不要他。誰要聽一個臺灣人在舞臺上吹噓正能量?廣投履歷,連根本看不到排名的爛大學都不要他。只好回社頭。他根本看不起這個小地方。當初離開,就不打算回來。社頭不是新英格蘭。開窗通風,窗外的太陽已經完全驅逐黑夜,沒有海景,沒有偉大的文明,沒有滿山黃葉,沒有新英格蘭。

擼擼。

他的社群網路帳號此刻有人貼了照片。火車站前的燈籠。

擼擼擼。

「親愛的蕭鄉長,你不是常說要環保省電救地球嗎?現在早上六點多了,天色很亮了,為什麼這些燈籠的燈都還亮著?」

擼擼。

立刻有人回應了。那個替代役男。

擼。

替代役男回應:「偷偷跟大家說,那個開關壞了啦,ㄏㄏ,昨天晚上根本打不開,什麼

社頭三姊妹　　　　　　　　　　　　　　　　　　　　　　215

燈海，變成死海。結果見鬼了，忽然自己就亮了。我看，現在應該是關不掉吧。哈哈哈。」

水氣嫌浴室太熱，從窗戶逃逸，想不到外面更熱。熱氣散逸，視線清晰。他怔怔看著浴室地板，一地精液匯集成人形。那人形。好像他。就是他。他把身體裡的那個騙子，射出去了。他沒有力氣了。軟了。身體裡的洞穴坍塌。超級星期六去死。取消星期五。今天他哪裡都不去。這間浴室，此刻是他的新英格蘭。

4. 二號

小B的單車壞了。用走的太慢了。沒車。不會開車。沒力氣，跑不快。好像有點餓。渴。跑不動。不行。沒有其他辦法了，只能騎一號的機車。怎麼騎，沒駕照。

二號牽著一號的機車，在社斗路上呆滯。問自己，會騎機車嗎？還記得怎麼去董事長家嗎？小時候去過，依稀記得是獨棟住家，隔壁是襪子廠房，周遭都是田，這麼久沒去了，路還在嗎？房子還在嗎？為什麼孩子會在那裡？不行啊，機車，等一下怎麼把孩子載回來？孩子還小，不能坐機車吧？小孩應該要放前面還是放後面？還是抱著？背著？肩膀上？拜託，連騎都不會了，怎麼載小孩？計程車？天哪，她真的什麼都不會，在社頭，怎麼叫計程車啊？

該不該麻煩小B？小B一定可以想出辦法，帶她去董事長家。昨晚回到藍咖啡，杯盤疊羅漢，客人都已經離去，留下繁雜的氣味。小B蹲在地上調查分屍案，她從西班牙帶回來的咖啡杯不幸遇害，杯身殘破，把手不知去向。她阻止小B：「不用啦，明天再掃，我們現

社頭三姊妹　　　217

在都去睡覺。」小B繼續撿拾:「妳先去睡,我很快。」她拍掉小B手上的咖啡杯屍塊,陶瓷在地上粉碎,聲響清脆,她覺得真好聽,忽然有個衝動,想謀殺桌上所有堆疊的咖啡杯,都好臭,摔爛,丟掉,買新的。她拉著小B往樓上走:「小B,我知道,潔癖大爆炸,不打掃,這裡癢,那裡癢,全身不舒服喔?這是老闆娘下命令,聽到了沒?走啦,上樓睡覺。一號要唱歌了,我們不營業,我們都不用早起,認真睡覺,好不好?天哪,小B,她是認真的,星期六真的要去唱歌。要死了。」

她想從皮包拿手機,手鬆開,機車傾倒。機車像躺在地上耍賴皮的大孩子,她拉不起來。

不,不要煩人,讓小B好好睡覺。這種小事,她可以自己處理。

小事?她,根,本,什,麼,都,不,會。好想喝藍色蝶豆花茶。好想朝藍咖啡二樓尖叫。討厭自己一個人。最後只剩下自己。

以前她的惡習是到處結婚,生活中大小事都幫她處理妥當。不是說結婚會悟出許多人生大道理,帶她去了很遠很遠的地方,她笨,她懶,怕孤單,想逃離,那些丈夫都是聰明人,她結了好幾次婚,卻什麼都沒學到,「在不同國家幫丈夫辦喪禮」這種技能,現在根本派不上用場啊。她此時此刻需要的是力氣,方向感,還有騎機車的能力。機車這種複雜的機器,她只騎過幾次,記得第一次騎,就把鄰居的盆栽撞爛。她從三合院搬到幾百公尺外的房子,

218　　星期五

幻想開始獨立生活，一切自己來，有什麼難的。果真不難，還開了咖啡館。因為，她找到了小B，她承認，她就是很會聞，大海浮沉，聞到了可靠的浮木，立刻抓住不放。

此刻聞不到任何浮木，機車太重，她終於對自己坦承，她厭惡孤單。

她依然搞不清楚狀況，導演，孩子，董事長。一夜無眠，清晨意識凌亂，昨夜的雨被困在長髮裡，頭皮雷雨，熱氣勒脖，開窗通風，聞到有點熟悉的味道，起身往街道看，啊，這一定是夢，太好了，是夢，表示自己終於睡著了。夢裡，導演站在社斗路上，眼神凌亂，肢體慌張。導演怎麼可能出現在這裡？都說清楚了，永遠不會再踏進社頭，當然是夢。導演站在通往三合院的窄巷前，蹲下，起立，又蹲下，身體抖動搖曳，腳步倉皇，走進窄巷襲來，把導演身上的味道往藍咖啡的二樓吹，她聞到了，嬰孩奶味，嬰兒嚎啕，導演整夜無眠，便祕好幾天了。

嬰兒嚎啕鐮刀大軍，殺進她的鼻腔，割鼻毛，刺鼻腔，入侵身體。這哭聲味道太濃烈，驅離醞釀了一晚的睡意。確定，是導演。怎麼可能，導演來社頭了。要不是因為小小，她怎麼可能有辦法指認這些嬰兒味道？奶吐，尿布，嬰兒頭頂散發出的那個酸味。感謝小小。芬蘭丈夫與前女友育有雙胞胎，週末輪到芬蘭丈夫照顧嬰兒，她實在是不喜歡嬰兒，加上怕自己手笨，會摔碎陶瓷嬰兒，總是離他們很遠。有幾次她不得不出手幫忙，芬蘭丈夫卻說，好愛嬰兒身上的味道啊，聞了幾秒就有暈船感，她作嘔，覺得這是全宇宙最

社頭三姊妹　　　　　　　　　　　　　　　　　　219

香的味道,這其實是嬰兒的詭計,他們無助,無自主能力,需要大人照顧,生來就有能力散發這種味道,攻入父母的中樞神經系統,父母聞了,身體裡幸福號誌閃閃發亮,就會忘記照顧新生兒的各種辛勞,無私付出。她把嬰兒推到芬蘭丈夫的懷中,用力搖頭,不,沒有幸福,她無法理解這種味道連結,她快步跑到屋後,把腸胃的暴風雨吐給森林,嘔吐就是遺忘,身體完全不想記住那味道。但,小小在小卡車上出生那一刻,她忽然就懂了芬蘭丈夫說的詭計。小小不是從她身體裡滑出來的,但一號在那邊吼叫,她身體也跟著絞痛。看到小小身體滑出來,那個味道撞到她。那味道織成細長燈芯,纏纏繞繞,小小在但丁懷裡的哭聲就是點火,燈芯燒,她身體裡燃起一盞燈。好亮,好陌生,好溫暖。有,這次有幸福。

她碎步下樓,一走出門,天地迴旋,跌坐在藍咖啡前方的長椅,心臟快速跳動,眼前的房子街道天空全都扭曲成湍急的渦流。熱風夾帶著嬰兒哭聲包圍她,鑽進她腋下,把她拉離長椅,沒時間暈眩,催促她,快。熱風攙扶她過街,入窄巷。窄巷磚牆縫隙吸收了導演一路用力扔下的味道,路邊草葉上的露珠守護著導演從鼻息通暢。

未說出口的話,熱風沒耐心,擦撞磚牆,踩踏草葉,磚塊推擠,露珠滴落破碎,所有味道擊散,都是給二號聞的。她接納所有的嬰兒味道,來到三合院。

導演跪坐在盆栽旁,哭,沿路丟棄味道,蒼白脫水,顏色剝落,幾乎透明,只殘餘一點稀薄的味道。

一號坐在木製小板凳上，看著導演。

一號看，導演哭，兩人中間彷彿有山谷，對峙。一號像一座山，巍峨壓迫，無語，卻咄咄凌人。導演是垮掉的山，那些奇花異草接住她的身體，斑蘭葉伸出細長的葉子，擦拭她的眼淚。

這真的是導演嗎？去年小小在臺北的追思會，三個痟查某吵起來，導演那時候像是一座山，沒說話，逼近三姊妹，氣勢高昂。三姊妹停止吵架，導演站在她們前面，語氣冰涼，眼睛藏在墨鏡背後，依然鋒利。

「妳們三個，很吵。滾。小小說過，不回去了。我再說一次，聽好了，我和小孩，永遠都不會回去。滾。」

熱風推她走進三合院，花草遇風搖動，一號穩坐，不眨眼。

她必須打破對峙：「早安，導演，記得我嗎？我是二號，二號阿姨。」

導演開口，字字乾枯：「嗨，阿姨。阿姨好。」

「來啦，進來坐，我泡茶。」

一號開口：「泡茶？妳會泡茶。」

「不然妳泡？人家難得來社頭，怎麼讓人家坐在地上啦。導演，吃早餐了沒？」

「阿姨，我該走了。」導演開口說走，身體卻無法動彈。

社頭三姊妹　　　　　　　　　　221

「走……去哪裡?不是才剛來嗎?坐一下啦,那個,小朋友呢?在臺北嗎?」

「去……去……彩排。搭臺。明天要演了。好多事。」導演像是壞掉的低階機器人,聲音有許多雜訊。

「搭臺……啊?運動公園那個?明天的表演?是妳喔?啊我們都不知道,只聽說是一個臺北來的劇團。」

一號直視導演:「你們來演戲,小孩留在臺北,誰顧?」

導演身體持續往盆栽傾倒,頭枕到仙人掌,手抓到玫瑰刺,身體宛如觸電抖動…「阿姨好,阿姨好,我不行了。我好久沒睡覺了。可不可以,讓我睡一下。小孩,幫我顧一下好不好?謝謝。」說完閉眼,機器人沒電了,身體癱軟。

「顧一下?一號跟二號相視。

一號站起來,在口袋裡找機車鑰匙:「董事長。董事長他家,我有聽到合唱團的人在講,臺北來的,一大群人,什麼劇團的,住進去了。董事長他老家啦!」

「鑰匙給我,我去。」

二號眼神堅定,看著一號。一號身上噴出了複雜的氣體,掙扎,分析眼前情勢,導演狀況看起來很差,把導演留給二號,不行,兩個一起死在三合院,要是讓二號去董事長那邊,等一下,如果我們搞錯了呢?小孩真的在那邊嗎?說不定在臺北啊,不行不行,要是小孩真

的在那邊，派二號去，也是大家通通一起死。幹。眼前一皺。預感。到底是誰死？三號呢？為什麼三號要去泰國，白痴，現在大家一起完蛋。

二號清楚聞到了一號的兩難：「妳拜託，放輕鬆好不好。妳忘了啊，我有小B。快啦，鑰匙。」

都忘了有小B，好，一號把機車鑰匙交給二號：「小小的房間，開門，快啦。」

二號身體僵硬了幾秒，趕緊跑向小小的房間，打開房門。

好乾淨。好整齊。床被都還在。小小從小到大的書籍。二號牽著小小坐火車去員林。國小書包掛在牆上。小時候所有獎狀。鋼琴。YAMAHA鋼琴，二號買的。二號說，這輩子花不完，好煩喔，好煩喔，鋼琴運來社頭那天，卡車沒辦法擠進窄巷，工人只好用推車運送鋼琴，一號大聲罵髒話：「幹你娘，這是要擺哪裡，妳以為我們家是什麼豪宅喔？」組裝了一上午，小小彈了一首剛學的曲子，輕柔的曲子，力道卻威猛，一號聽了，好長一段時間罵不出任何髒話。如今鋼琴還有小小的味道，早晨日光灑在鋼琴上，鏡面烤漆閃閃發光，完全沒有任何灰塵髒汙。這附近的細菌塵蟎纖維土壤花粉頭髮小蟲黴菌，看到一號應該都會尖叫逃難吧，誰敢黏附在鋼琴烤漆上？絕對立刻被一號施以酷刑，凌虐殲滅。快逃啊，只要穿過窄巷來到社斗路，過個馬路，藍咖啡樓

社頭三姊妹　　223

上二號的房間,一定熱烈歡迎大家。小小房間好香。不是洗衣精或者芳香劑或者什麼。就是很舒緩的香氣。小小死了。但房間活著。活著,等著。

小小離開多久了?她時間觀念很差,只記得是去年,某個星期四,三姊妹趕到臺北醫院,醫生說狀況危急。滿一週年了嗎?房間這麼乾淨,一號應該每天都進來打掃吧。

她回頭,看到一號撥開樹枝花朵仙人掌,輕鬆抱起導演,大步走向小小的房間。導演像一張薄薄的紙,熱風呼呼威脅奪紙,快要把她吹走吹散了,一號手臂用力,加快腳步。當年被她丟出去的,怎麼,到底,她也不知道,幹你娘,為什麼,現在被她撿回來。撿回小小的房間。

「妳還有時間發呆?快啦!去叫小B。」

她沒叫小B。機車還躺在地上。拜託,振作一點,冰箱都可以搬得動了。深呼吸,收集遠方的氣息。完了,真的沒力。好餓。老了。好渴。

鳥飛來,在機車上跳躍。一隻,兩隻,三隻,四隻,還有鑽進她頭髮的那隻,總共五隻。五隻戴勝,咕咕,咕咕咕。五隻?前幾天才出現一隻,就上了新聞,引來一堆人。現在她數到五隻,社頭要爆炸了吧。

她聞到了。

一大群扛著攝影器材的人,從火車站那邊走來。

浮木。

不是那個特別高大壯碩的男人，遠遠的，她就能聞到高大男人身上的暴力，出門前，以拳腳對老婆示愛。也不是那個走在隊伍最前方的濁氣男人，剛剛在火車站的洗手間上大號，沒擦屁股，也沒洗手。不是那個不斷自拍的年輕男孩。是被人群淹沒的那個矮小男人，中年，對比內心的寂寥，頂上三根髮堪稱擁擠熱鬧，汗水有香皂味，手指有書頁氣息，游泳，盆栽，錦鯉，繪畫，胸前徠卡M11，不久前才剛辦完父母喪事，因為外貌，從來沒有女人願意看他第二眼。她好久沒聞到了，這麼乾淨簡單的浮木。

攝影師團隊來到她身邊。她低頭看，啊，鳥呢？手伸進蓬鬆的長髮，鳥喙輕輕啄她的手指，啊，真會躲。

濁氣男人問：「小姐，請問，那個，這個地方怎麼去？用走的，會不會很遠？手機地圖真的找不到。」

男人的手機，播放小B上傳的新影片。昨晚上樓，小B說但丁寄來了新影片，群鳥圍繞著但丁飛。不是幾個小時前才上傳的？怎麼點閱數字這麼誇張。

機車站起來了。她聞得沒錯，果真是矮小男人。

「謝謝你。」

矮小男人抓著機車手把，低頭看地面，微微點頭，不敢正視她。

「請問，你可以載我嗎？我不會騎車。」

「啊？」矮小男人抬頭，那雙孤單的雙眼空了很多年，什麼風什麼雨什麼人都裝不進去，看二號一眼，立刻被她的長髮塞滿。這個長髮女人，一直看著她。從來沒有女人這樣看著他，彷彿世界一切都消失了，只剩下他這個禿頭老男人。

「你不是要拍鳥嗎？走。我們去禁果。」

5. 但丁

還在下雨。

但丁睡了多久?依據人間文明的時間刻度,他睡了兩個小時五十四分鐘。但他沒有手錶,也從不看手機上的時間,日出就是白天,頭離開蜜桃屁股枕頭,日落就是睡覺,頭交還給蜜桃,無需赴約,無需準時,沒有計畫,不用上下班,牆上掛的不是月曆時鐘,而是假陽具跟性感內衣,不知年月,不知道什麼是星期四什麼是星期五,不知道什麼是季節,熱了短褲,涼了外套,看月亮看到睡著,數星星數到睡著,數榕樹的氣根數到睡著,每天都走很多路,邊走邊數雲,累了就停下來數風,雨天用耳朵跟眼睛數雨滴,颱風張大嘴巴吃風看能吃幾口,躺在田裡讀《神曲》的頁數,數蟋蟀叫聲,數落葉上的葉脈,在廟口幫排隊的國高中生解數學理化題,他不懂為什麼課本裡塞滿複雜的方程式,卻沒數風的方程式,數戀人身上氣味的函數,數母親白髮的加減乘除,沒人數碗裡的米苔目,沒人數嬰兒的笑聲,沒人數自己的眼淚,沒人數一首流行歌的歌詞有多少字多少音符,沒人數家附近有幾隻貓幾隻狗幾條

蛇，沒人數掌紋，為什麼大家都不知道，把哭聲放在磅秤上，會得到什麼樣的數字。

這兩個小時五十四分鐘，對他來說像是睡了五個日落，睡眠像食物，撐滿他胃腸，身體豐盈肥滿，圓鼓鼓的，像顆氣球，想往外飛。不想數雨滴，不想等日出，現在，他就想飛出去，牽羊駝去散步。

禁果裡的戴勝都還在打呼，他噤聲躡足，眼睛尋書，沒有被戴勝當作床墊的《神曲》，就帶那本。球鞋呢？右腳鞋裡有熟睡戴勝，那就只穿左腳鞋，等一下，他現在是一顆氣球，氣球怎麼會需要穿鞋呢？決定赤腳飛翔。開門踏出禁果，細雨迎接他，今夜的雨寫到最後一章了，準備收尾，雨零碎輕盈，在他臉上搔癢。現在不想數雨，就是想走路。

羊駝呢？

芭樂園裡的帳篷被大雨寫出的曠世巨作擊垮，歪斜傾倒。帳篷裡的人們也被擊垮了，雨占領身上的衣物，鼾聲粗重。此刻雨全面撤退，雲散，天空不夠黑，爍爍銀亮，啊，黑夜失眠了。羊駝也失眠了嗎？不在禁果後方的棚架下，不在芭樂樹下，不在乾草堆上。即刻出發，找羊駝。

赤腳踩到尖銳小石，刺痛感逼他停下腳步，跌坐在路面上，腳掌伸到面前，刺痛感慢慢退去。啊，找不到了。還沒出發，他就知道，他找不到羊駝了。不見了。失去了。這是很具體的失去感。腳鬆弛，小石子掙脫腳掌硬皮，彈跳到他的大腿上，滾落在地，與其他的小

石重逢。他在碎石裡翻找，當然找不到，但還是想找那顆刺進他腳掌的小石子。徒勞是唯一結果，總是一場空。不怕空。空，還是要繼續尋找。社頭空城，他一人獨醒。起身走路，吃風，數風，拜託風，可不可以跟他說，羊駝去哪裡了？火還在燒嗎？不不不，問錯了，是問羊駝，白色的那隻，跑起來跳很高的那隻，喜歡吃芭樂的那隻。守夜的風搖頭，今晚在社頭到處巡邏，沒有見到任何羊駝。

繼續走，風說沒看到，那就問宮廟神明。走到打烊的枋橋頭天門宮，人類跟神明都睡著了，地上積雨成明鏡，宮廟倒影映照在水面上，水底一座在深夜靜靜閃爍發光的琉璃宮殿。他不想吵醒神，神每天收到信徒各式各樣的請託，一定需要好好睡覺。只好抬頭問閃閃發光的燈，紅燈籠黃燈籠跑馬燈都是夜行動物，越夜越閃亮，紅黃燈籠先大力搖頭，不死心，轉頭問跑馬燈，LED介面狂閃，接著跑出七彩字句：「歡迎四方大德蒞宮參拜，祝各位闔家平安，這位光腳的信徒找不到羊駝，本宮不見羊駝蹤影，恭請社頭天地風雨樹草協尋，感恩不盡，提醒蕭董事長，捐香油錢，捐地更圓滿，全家福報，鄰里平安，旺旺發大財。」

他右邊褲子口袋裡只有風跟芭樂籽，左邊褲子口袋還剩幾滴雨，身家財產早就捐出去了，那就把隨身帶的這本厚書放在廟前階梯，獻給神明，雙手合十，感謝宮廟，感謝燈籠，感謝LED跑馬燈。

社頭三姊妹　　　　　　　　　　　229

羊駝，也死了嗎？他搖搖頭，他此刻感覺到的失去，不是死亡。年輕時失去老婆，那是暴力的掠奪，身體很清楚感受到割裂，腦子粉碎，變成社頭人人皆知的瘋子董事長。他是怎麼知道失去了小小？一號，還是二號，還是三號？敲敲頭，瘋腦總還有點記憶，一號來找他，除了問好，說不到兩句話，安靜看著牆上的假陽具，最近喜歡來聽小小的歌。二號來禁果，總是話語大海，一直說一直說，說到頭髮長了五公分才離開。三號來，低頭看地上，不太敢看他，坐一下就走。對，沒錯吧，是二號跟他說的。大雨，二號提著便當來禁果，雨太大，傘無用，便當裡的飯被熱雨煮成稀飯，二號眼裡的翡翠鑽石珍珠黃金都被偷了，眼眶裡剩下空空的展示櫥窗，平常張揚扭動的長髮此刻乾燥死寂。二號看著但丁吃雨便當，想哭卻無淚。雨便當吃完了，一粒米不剩，二號才開口：「董事長，不知道怎麼跟你講，但，還是要跟你講。小小，過世了。在臺北。」禁果門搖晃，三號探頭進來，看到二號，立刻關上門。但丁走出禁果，雨明明停了，怎麼耳朵裡滿是雨聲。啊，原來三號眼睛下大雨，但丁把空的便當盒交給三號，想給她裝雨。三號的雨聲分貝過大，奪走了他的聽覺，耳朵裡剩下淅瀝雨聲。好幾天，他聽得到雨聲。失去了小小，失去了聽力，具體的失去感，死亡。但今夜這種失去，不是死亡。他感覺到羊駝。閉眼，一團白白的，毛茸茸的，看得到。吃進肚子裡的風有羊駝的氣息。大樹上有羊駝毛髮。地上有千百個羊駝腳印，凌亂重疊無特定方向，腳印新鮮，彷彿有幾百隻羊駝在這個下雨的夜晚集體出逃。

社頭羊駝農場的最後一隻羊駝,去哪裡了?到底他是在找羊駝,還是?

宮廟迎媽祖,羊駝農場老闆跟廟公談好,一群猛男與一批羊駝來參加廟會活動,幫農場打廣告,拯救崩毀的業績。人潮騰湧,大人小孩爭相拍打餵食羊駝,裸上身的猛男牽著羊駝,壯碩的胸肌上貼了羊駝農場網址的貼紙。果然有效,羊駝非常受歡迎,農場有救了。鞭炮炸,嗩吶,鑼鼓,濃煙,火花,活動高潮是長達三分鐘的七彩高空煙火秀。天空每炸出一朵鮮豔的花,就有一隻羊駝倒下。活動結束,猛男下班了,清潔大隊出現,大家都知道怎麼清掃鞭炮跟煙灰,但滿地的羊駝屍怎麼掃?多派一輛大卡車,專門運送羊駝屍。其中一隻羊駝忽然站起來,抖落身上的鞭炮灰,大眼環顧,看到但丁,快步跑過去。人稱神蹟。

颱風警報,羊駝關入室內,窗戶屋頂都加強防護。風沒來,雨來。豪雨有毀滅文明的雄心,道路坍方,山區土石流,社頭多處淹水,羊駝農場變成灰濁湖泊,水沖進安置羊駝的房舍,農場老闆怕水,不敢冒險進入農場。隔天水退,又死了一批羊駝。神蹟羊駝又沒死,從水裡冒出來,四隻腳擺動,啊,會游泳。

羊駝農場暫停營業,老闆資遣員工,盤算下一步。藍天,放倬存的羊駝在農場跑動,才剛倒完飼料,忽有雷聲,似遠又近,不見雨。落雷霹靂,擊中忙著吃飼料的羊駝群。老闆跪在他的小卡車旁,看著羊駝焦黑屍體,不知道為什麼,就是聞到臭豆腐的味道。那隻死不了的羊駝,果然神蹟,雷劈不死,從羊駝屍體堆中起身,發現農場的大門沒關,腳步加快,疾

社頭三姊妹　　231

如駿馬，衝出農場。

白羊駝每次躲過死神召喚，身上的毛就越潔白，一開始還有點灰矇矇，經過煙火鞭炮洪水雷電，全身白鑠鑠，入夜之後白毛發光，像是路面上飄移的一團明火。

羊駝農場正式關閉，但丁牽著白羊駝找到農場老闆。農場老闆已經不再是老闆，正準備乖乖聽一號的話，開始賣臭豆腐，看到白羊駝，忽然全身疼痛，誰朝他丟鞭炮？誰把他壓進水底？誰把他綁在曠野邀雷擊？他跪下拜託但丁：「董事長，拜託拜託，給你養好不好？不要還給我，我不要了，我什麼都不要了。」

羊駝的確很喜歡亂跑，有自己的行動意志，但最近幾天，羊駝行蹤明滅，一團明火分明在身旁燒著，視線一移開，火熄滅，四周暗下。

他遠遠朝禁果方向看去，紅色招牌在視線裡逐漸壯大，鮮紅侵略視野。天色翻白，氣溫快速攀升，他清楚看到，熱辣辣的風，從清水岩那邊的山區出發，朝社頭大步邁進，有人淒厲大聲尖叫，社頭醒了。

熱風推擠他，走上回禁果的小路。熱風出拳，涼風投降，熱風喝光地上的積雨，不用天氣預報，他知道今天一整天無雲，晒衣服的好日子。他邊走邊查看自己的身體，好奇怪，路上是不是搞丟了手臂還是風截斷他的腿？怎麼就是覺得身體四肢少了一部分。啊，書。腋下沒夾一本厚厚的書。書呢？想不起來。羊駝很喜歡厚厚的書，用頭頂，咬嚙書頁，嗅聞。他

朗讀書裡文字給羊駝聽,不到五頁,詩句搖籃曲,羊駝與人皆睡,夢裡都是但丁寫的煉獄。腋下沒有煉獄,沒有天堂,身體好輕盈,像是少了一條腿,有點不知道怎麼走路,熱風嫌他慢,塞進他的腋下,佯裝成書。

他抵達禁果,天色大亮,好熱,想換短褲短袖。禁果小屋裡好吵,彷彿裡面有搖滾演唱會,塞滿幾萬觀眾。他打開門,睡醒的戴勝衝出來。群鳥在天空亂飛,帳篷裡的人們被鳥叫喚醒,走出淹水的帳篷,看到滿天飛舞的戴勝,忘了夜晚在他們背上用力踩踏留下的痛,呼叫相告,趕緊拿出相機。

「董事長!」

一個矮小的男人騎機車載著二號,撞開熱風,抵達禁果。

「董事長,導演,導演啦,我知道你一定記得,小小一定有帶導演來找你,導演來社頭了,小孩子也帶回來了!哎喲,好難解釋,反正,現在,小孩子在你家!」

家?

你家?

我家?

他轉身,看著禁果小屋。這是我家嗎?小孩在禁果裡嗎?他有家嗎?

社頭三姊妹　　　　　　　　　　233

「董事長,可是沒有車怎麼辦。我只有這臺……。」

導演?

臭豆腐。

昨晚臭豆腐小卡車來到禁果,露營的人排隊購買,芭樂樹捏著鼻子喊臭。小卡車沒走,臭豆腐老闆不見人影。他打開車門,鑰匙在駕駛座上。

二號其實不是那麼確定,面前這個光腳的人是不是就是董事長。容貌一樣,身體一樣,身上那件白襯衫是她買的。頭髮不一樣,之前灰白黑,怎麼今天早上好白,根本就跟那隻羊駝身上的毛一樣。白髮大捲,像是頭上一片海洋,閃閃白浪不斷翻湧。味道不一樣,以前董事長身體牢籠,肌肉緊繃,鎖住所有的味道,今早身體某處開了個洞,漏風,很多味道散射出來。啊,董事長身上少了一本厚厚的書,原來書是拿來塞洞的。那些味道藏太多年,太駁雜,太混沌,像一團龍捲風。她不用花力氣嗅聞,龍捲風把她捲入,這猛烈的空氣渦旋裡面有好多好多陳年味道。啊,聞到了,什麼!原來董事長是!什麼,這麼多年,她的猜測。是。不是。是。不可能。天哪。太多訊息需要拆解。她知道董事長可能隨時會把洞封起來,頭好暈,身體跟著龍捲風旋轉,繼續聞。

董事長頭上的海洋捲出了高聳的潔白浪花,雙瞳瑩澈,沒說話,用味道傳遞訊息。

二號上車。董事長開車。

走，我們回家。

戴勝繞著臭豆腐卡車飛，歡送董事長與二號。

小卡車發動，叫賣的音檔也啟動。「臭」拉長兩秒，「豆腐」短促清脆。

「臭——豆腐。臭——豆腐。臭——豆腐。」

車加速，輪胎壓過一個坑洞，車身劇烈震動。沒事沒事，車沒事，但丁沒事，二號沒事，車後面那些貢丸湯豆腐湯沒事，儀表板上的那隻戴勝也沒事，大家繼續往董事長老家奔去。但是，臭豆腐卻出事了。那個叫賣音檔被震壞了，豆腐兩個字不見了，只剩下「臭……臭……臭……」

臺語發音的「臭」，聽起來就是「操」。

社頭三姊妹　　　　　　　　　　　　　　　235

6. 三號

那對gay爸爸帶著孩子來退房，小男孩額頭貼著彩虹OK蹦，雙眼打呵欠，手指搓弄著一條印有獨角獸的沙灘浴巾。兩個爸爸也睡眼。員工提議合照，一家三口看到手機鏡頭全部驚醒，白牙酒窩肌肉小背心小短褲，睡眼立刻燃放煙火，一路吵來櫃檯。員工提議合照，一家三口看到手機鏡頭全部驚醒，白牙酒窩肌肉小背心小短褲，睡眼立刻燃放煙火，練習過千萬次，全世界每個角落都是攝影棚，一家三口立刻上傳。

她剛剛一直鞠躬送客，現在腰好痠，在櫃檯旁邊的沙發上躺下，看著網紅家庭剛剛上傳的照片，趕緊按個愛心，心裡好多疑問。在一起開心就好了，為什麼要生小孩呢？是想要延續生命？覺得寂寞？生物繁衍的天然本能？爭取跟異性戀一樣的生養權利？怎麼生的？代理孕母？領養？跟女性朋友合作？還是其中一個爸爸其實是跨性別，有子宮？或者孩子是其

計程車載走網紅家庭，櫃檯員工放鬆緊繃的肩膀，幸好，掉下海邊斷崖的小孩沒事，兩個爸爸也沒有激烈的反應，今天就要請工人來加裝柵欄跟警告標示。

236　　　　　　　　　　　星期五

中一個爸爸跟前妻生的？哎喲她不懂啦，她知道這些疑問就是要留在心裡，說出去會罵死。她好羨慕這些 gay 客人，無需臣服一夫一妻制度，沒有結婚壓力，關係多邊開放，自由自在。看這個網紅家庭的所有照片，世界到處旅行，三人緊緊相依，代言童裝，推出獨家周邊產品，很明顯就是要傳遞一個封閉的幸福家庭圖像，抵抗這個爆滿惡毒偏見的世界。但，她不懂啦，為什麼要封閉呢？這不就是異性戀世界死守的封閉系統嗎？如果她的父母還健在，而且沒有任何人想脫隊，會不會也跟風開一個帳號，每天上傳一夫三妻的恩愛照片，只為了推廣三合院神壇的生意？如果不用做生意，如果上傳這些照片跟影音根本不會獲利，如果完全沒有人點閱，如果網路全面消失，那他們還要生養小孩嗎？還需要展現恩愛，等一下，年輕人是不是說，「放閃」嗎？還需要看到鏡頭就大笑嗎？眼淚跟哭聲會是真的嗎？寂寞會是真的嗎？會每天都像照片那樣幸福美滿嗎？大家真的會相信這些照片嗎？哪一個家庭不是吵家扽宅？天哪，她是被什麼海邊細菌給入侵，為什麼今天有這麼多亂七八糟的問題？昨晚那些噁心的床墊裡一定有什麼東西跑進她腦子裡。人家一家三口很努力經營幸福，這些照片就是讓大家心生羨慕，羨慕催生焦慮，焦慮導向購物，只要買下他們販賣的那些充滿愛的產品，穿上身，吃進肚子，就會有機會沾染幸福，可以愛人，有機會被愛，或許，終於少一點點寂寞。

手指捏手機螢幕，放大照片，小男孩燦笑，手緊緊抓著浴巾。小小小時候也會搓弄一條

浴巾，她去市場隨便買的便宜貨，二號嫌廉價，說品質不好，應該去百貨公司買，了就不肯放，二號後來買的日本貨都不要，手指抓著廉價浴巾的邊緣輕輕搓揉，搓著搓著，很快入睡。浴巾藍色，印著一隻小美人魚，髒了該洗，三姊妹哄騙無用，小小就是不肯放手，輪流假裝生氣，哭啊笑啊尖叫啊，彷彿洗衣機是電影院，這週上映殺人驚悚片，下週是愛在洗衣機旁守候，洗好了掛起來晒，小小拉了小板凳坐在晒衣繩下，深情等候。深藍洗成淺藍，淺情悲劇片。好不容易趁小小不注意，趕緊丟進洗衣機，小小總是不肯放藍褪成米白，小美人魚鱗消逝，五官模糊，越洗越薄，纖維散裂，最後剩下一小塊，小心翼翼搓，在鋼琴上彈舒曼，幾個小節就要搓一下毛巾。在學校跟男生打架，根據其他小朋友轉述，小小先把小塊毛巾從口袋裡拿出來，放置妥當，才衝出去跟男生在泥巴裡扭打。毛巾完全解體那天，青春期剛好抵達，身體巨變，童年再見。

當年三號第一次在三合院看到導演，深夜，月圓。小小看了導演一眼，月光照亮那一瞬，三號立刻想到小小在晒衣繩下等待浴巾的眼神。

那眼神讓她理解了很多事。這樣說也不對，很多事，她至今還是不理解。她看小小長大，熟稔小小身體裡的聲音，是她這個阿姨可能無法理解的喜歡。她很早就知道小小喜歡女生，是月光下的那一眼，她才知道這種喜歡，是她這個阿姨可能無法理解的喜歡。她也不知道這種喜歡是好還是壞，就是她不懂的喜歡。不懂，沒看過，就有可能覺得不正常，不符合每日所見，心裡警鈴大響。

那晚，月光下，一號把導演的身體丟出去，她聽到一號身體裡的吼叫。現在想想，一號真是大驚小怪，她經營一家主要客群是各國男同性戀的海邊度假村，每間度假小屋都有大片落地窗，她聽過各式各樣的喊叫，見過各種奇妙的身體組合與堆疊，眼界敞開，回想一號看到小小與導演，真是覺得沒什麼。一號自己也做過吧？自己做可以，女兒就不行喔？

她不確定一號和二號記得多少，夜裡爸爸與三個媽媽的聲音穿牆，根本不用超能力就聽得到。阿公時常帶陌生女人回來，那些聲響與碰撞，都是三姊妹習慣的睡前搖籃曲。一號看過聽過也做過，怎麼反應還是這麼激烈？

怎麼又想到了阿公。

最後一位陌生女人，帶來了阿公的死訊。女人酒味濃重，亂髮遮去整張臉，胡亂敲門，說不出話，光腳，身體裹床單。三姊妹頭探進阿公的房間，立刻縮回。阿公全裸，熟睡模樣。三號認出這女人，市場賣水煮玉米，親切笑臉，來過三合院問事，求生兒子，聽說因為連生好幾胎都是女兒，常被丈夫暴力對待。三號聽到女人心裡一直反覆尖叫：「死啊死啊死啊！無喘氣無喘氣無喘氣！」三姊妹分工，先確認阿公生命跡象，沒呼吸，沒脈搏，三人都不知道該怎麼辦，半夜兩點多，該怎麼處理？等天亮再處理吧。三姊妹幫玉米女人穿衣服穿鞋，奉上體劇烈抖動，死人等天亮再處理，活人現在就得照顧。玉米女人受到巨大驚嚇，身醒酒濃茶與熱毛巾，一號受不了女人頭髮裡有玉米鬚，拿了水桶跟洗髮精，堅持要幫她洗頭

社頭三姊妹 239

髮，二號拿出了一整組美甲裝備，幫女人修剪髒兮兮的指甲，女人像是個柔軟的洋娃娃，任她們擺布。女人肚子打雷，三號問：「腹肚枵？我煮一下，很快。」爐火旺，埕裡掏空摘取菜葉香料，打拋豬，空心菜炒蝦仁，青木瓜牛肉沙拉，一桌夜半盛宴。女人吃一口打拋豬，辣味撞擊呆滯眼神，啊，沒吃過這種味道，好奇妙的味道，不是社頭的味道。死亡掏空大家的胃，所有盤子見底，一大鍋白飯吃光光。好靜好靜的夜晚，無風無雨無星無月無蚊無蠅，四人無語。女人神智回歸，瞥見牆上小鏡，啊，怎麼三個高中女生把我打扮得這麼好看？她完全不記得這輩子有這麼好看過，身上這套衣服好合身好漂亮，指甲閃星光。

玉米女人從後門離開，說辦喪事有什麼需要幫忙的，來市場找她，不知道能做什麼，但會盡量。三姊妹坐在神明廳，等不及天亮，也怕天亮。好怕天一亮，阿公就醒了。沒死的阿公，酒醉的阿公，打人的阿公。此刻的阿公終於是童話裡慈祥的爺爺。神桌發出細碎的聲響。還有一個多小時才天亮，雞亂啼，蝙蝠即將入眠。三姊妹爬到神桌下，進入那個空間，漂浮，緊緊拉著彼此的手，身體完全放鬆，不懼怕了，不發抖了。以後，只剩下我們三個了。

喪禮一切從簡，鄰里有男性長輩大聲指責，阿公是地方有名望的人士，治喪怎麼可以這麼隨便？三姊妹就說她們什麼都不懂啊，也沒錢，不然阿伯舅公叔叔湊個一百萬，辦個豪華的喪禮，請脫衣舞團，孝女白琴一個不夠，請十個來哭三天三夜，死亡真是可大可

240　　星期五

小，爸爸跟三個媽媽的喪禮好隆重，所有道教佛教禮儀全部來，阿公直接火化，不設靈堂，不依循任何古禮。所有死亡行程都跑完了，整理阿公遺物，發現了好多好多現金。原來阿公沒把三合院神壇收的現金拿去銀行存，全藏在自家。現鈔三人平分，算一算，很會念書的二號去臺北念大學的學費夠了，大家幾年不會餓死，但不可能一輩子只靠這筆現金，一號挖出「命苦者免費」小燈，痟查某繼承神壇，歡迎四方前來問事。小燈放在三合院門口，點亮，第一個上門的就是玉米女人，不問事不求子，帶來一大籃新鮮玉米，說謝謝，說以後會在市場散播耳語，稱讚三合院三個小仙女神準妙算。

謝什麼呢？三姊妹覺得玉米女人才是恩人。阿公死前那晚大發酒瘋，摔碗，酒瓶破窗，抓起一鍋剛煮好的排骨湯朝三姊妹潑灑，粗暴扯掉三號的上衣。

孩子宏亮的哭聲震動窗玻璃，她趕緊起身查看哭聲來源，不會吧？難道又有小孩摔下海邊斷崖？

計程車駛進度假村，網紅家庭回來了，孩子的哭聲華格納，引來池畔戲水的客人。兩個爸爸表情土石流，大概什麼方法都試過了，孩子還是狂哭。原來是孩子找不到布偶，路上停車翻行李也找不到，只好折返，看是不是遺留在房間。房務清潔人員趕緊去查看房間，一大群人圍繞著小男孩，哄騙無用，小男孩看到有這麼一群觀眾，四肢揮舞，嘴巴張更大，哭聲電鋸，無情肢解圍觀的人。清潔人員回報，找遍房間，沒有看到任何布偶，正在度假村裡到

社頭三姊妹　　　　　　　　　　　　　　　　　　241

處尋找。電鋸馬力全開，她看到兩位gay爸爸臉漲紅，眼神裡明顯塞滿不耐煩。

哎，兩個人的日子過得好好的，為什麼要生小孩呢？

她從來沒機會問小小，妳，跟導演，就開心過兩個人的日子，還這麼年輕，為什麼要生小孩呢？

這麼多大人圍繞，太多關注了，哭鬧男孩找到滿場觀眾，更激情更奔放。她猜，這哭聲說不定包含了很多壓力，關愛太重了，幼小的身軀難以承受。她現在理解了，她們三姊妹把所有的關注都放在小小身上，小小一定承受了巨大的壓力。小小離家去臺北讀大學，三姊妹在三合院裡不安走動，惶惶無言，食欲低落。少了小小，多了孤單。她清楚記得小小離家後的第一晚，她如常洗衣服曬衣服煮飯菜，摘打拋的時候忽然哭了。一號罵她：「幹！哭枵！」她趕緊回房間哭。哭，不是因為想念小小。當然想念小小。但，主要是她發現小小是藉口，忘記孤單的藉口。小小離家了，藉口消失了，身體裡刻意被忽視多年的孤單立刻回歸。哭了好幾天，孤單有眼淚澆灌，在身體裡長成一棵壯大的樹。樹砍不掉，每天持續抽長。

手機震動，二號傳來影片。

煩，影片拍攝臭豆腐小卡車，幹麼傳這個給我，我要處理客人跟小孩啦，滾開，她現在完全不想看到那個死人還有那輛爛卡車。她跟員工學了泰拳，要是這輩子還有機會遇到小卡

車司機,她會試試幾個招式。

影片還沒看完,第二支影片跑進手機螢幕,好多戴勝,好多人在拍照。哪裡飛來那麼多戴勝啦,好可怕,鏡頭晃動,掃到禁果的招牌。二號妳到底會不會用手機啦,不要再晃了。

她覺得禁果招牌好像變大了。

小男孩繼續哭鬧,小手用力擊打一個上前哄騙的肌肉男,Prada墨鏡飛出去,在地上碎裂變形,肌肉男尖叫,對小孩罵髒話,兩位gay爸爸護小孩,以更宏亮的髒話回擊。好吵,耳朵好痛。她正想要把手機丟開,第三支影片抵達,董事長開小卡車。啊?董事長開車,這樣好嗎?會不會出事啊?二號妳在幹什麼?怎麼可以讓董事長開車?妳是不會叫計程車喔?哎喲,的確,二號很可能真的不知道怎麼叫計程車。鏡頭搖晃,她看得頭好暈,受不了了,這裡真的太吵了,越來越多人加入吵架,反正她無法處理,交給員工去收拾。

文字訊息:「妳猜,這是誰?一定猜不到。」

點開第四支影片,孩子的哭聲,畫面是模糊的水泥地。她已經快步離開了,走到外面的大樹下,怎麼那個小男孩的哭聲還這麼近?不,這哭聲不一樣,不同人。是手機傳來的哭聲。

第五支影片近拍董事長的臉。不太對勁。哪裡怪怪的。她覺得董事長的臉怪怪的,頭髮也怪怪的,一時說不上來,就是不太像是她熟悉的董事長。不,不是不太像,是另外一個

社頭三姊妹　　　　　　　　　　　　　　　　243

人，新的臉。

房子。啊，董事長的老家。不是荒廢很多年了嗎？怎麼有一堆人？他們是誰？難道社頭襪子工業復甦，廠房復工？

哭聲越來越大。董事長腳步好快，二號在後面追趕，一直說：「猜不到吧？妳一定猜不到，妳應該記得這裡吧？」

第六支影片，嬰兒，大聲哭叫，全身霞紅，應該吐了好幾次，嘴角跟脖子周圍有乾掉的嘔吐物。董事長伸出手，把嬰兒抱進懷中，孩子用力哭叫踢打，嘔吐如瀑，哭聲尖銳，像嗩吶在耳邊吹奏。

董事長一臉平靜，嘴巴開合，三號努力把嬰兒哭聲排除，才聽到董事長的聲音，原來是在學戴勝叫聲，聲調滑軟，對著嬰兒：「咕咕，咕咕咕。」董事長翻轉嬰孩，讓嬰兒的背朝向自己，右手掌抓穩嬰兒上半身，左手掌小心把嬰兒的兩手臂往嬰兒胸腔跟肚子折，左手掌接著整個覆蓋嬰兒的手臂與小手，右手掌放開，移至嬰兒臀部，調整角度，嬰兒臉朝下，四十五度角，開始輕輕上下搖晃嬰兒身體。董事長的手，真的好大啊。

哭聲立刻停止。

嬰孩表情像是大夢初醒，睜開眼，看四周，笑了。

董事長繼續學鳥叫，也笑了。她沒看過董事長臉上有這樣的笑容。以前小小開心唱歌跳

244　　星期五

舞，董事長會淺笑。但影片裡的笑，是露齒大笑。

董事長身後有一大群年輕人，表情驚訝，輕聲鼓掌，好怕驚擾眼前的老人與嬰孩。

第七支影片，又是小卡車，停在社斗路，人下車，入窄巷。

第八支影片，二號自拍：「董事長進來了，妳相信嗎？董事長走進來了。我到現在還不敢相信，我好累，搞了一整個早上，現在才有時間把這些東西傳給妳。妳，喂，三號，聽到了沒？」

她好想拿一把大剪刀，伸進手機螢幕，把二號那一頭誇張的長髮剪掉。

手機裡的嬰兒不哭了，進入三合院。

度假村裡的小男孩還在哭，大家越吵越大聲，煩！這樣怎麼做生意啦，已經有新到的客人要辦理入住。她站起來，快步走向嚎哭的男孩，點開手機，播放第六支影片，手機放在男孩耳邊。

你歐洲華格納是吧，我有社頭嗩吶。

男孩像是聽到什麼恐怖的故事，瞬間停止哭鬧，眼睛睜好大。

嗩吶殺死華格納。

社頭三姊妹　　　　　　　　　　　　　　　　245

7. 小B

小B一整天都沒有離開房間。來社頭後，這是第一次賴床，第一次這樣狂睡。到底睡了多久？十二個小時？十四個小時？此刻還是星期五嗎？窗外的社頭還存在嗎？柔軟床鋪是豐饒土地，手指長出樹根，深入土壤，睡成一棵百年樹。冷氣製造凜冬，真舒服。半夜三點熱氣破窗，被熱醒，起身開冷氣，溫度調最低，反正老闆娘說不開店，禁止打掃，耳塞眼罩阻斷世界，就睡吧。之前再熱，小B都會盡量忍，頂多開電扇，怕老闆娘負擔太重，今晚不管了。老闆娘說水電網路雜支全都她負責，帳單來了，不准叫她處理，她不知道怎麼繳費。老闆娘真的很神奇，什麼都不會，怎麼有辦法活到這個年紀？薄薄一張電費帳單放在她面前，她看了一下說：「這上面是寫芬蘭文嗎？我怎麼一個字都看不懂。」立刻從口袋掏出幾張皺巴巴的千元大鈔給小B：「以後拜託直接來跟我拿錢，幫我處理掉就好，看到這個我頭好痛。剩下的不用還我，這張東西燒掉啦。」

移開眼罩，瞇眼看牆上時鐘，天哪，已經下午了。怎麼這麼累？一定是昨天晚上的雨。

那場雨好怪異，打在身上，不覺得皮膚表面鬧水災，但身體內部全溼，雨滴灌入血管，在身體各處沖刷，硬如堅果的都被雨泡到軟爛，藏好的不肯承認的都裸露出來。回到藍咖啡，躺在床上，皮膚緊繃乾燥，窗外的雨聲侵入耳朵，腦子裡沙沙大響，像是在水龍頭下淘洗米粒。忽然想唱歌。忽然想到媽媽唱的歌。啊，一號明天要唱歌。

移開眼罩，日光重搥瞳孔。老闆娘呢？希望她也一樣，把整個星期五交給睡眠。繳費，帳款，進貨，打掃，傳話給一號，叫計程車，網購，手機開機關機，送便當給丁，翻譯國外寄來的信件，回電子郵件，生活中的所有瑣事，都可以幫老闆娘完成。但無法幫她睡覺。她最近真的沒在睡覺吧？人怎麼可能不睡覺？注意到了，老闆娘越久沒睡覺，那雙眼睛就越大。昨晚在火車站前聽小提琴演奏，老闆娘那雙大眼收納千百個懸掛的燈籠，眨眼滿天星斗，那個小提琴演奏者掉進那雙眼，琴音充滿愛意，幾乎肉麻輕浮。

啊，星期五，天哪，都幾點了，沒按電鈴嗎？前幾天打電話叫貨，說星期五中午到，昨天晚上生意好，咖啡豆真的快沒了。查看手機，果然很多通未接電話。要回撥嗎？實在是很怕那個送貨員。

第一次被摸，身體僵直，說不出話來。快速在送貨單上簽收，目送卡車離去。搞錯了吧。對，一定是自己想太多。沒事沒事，對方的手，不小心撞上來。趕快刪除這個身體觸感。忘了就好。

社頭三姊妹

第二次，那手掌更用力。沒搞錯，確認，送貨員的手指還有指甲，陷入臀部，停留了幾秒鐘。

後來小B就盡量離遠一點，刻意到咖啡館外面簽收，有路人經過，送貨員雙手安分。那雙眼無邪，似乎無惡。沒事沒事。不要惹事。

連續幾次送貨，都安然度過，禮貌對談，鄉下開咖啡館，不容易喔，還要跟便利商店便宜的咖啡競爭，討論了咖啡豆品質，進口狀況，下次要不要考慮進比較貴的那批？剛剛進來臺灣，水果香氣很濃，保證順口，也可以客製，包裝上印藍咖啡，增加業績，考慮看看。

上週，小B彎腰，那個觸感貼上來，這次是雙手，不，不只雙手，還有。送貨員的下體碰撞。腦子裡不是沒有演練過，立即轉身，推開對方。對方往後跳一小步。

「你幹麼？」

「我幹麼？」

「不要。」

「怎樣？拜託？拜託我，再摸一下？很爽喔？」

「拜託不要這樣。」

「不要？我不摸你，不然誰要摸你？」

「拜託不要。」

248　　　　　　　　　　　　　星期五

「不要？我沒打你，你就要感謝我了吧。」

謝謝你，沒有人打我。氣自己，為什麼在心裡感謝人家。「不然誰要摸你？」送貨員說得對，沒有人要摸。竟然有人願意摸，雙手合十鞠躬，無盡感恩。自認藏得很好，絕對不跟任何人提起，但老闆娘就是知道了，長髮豎起，氣說下次要改叫別家咖啡豆，不，不能改，下次還是叫這家，那個爛人來了交給她，拿冰箱砸他。老闆娘真是瘋了。

Jimi Hendrix狂抓房門，喵喵叫。是不是貓碗空了？老闆娘一定沒放飼料。貓叫凶猛，趕緊起身。好好好，不要叫了，來了啦。開門，貓狂吼一聲，進房環顧，跳到但丁送給他的假陽具上，尾巴揮動。

「幹麼啦？餓了嗎？」

貓平常討飼料，會來腳邊迴繞，眼神凶猛，此刻卻安穩坐在假陽具上，姿態安穩。咦？不是啊，這隻黑貓四隻腳不是白色的，不是Jimi Hendrix。你是誰？查看脖子，的確是他買的銀色項圈，上面刻有Jimi Hendrix字樣。你是哪來的黑貓？跟Jimi Hendrix打架打贏了，奪下項圈嗎？叫聲，眼神，體型，都是Jimi Hendrix沒錯，是啊，是你沒錯，你的腳怎麼了？踩到墨水啊？

喵。

還在做夢吧。眼睛被雨給洗壞了。但好像又覺得合理。來社頭以後，很多以前覺得不合

理的事，現在都會聳肩，彷彿事該如此。

以前隱身在臺北大城的小公寓，大餐廳裡的服務生，下班後跟同事零交流，沒朋友，不識鄰居，遊魂，輕盈，無痕，無聲。在社頭，卻是顯眼的存在，外貌與口音都是可疑的跡象，外來，違背，蹊蹺，異樣。

喵。

查看社群帳號，睡前貼的影片，已經有上千則留言。

喵。

昨天到底有多失控。記得揮舞繪本，好像有打到鄉長。沒事吧？鄉長的確沒惡意，只是想要透過朗讀活動，宣揚他的理念。只是，有時候，充滿善意，比心懷惡意更駭人。小B知道怎麼消化惡意，習慣了，身體有個遺忘機制，主動刪除是微弱的反擊。卻無法拒絕慈祥微笑的善意。

喵。

是不是應該回去臺北看看？想吃那家肉圓。那間媽媽留給他的小公寓。媽媽癌末，堅持回家，說好怕死在醫院。媽媽突然有食欲，想吃傳統市場的那家彰化肉圓。提著肉圓回到家，媽媽睡著了，永遠不會醒。坐在媽媽身旁，把兩人份的肉圓吃完。對不起，媽媽。一直

250

星期五

說對不起。我怎麼是這樣怪異的人。妳離開的時候我竟然在排隊買肉圓,被插隊還不敢說話。對不起。

喵。

「你拜託好不好,不要再喵了!整包飼料都給你。」

Jimi Hendrix安靜,四隻腳踩著假陽具的塑膠外殼,踩著踩著,四隻黑腳轉灰,逐漸回復成白腳,跳到房門,抓抓抓。小B開門,Jimi Hendrix回頭再喵一聲,沒入黑暗的樓梯。

小B拿起假陽具,拆包裝,廠商真貼心,裡面還附有小包裝的潤滑劑。塑膠包裝外殼發出清脆的聲響,被閒置太久,等不及了,終於被拆開,歡慶的聲響。

但丁的禮物滑入小B的身體。

啊,有個開關。按下去,禮物震動。

牆傾倒,天花板碎裂。有客人想買咖啡。鄉長傳訊息給小B:「今天可以外送咖啡嗎?」鄉長對不起喔,沒空回你訊息,今天沒營業,在超級星期六到來之前,都不會走出房門,好忙。

小B的身體飛昇,衝向歡騰頂點。看到了。先看到了。

社頭三姊妹

星期六

1. 導演

導演看不見，聽不見，聞不到。感覺有風。不對啊，這是風嗎？風的質地是這樣嗎？溼滑，似水，非水，確定是流動的氣體，卻有重量，緊貼著皮膚上下來回，像是即將融化的冰塊。

是風。冰涼的風趕來三合院，纏繞導演的身體。這陣風老朽，在社頭山區的地底沉睡多年，今早忽然被尖銳的鳥喙啄醒，撥開纏繞的樹根，穿越潮溼的土壤，刷過樹幹，拂過樹葉，戳雲朵，推開吵鬧的戴勝，在水池留下紊亂水紋，在露營區推垮幾個帳篷，睡太久了，口氣腥臭，打個呵欠，臭氣趕跑了占領社頭的夏天。炎夏這次真的遠行了，打算幾個月後才會回社頭。老風不知道自己到底睡了多久，只記得入睡前，身子透明輕盈，此刻腳步沉重，依然透明，但質地如膠，黏走了樹葉。樹昨天還青春招搖，今早遇老風，綠葉凋零，禿樹迎秋。

老風鑽入小小的房間，門縫，窗縫，磚頭縫，牆縫，天花板縫，有縫就塞。導演意識逐

漸甦醒，身體還陷在夢境裡。沒時間了，老風趕緊在導演的身體上下撫摩，這具清瘦的軀體有好多好多裂縫跟破洞，快要解體了，溼黏的風灌進那些縫與洞，把迷路的器官黏回原本的地方，重新接合離散的骨頭，督促血液跑動。老風鎮住導演的身體，風聲呼呼，塞住她的眼耳鼻，殷切叮囑導演，先不要動，再多睡一下，不要急著起床，外面的世界是地獄啊，現在不用起床，不用急著把自己推向地獄。

風壓制她的身體，卻阻擋不了她腦子開始運轉。這是死亡的狀態嗎？無色無味無聲，不冰冷，不燥熱，身體動不了，無法起身在筆記本上記錄此刻體感。算了，根本沒帶筆記本出門。昨天清晨，整夜啼哭的嬰兒毫無疲累跡象，音量洪水，有個演員受不了，大聲抱怨：

「導演，拜託，我們明天要演出了，整個晚上都沒辦法睡覺，這樣我們怎麼上臺啦？拜託，不要再哭了啦，導演妳管一下自己的小孩好不好，我耳朵都要出血了。」演員的怨氣重重踩到她身體裡的枯枝，啪，斷了。不行了。她真的不行了。如果她現在不往外跑。如果她現在不衝出去。如果她不拋下一切。如果她不用掉身體僅存的力氣。如果她耳朵裡繼續塞滿嬰兒哭聲。她很可能會出拳打演員。她腦中已經出現打嬰兒的畫面。她想把刀子從腦子裡抽出來。刀子刺進耳朵。用力刺進去。這世界終於安靜。她祈求地震。地裂。天塌。這間巨大的房子傾倒。厚實的牆壁砸下來。壓住屋內所有人。只有這樣。哭聲才會停止。她腦中的刀才會消失。不行了。沒有其他辦法了。她現在必須離開。身體撞開門。往外衝。

社頭三姊妹　　255

祈禱應驗了嗎？死了嗎？聽不到哭聲。怎麼可能沒有哭聲？輕輕揉壓她的耳垂，會流淌出大量新鮮濃稠的哭聲。現在這麼靜，一定死了吧。她無法張眼，不知道自己身在何處。

不行啊，今天星期六了吧，戶外演出是大挑戰，還需要確認很多演出細節，舞臺布景，道具，服裝，麥克風音量，演員妝容，萬一下雨怎麼辦？萬一颳強風怎麼辦？運動公園擺了那麼多張椅子，雖然是免費入場，但，要是今天根本沒什麼觀眾怎麼辦？什麼「國際觀光節」，根本不可能會有其他國家的觀眾啊，演出前要拜拜，求社頭本地的神鬼，協助演出順利，老早就交代要去買紙錢還有供品，道具組有沒有去買？有沒有去問當地的文史工作者，在社頭拜拜，有沒有什麼禁忌？演員睡前還有醒來有沒有伸展身體？有沒有做發聲練習？演出前，鄉長要致詞，聽說是個多嘴的笨蛋，她當然反對致詞，人家提供場地與經費讓劇團下鄉演出，不給人家上臺說幾句話，似乎很失禮。但劇場本來就是失禮的藝術，她執導的戲都是冒犯，若是沒有任何衝撞，就是失敗的作品。政客致詞會毀了她的作品。不行，她一定要想辦法，阻止鄉長上臺致詞。

腦子越轉越快，身體微微震動。老風清楚，這身體太急躁了，就快要掙脫壓制了。

老風慢慢鬆弛，先退出她的鼻腔。

她立刻聞到了。

小小。

她從來沒有辦法破解小小身上的味道成分。她在筆記本上寫：「春天花粉，秋日陽光，赤腳踩草，手指揉捏玫瑰花瓣，削鉛筆機，咬碎剛出爐的巧克力餅乾，乾裂的嘴唇塗滿龍眼花蜜，浸在熱巧克力裡的沙其馬，受潮火柴，沾了眼影的棉花棒，抽屜深處的紅酒軟木塞，冬雨，烤布蕾，炸秋葵，烤箱裡的柑橘。」這都是她對小小味道的各種想像。寫了好幾頁。總覺得不精準。原本以為，有一輩子的時間可以繼續寫味道。寫啊寫，寫到老，終於能找到一些清楚的人間氣味，來精準形容小小。

認識小小那一天，的確是先聞到小小。為了省電費，劇團排練室嚴禁開冷氣，高溫是排練室最霸道的資深演員，傲慢指使所有人，才排一小段戲，大家都趴在地上喘氣。忽來芬芳，導演尋香，原來是製作人請來的創作歌手，來看排練，這齣戲需要配樂和音樂設計，說不定能合作。創作歌手把身體塞進牆角，腳邊幾本筆記本，還有劇本，靜靜觀察排練。

「妳好，我是這齣戲的導演。」
「嗨，我叫小小。」
「那個……嗯……對不起喔，我們今天很亂，太熱了，狀況不是很好。」
「不會啊，我很喜歡妳寫的劇本。你們剛剛做的即興，很瘋，我剛已經想到了幾個旋律，我等一下用吉他彈給妳聽。還有，我寫了一些詞，說不定可以發展成一首歌。」
導演注意到，劇本上有很多便利貼，娟秀的字跡，很多筆記。創作歌手好年輕，眼神

社頭三姊妹　　　　　　　　　　　　　　　　　　　257

固執，完全不怕生。好香。她偷偷深吸一口氣。心裡默念小小。小小。小小。根本沒在聽吉他和弦。眼裡根本沒有其他人。看不到排練室其他人。只看得到眼前這個創作歌手。小小妳好。小小妳好香。那是什麼味道呢？不是人工香水。也不是洗髮精。熱風在小小的皮膚上滾動，拉扯出令人愉悅的氣味，她記得很清楚，當時腦中出現的影像，是加了冰塊的花草茶。她此刻也聞到加了冰塊的花草茶。她知道了。想起來了。昨天昏迷之前，來到了三合院。她此刻就在小小的房間。記憶的主成分是氣味，這房間記憶力很好，沒忘了主人，守住了小小的氣味。

小小為那齣戲寫了五首曲子，其中一個主旋律配上了詞，是一首非常放肆的歌，大家聽了都很愛，但真的放不進舞臺製作，就拿來當網路宣傳的主題曲。簡陋的錄音室，製作人跟鼓手出去抽菸，她真的受不了了，開口問小小：「對不起。我可以，抱妳嗎？對不起。」她不敢看小小，全身發抖，喉嚨緊縮，不敢相信自己會說出這麼窩囊的話。她從來沒有追過女生，高中讀女校，幾乎每天收愛慕小卡，甚至收過女老師寫的十頁情書，運動會跑百米，幾百個女生朝她尖叫，得了金牌，破了學校紀錄，一大群女生放聲大哭。上大學，她終於可以拋棄女校裙裝制服，只穿褲子跟襯衫，搭牛津鞋，頭髮剪短，對鏡練習堅定的眼神，精心排練過的眼神有戲劇效果，看一眼，女生臉就紅了。她總是同時有好幾個女朋友，女生發現自己不是唯一，大哭大鬧，她只是聳肩，說出背誦好的臺詞：「哭什麼呢？不是一開始就說清

258　　　　　　　星期六

楚了嗎？我不懂，難道妳會跟我一輩子在一起？別騙人了啦，妳以後一定會離開我，去跟男人結婚。」臺詞變預言，很多前女友，後來的確都跟男人結婚。進入劇場，她從一開始就打定要當導演，她非常享受導演的權威，舞臺上所有細節，都由她定奪，可愛的女演員來來去去，都愛導演，都尊重導演，都會臉紅，都想跟導演回家。

小小例外。眼神射過去，多停留了幾秒，啊，怎麼無效，沒在那雙頰留下紅漆。她在排練場態度強硬，絕不妥協，但只要小小在場，她那天的聲帶就是發不出粗糙的命令聲響。小小回應她的凝視，四目交纏，她會先棄守，趕緊把眼神移開，怎麼雙頰發燙，怎麼輸了。錄音室太靜了，小小的安靜是鉗子，拔掉她的指甲。好痛。好想尖叫。身體被椅子綁架，無法動彈。小小放下吉他，喝了一大口水，清喉嚨，終於開口：「這麼膽小啊，要等到大家都出去，只剩下我們，才敢問我。這麼膽小，我如果說好，可以喔，可以抱我喔，那，請問導演大人，妳敢抱我嗎？」

不敢。

連搖頭都不敢。

她知道人們都說她是「鐵T」。她不想深究女同志世界的各種標籤。她只知道自己在小小面前完全鐵不起來，所有的陽剛或雄偉，都鬆軟，都無力。T不T，鐵不鐵，攻不攻，受不受，婆不婆。遇到小小，四肢廢棄，這也不是，那也不是。不敢伸出雙臂。怕。怕抱了。

社頭三姊妹　　259

自己碎掉。怕小小拒絕。怕抽菸的人回來。怕時間靜止。拜託時間不要前進。最怕時間倒退。掉入最深的恐懼。啊,原來,她知道了,原來這是愛。第一次,恐懼大口吃掉她,咬碎她,吐出她。她失去所有權威,任小小擺布。

抽菸的人走進來,坐定,準備繼續錄音工程。小小忽然抱住她。

那是她第一次如此靠近小小。小小身上的氣味輾壓過來。她腦中忽然跑出小時候背誦的古詩:「輕攏慢撚抹復挑,初為霓裳後六么。」當初單純死背,不求理解,此刻她忽然懂了,她這個鐵T的身體是樂器,小小那纖細的手指在她身上又攏又撚又抹又挑,她下腹部雷擊。她身體裡從沒有這樣的雷響,嶄新的震動,她不知道怎麼反應,只好哭。哭,因為,生命中第一次,她覺得有人看見了她,身體裡所有的雜音都交給對方,請聆聽我的軟弱,身上所有的武裝都繳械,臭的香的都不再隱藏。身體貼緊小小,她知道,小小聽得到她身體裡最深處的哭聲。

小小在她耳邊說:「哭屁啊。」

不、不、不是「說」,「哭屁啊」三字有音階,那是「唱」。那是小小寫給她的第一首歌。

她根本想不起來,上一次哭是什麼時候。鐵T不哭,只讓別人哭。她遇到對手了。這個叫做小小的女孩,會讓她哭一輩子。而且不是偷偷哭,現在哭給製作人跟鼓手看,以後會哭給整個世界看。

她真不是鐵T。小小的媽媽，才是真正的鐵T吧。

第一次來到三合院那個深夜，她就問小小：「妳媽是T吧？」

小小睜大眼睛：「什麼啦，亂講。」

「拜託，我剛走進來，妳不是交代我要叫大家阿姨嗎？我看到妳媽，差點叫叔叔。」

「白痴，夠了喔。」

「真的啦，妳難道沒有想過，妳媽是不是？哎喲，妳能想像妳媽媽跟男人做嗎？不可能吧？她當初⋯⋯到底怎麼懷孕的？人工的吧？妳到底知不知道妳爸是誰啊？不可能，不可能，就是不可能，她怎麼可能真的跟男人做？那根本違反大自然。」

小小笑出聲：「哈哈哈，不要亂講，我三號阿姨會聽到。其實我真的也不知道，我爸到底是誰？我媽把那一段回憶給刪除了，我從小就聽不到。哎喲，妳這個笨蛋不懂啦，反正我媽不讓任何人知道。但反正，我應該知道是誰。我沒差喔，我一直沒有很想知道。有三個媽媽，已經很累了，要是多一個爸爸，哎喲，真恐怖。」

「T，小小，妳的媽媽是T。」

那晚，小小在她耳邊輕聲說：「我們來違反大自然，生小孩好不好？」

想到孩子，她身體劇烈抖動。老風嘆氣，應該要再多睡一點，但真的抓不住了。老風放

社頭三姊妹　　261

開她，還不肯走，在房間裡緩慢盤旋。

她睜開眼睛，小小的書，小小的獎盃，小小跟媽媽的合照，小小跟二號阿姨還有三號阿姨的合照，小小跟一個高大的背影合照。風攪亂時間，照片裡的人似乎在搖晃身體，搖啊搖，老去的人忽然青春，死去的人忽然復活，高大背影轉身，從腋下抽出一本厚厚的書，笑了。

她把孩子留在⋯⋯。

照片裡的小小對她招手。房間裡的小小味道包圍她。老風翻動書桌上的樂譜。鋼琴低吟。

啊。

怎麼聽不到哭聲。

孩子呢？

她知道自己身體裡都是折斷的枯枝。但沒有其他選擇了。那是小小跟她的孩子。兩個人一起違反大自然法則，生下的孩子。拉拉耳垂，乾燥無奶汁，完全沒有任何哭聲流出來。她必須回去找孩子。她深深吸一口氣，閉氣，把房間裡的小小氣味困在身體裡。想想那氣味匯集成小小的人形，支撐這即將崩垮的身體。想大哭，但沒有時間跟力氣。

推開門。

老風推了她一把,在她耳邊呢喃:「去吧。哭吧。」

對。米煮到爛熟的香氣。筆記本裡形容小小的味道,也有米香。小小的汗,有豐饒米香。米香帶路,她走向廚房。

小B蹲在地上洗菜,剝玉米。一號叔叔,不,是一號阿姨,打蛋煎蛋。二號阿姨手裡一把大梳子,試圖馴服一頭奔騰的長髮。好安靜。沒有人說話。火爐上的鍋子冒出熱煙,溫熱的暖流在廚房裡緩緩流動。廚房的時間,跟外面的時間轉速不同,慢,好慢。稀飯味。所有人看到她,彷彿看到鬼,眼睛睜大,身體停格。

高大的背影轉過身來,從腋下抽出一本厚厚的書。

書好安靜,嘴角有米粒,抓著一根玉米。

書看到她,沒哭,笑了。

2. 鄉長

整個星期五，鄉長沒有踏出房門。汗江海，體溫起伏，這秒畏寒，下秒喊熱。睡睡醒醒，荒誕的夢入侵腦子。雪地裸體慢跑，身體長滿紅色苔蘚，落海溺斃，戴勝啄爛他雙眼，天上的雲都是蜂窩，蜂窩從天空砸到地面，虎頭蜂竄進鼻孔，被競選背心悶死，社頭大火，大地火紅熾熱，他好餓好渴好累好想睡，明明在哭，眼睛掉出來的不是眼淚而是笑聲，大聲狂笑，嘴巴吼出來的都是眼淚，對著十隻羊駝凝視著他，每說一句，羊駝就多十倍，十乘十乘十繼續繼續乘十，直到千萬隻羊駝演說正面思考力量，圓圓的大眼珠晶亮發光，聽眾數量這麼多，他挹注激情，語調激昂，終於，他有聽眾了，好大一群，根本是搖滾演唱會，吼啊說啊，直到喉嚨喑啞，直到夢裡的羊駝聽到睡著了，他才驚醒。趕緊看床頭櫃上的手機，04:59，星期六。啊，超級星期六終於到了。啊，太好了，他比鬧鐘還早了兩分鐘醒來。額頭的沸水終於冷靜，痠痛退潮，身邊的老婆安穩深眠，覺得嘴裡有異物，張嘴，一球羊駝毛滾出來。

六十七通未接電話。不敢想有多少封未讀電子郵件。打開社群媒體帳號，留言數量驚人。他看著身旁的老婆，趴睡，臉被枕頭擠壓，像是對他做鬼臉，真可愛，他忍不住笑了。決定關掉鬧鐘，先不處理公事，躺下，感受涼風敲窗，風擠進來，渴，吸吮他皮膚上的汗珠。

想起來了。昨晚的夢境之一，大火過後，社頭消失了。夢裡有笑聲，他自己的笑聲，充滿眼淚的笑聲，哈哈哈，太好了，大家都不見了，超級星期六就不用辦了。此刻腦子澄澈，無雲無霧無雨，鳥鳴清晰。聽到戴勝，他就知道窗外的社頭還在，紅色大火只是夢一場。窗外的戴勝準時在05.01鳴叫。FUCK。手機鬧鈴關掉，卻關不掉戴勝。戴勝喚醒老婆。也喚醒他的。

FUCK。

為什麼忽然這麼硬。

老婆的手蛇出棉被，亮出毒牙，瞄準他的雞雞，吃早餐囉。

鄉公所祕書來到鄉長官邸，實在是很早，但祕書真的要瘋了，有好多事需要鄉長處理，昨天狂打電話，鄉長都不接，只聽說他發燒了。不行啊，今天有太多活動了，鄉長不可以發燒，一定要親自出席啊。祕書站在鄉長官邸門前觀察動靜，不敢按門鈴，鳥叫，枯葉在腳邊滾動，誰家煮稀飯？喘息聲，不尋常的喘息聲，天哪，不會是那種聲音吧？這麼早，體力也

社頭三姊妹　　265

太好了吧?不行不行,再打一次電話,拜託拜託,鄉長你快醒來吧,你不是都很早起嗎?我真的要瘋了。

祕書的名字出現在鄉長手機螢幕上那一刻,鄉長跟夫人,剛做完第一次,鄉長吼了幾聲,雞雞在夫人的體內裡射出幾千幾萬隻微型羊駝。夫人清楚感受到那幾千幾萬隻羊駝在她身體裡奔馳跳躍滾動,除了喊叫,她想不到還有其他什麼方法,可以表達她感受到的愉悅。鄉長不想接電話。夫人笑了。一定是那些小羊駝在她身體裡搔癢,搔啊抓啊,把她身體裡那些莎士比亞喜劇都搔出來了,還有莫里哀,再看一眼躺在身旁大聲喘氣的丈夫,媽啊,he is so cute,哈哈哈,好好笑,放聲大笑。

那笑聲的震波打到了鄉長的雞雞。FUCK,身體裡還有好多好多羊駝,聽到笑聲,又全部擠到雞雞,硬。不接電話。再做一次。

鄉長終於接電話了。祕書覺得鄉長的聲調好奇怪,鬆軟,怎麼聽著聽著就聞到香氣,怎麼想到了熟爛的芭樂。祕書搖搖頭,一定是因為鄉長官邸旁邊就是一片芭樂園,真是瘋了,怎麼會覺得自己是在跟一顆芭樂講電話。

「報告鄉長,今天早上是大露營的閉幕式,請問鄉長身體狀況如何?可以去參加嗎?」

「幾點?」

「我們⋯⋯如果三十分鐘以內出發,應該可以趕上。」

鄉長跟祕書衝到清水岩露營區，遲到了，閉幕式已經結束，童軍又被叫回來列隊，聽鄉長致詞。每個童軍的喉嚨都是一座遊樂園，幾百個遊樂園同時開幕，祕書腦子裡有雲霄飛車衝撞。但鄉長完全無視臺下的喧鬧，微笑演說：「謝謝所有童軍大朋友小朋友來到社頭，敝姓蕭，社頭的大家長，大家應該都有看到我摔在地上，被蜜蜂攻擊的影片吧？哈哈哈，我自己也覺得很好笑，你們有沒有上網去嘲笑我呢？哈哈哈，我這個鄉長，還有社頭的蜜蜂，希望大家在過去幾天有留下美好的露營回憶，澈底發揮童軍精神，互助互愛互信，不怕冒險，不怕艱難，幾隻小蜜蜂，不可能阻擋各位冒險的精神，你們說對不對？」

一個小男生在隊伍中大喊：「不對！」

臺下的童軍，在他眼中都是羊駝，那句「不對！」聽起來就是熱烈的掌聲。

跟所有的童軍拍團體照，上傳到社群網路帳號，送吵鬧的童軍上遊覽車，營地終於恢復清靜。清潔隊來打掃營地，主題是綠色環保的露營活動，卻留下了大量的垃圾。

超級星期六，正式開跑。

回到鄉公所跟無人機團隊開會，團隊主創人準備了精美的簡報，今晚社頭天色一暗，在鄉長上臺致歡迎詞之後，會請鄉長按下按鈕，無人機隊就會升空，在社頭的夜空排出襪子的形狀，接著變形成芭樂，團隊會在觀眾席裡噴灑天然芭樂香精，保證這是一場視覺聽覺嗅覺的史詩饗宴。請鄉長不用擔心，按鈕裡面沒有藍芽，只是象徵性的道具，鄉長按下去，團隊

社頭三姊妹　　267

立刻會接手，無人機璀璨登場，戲開鑼。

天氣預報，晴朗，微風，下雨機率趨近零，理想的秋日天氣，太好了，準備了這麼久，超級星期六終於要完美登場了。希望今晚的戶外座位全滿，他會在致詞時宣布在政壇的下一步。按下那個按鈕，他就會抵達光明璀璨的未來。

今天趕出門前，跟老婆做了第三次。已經衝去浴室，快速淋浴，穿上了西裝，套上了藍色競選背心，照鏡，鏡中的鄉長氣度激昂，一臉升官發財樣。看著自己英挺模樣，又硬了，褲子拉下，穿著競選背心，又跟老婆做了一次。他不知道老婆覺得今天早上哪一次最爽，對他來說，第三次最爽，穿上醜陋的競選背心，他清晰地感受到權力上身，身體裡所有的支配欲望爆發，他給老婆這樣的身體跌宕，窗外秋天，老婆滿嘴春色，他終於滿足了配偶，他當然也能滿足選民，引領大家抵達應許之地，此刻在鄉公所裡想到這裡，他當然又硬了，幸好開會坐著，不用站起來。想傳訊息給老婆，中午來鄉公所吃飯？

祕書給他看剛剛上線的電視新聞影片，他立刻軟了。

記者站在芭樂園裡與攝影棚連線：「知名的廢墟網紅，以闖蕩全世界的廢墟聞名，這次他來到了彰化縣社頭鄉，但不是拍攝這幾天全臺爆紅的戴勝，也不是因為今天這個鄉下小地方有一年一度的『織足常樂芭樂國際觀光節』，而是來拍攝這個奇怪的鄉下廢墟。」

新聞畫面引用網紅的影片，配樂是詭譎的鋸琴，網紅身後有許多帳篷，剪接了一個空拍

268　星期六

圖，芭樂園，稻田，不遠處有山，淡霧，鏡頭轉到禁果小屋的紅色帆布招牌，網紅開門，闖進禁果小屋，對著屋內的各式各樣做出各種誇張的驚駭表情，新聞畫面打上馬賽克，網紅掀開屋內的簾幕，書架上塞滿各式各樣的裸女寫真集，還有很多本厚厚的書籍，手銬，皮鞭，面具，性愛鞦韆。網紅對著鏡頭說：「想不到吧？純樸的鄉下，芭樂園中央，竟然有一間這麼是廢墟，但裡面卻這麼生猛的性愛地窖！這地方有名字喔，就叫做『禁果』！天哪，Google地圖上根本沒有標示，但，當地人卻大家都知道。大家千萬別小看鄉下人，覺得他們就是種田跟睡覺，原來鄉下人的私生活，如此奔放啊，呵呵呵。」

畫面切到記者：「記者明查暗訪，發現這棟禁果，也就是芭樂園中央的性愛地窖，根本是個違建，不知道社頭鄉長知不知道這件事？」

畫面切到鄉長的臉，前幾天記者會的畫面，鄉長對著鏡頭說：「歡迎各國旅客來社頭參加國際觀光節，文化平權下鄉，有很多精彩的表演節目，這裡空氣很好，人們很和善，民風純樸，全家大小一起來摘芭樂，一定會留下美好的回憶。」

「難道，這位蕭鄉長說要請全家大小來這樣的性愛地窖摘芭樂？還是，『摘芭樂』，是當地的通關密語？芭樂，難道，意思就是禁果？說了通關密語，芝麻開門，就能進入禁果廢墟？以上是記者來自彰化縣社頭鄉的深入報導。」

深入報導？FUCK ME！在網路上拼湊網紅影片，也敢說這是深入報導？

「這記者也太爛了吧，根本沒來跟我們查證啊。」

祕書囁嚅：「鄉長，他們昨天一直在找你⋯⋯我說你身體不舒服，現在不方便接受採訪。鄉長，我們真的一整天都找不到你啊，手機沒人接⋯⋯我們也不知道該怎麼辦。」

「FUCK！幹你娘！」

他身體的那個洞穴崩塌了，FUCK還有幹你娘，衝出喉嚨。

太大聲了，整個鄉公所都聽到了。無人機團隊正要離開，主創者拿出手機，拍下鄉長暴怒飆髒話的影片。

桌上有一盤新鮮的芭樂。鄉長抓起一顆芭樂。他真的很想拿芭樂砸向牆壁。或者祕書或者會議室門口的無人機團隊。他此刻就是需要摔爛什麼東西。

剛剛無人機團隊在做簡報，實在是不想聽，打開手機，讀了社群帳號上的網友留言。

「哇！環保鄉長，社會黑暗喔，大白天，你們火車站前面的燈籠全部還是都亮著，說不聽，打電話去反應了，就是不肯關掉。真的好棒喔。煩。」

「性愛地窖鄉長，原來你們社頭這麼生猛喔，真是羨慕，我這個臺北人認真考慮，#移民社頭。」

「禁果？性愛地窖？超變態的。這種地方種出來的芭樂，我看吃下去，人都會變態。」

「哇，一天到晚強調自己是最清廉的鄉長，高學歷，留美的喔，常春藤好厲害，我上次

270　星期六

返鄉投票，可是把票投給你。結果一樣啦，竟然允許違建，而且是性愛地窖，真是失望。以後絕對不把選票給你。」

「我看啊，合理推測，性愛地窖是鄉長開的。鄉長的私人招待所啦！」

「對對對，奶噗鄉長說要招待大家來社頭吃芭樂，然後帶去開地窖，一起脫光光，禁果吃到飽。」

「爆料：我媽是鄉長家裡的打掃阿姨。她跟我說，鄉長跟夫人，沒有同房睡覺喔，夫人睡客房啦。平常恩愛的樣子都是假的啦，演很大。」

「我是社頭人！我常在路上看到鄉長跟那個人妖慢跑，一起散步，調情，喝咖啡，超浪漫的。就是那個藍咖啡的人妖啦！噁。妖虐當道，世界真的要亂了。跟大家說，鄉長之前競選，公然鼓勵三P喔。」

「超噁心的，這個鄉長竟然要請那個變態人妖到圖書館，朗讀故事給小朋友聽！我想到就很生氣，拜託，為什麼臺灣教育要變成這樣？拜託不要荼毒我們下一代！把純潔的孩子還給我們！我們社頭可是孩子天堂！」

「鄉長跟夫人分房睡？跟人妖慢跑？哈哈，原來那個藍咖啡的變態，才是社頭的地下鄉長夫人啦！哇！好浪漫啊！社頭根本就是墮落的天堂啊！」

「什麼天堂？地獄啦！什麼國際觀光節，屁，最好是有外國人要來社頭看什麼表演，花

這麼多錢辦這種活動，不如把錢分給我們這些窮人！政府無能。」

忍住。

等一下還要去視察劇團搭臺情況。還沒跟劇團拍合照。還沒送劇團歡迎禮物。下午運動公園有很多街頭藝人表演，所有流程，還有每個表演團隊的位置，祕書都確認過了嗎？晚上的致詞講稿還沒寫好。啊差點忘了，下午劇團會有開演拜拜儀式。拜拜求平安，這是不是要找記者來拍？算了算了，記者現在應該都在禁果吧。還要迎接臺北來的文化部官員。黨裡面幾個重要人物也會來社頭。父親位置安排在哪裡？母親願意出門看表演嗎？他們都知道，今天他要在臺上做重大宣布。

想到老婆的臉。

摸摸自己身上的競選背心。

背心上，粗體字，蕭姓鄉長的大名。

冷靜。

深呼吸。

微笑。

心裡下一場新英格蘭的雪。

所有人都離開了，會議室只有他一人。

272　　星期六

燈關掉,閉眼休息一下。就五分鐘。五分鐘之後,他會挺直身體,大步走出去。實在是忍不住,打開手機,繼續看那些留言。點選連結。

他的臉。

罷免連署網頁。已經有幾千人響應。

「罷免!下臺!社頭人站出來,罷免無能變態的性愛地窖鄉長!」

3. 但丁

想不到就這樣走進來。

臭豆腐卡車停在社斗路上,他從二號手中接過沉睡的嬰兒,邁步入窄巷,二號在後苦追:「董事長,你慢一點啦。」三合院外牆聽到他的腳步,牆面磚塊像是自動門朝左右推擠,務必要騰出更多入口空間,寬敞無障礙,迎接稀客。三合院記得他,上次他走進來,人稱社頭最年輕的襪子工廠董事長。現在再度登門,社頭最有名的老瘋子。門口地上的小燈看到他,燈泡驚醒,燈罩上的「命苦者免費」不再歪斜,端正站好,鞠躬跟董事長問好。風退讓。太陽挪動角度,照亮小巷。

懷中的孩子占據他腦裡所有的空間,急著要把孩子交給一號,完全沒想到當年三合院發生的事。

開著一路罵髒話的臭豆腐小卡車抵達自己的老家,他完全沒遲疑,大步走進房子。他把房子捐出去了,他們要拿來做什麼,怎麼規劃,賣掉或者拆掉,他都沒意見。捐,就是截斷

關係,毫無留戀。已經不是他的家,不是他的廠房,進門之前先禮貌敲門。他沒注意到外牆的磁磚已經翻新,門窗都換了,也沒聞到新漆的味道。嬰兒哭聲,是他專注的方向。

小小的孩子,叫什麼名字呢?

不久前他在廟口幫中學生解題做作業,一位年輕媽媽懷中一個新生兒,手牽女孩來排隊,說沒錢讓小孩去補習,當然也不可能請家教,聽人家說來找他,就來問看看。小女孩害羞安靜,別人的國一制服都嶄新亮白,她的卻泛黃老舊。他實在是不知道怎麼用語言傳達理念,只好跟廟公拿沒發完的日曆,在日曆紙上書寫。一個安靜的瘋子,對上一個安靜的女孩,兩人在紙上寫啊畫啊,很快找到了溝通的方式,不需震動喉嚨,紙筆就可建構數學理化的邏輯。年輕媽媽坐在一旁用手機觀看育兒的影片,手機傳出嬰兒哭聲,英文男聲解說抱嬰兒的方式,保證能讓嬰兒停止哭泣。他忍不住跟著看影片,是美國加州的小兒科醫生,Robert Hamilton。

年輕媽媽說:「啊,對不起,我沒有耳機,這樣會不會吵到你們?」

但丁搖搖頭,記住了Robert Hamilton醫生示範的抱嬰方式。影片中很多媽媽試了這個方法,簡直奇蹟,所有的寶寶都不哭了。

看到小小的孩子,他立刻採用了這個抱嬰方式,真的有效,啼哭終止。

小小的孩子,是不是應該叫做小小小?

社頭三姊妹　　　275

孩子的糞便溢出尿布，整個背部都是乾掉的糞便，像華麗抽象畫。多次吐奶，胸前還有肚子被酸奶覆蓋。濃密的捲髮裡有糞便還有乾掉的米粒。手測體溫，應該正常。哭聲出拳腳，能在一整個屋子的年輕人臉上都留下瘀血，身體狀況應該不會太差吧？指甲剪得很乾淨，胖嘟嘟的，眼神倔，就是需要清理一下。一號是妳的阿嬤，潔癖鬼，常常來禁果打掃，來，我們去找潔癖阿嬤。

一號接下孩子，雙眼立刻大海。真省水，根本不用開浴室的水龍頭，阿嬤的眼淚就可以把妳洗乾淨了。

他坐在浴室的地板上，看一號清洗孩子。一號動作俐落，放一盆溫水，解開孩子的衣服，在他眼中，阿嬤跟孫女在跳舞。孩子身體觸水，眼睛睜大，啼哭掙扎，一號大聲唱歌，練了幾天，歌詞熟爛，隨時都能開口唱。孩子好像被阿嬤的歌聲嚇到了，彷彿生平第一次吃檸檬，臉部扭曲驚恐，停止啼哭，乖乖讓阿嬤洗。他覺得一號根本是考古學家，這個嬰兒剛從時間的洞穴裡出土，身上有千年的泥塵，一號用毛刷小心清理，深怕傷了脆弱的文物。洗髮精在孩子頭頂堆出白浪，一號的手指在嬰兒頭皮輕輕按摩揉搓，肥皂搓出細緻的泡沫，洗去排泄嘔物眼淚，露出嬰兒白皙粉嫩的肌膚。洗著刷著唱著，嬰兒睡著了。他也在地板上睡著了。

二號去診所，請醫生來三合院出診，初步檢查，嬰兒健康狀況無虞，發育算不錯。他注

意到醫生一直看著二號,醫生說以前跟二號國中同班,應該有同班三年吧,印象中都沒說到一句話:「同學妳好不好?還記得我嗎?」

「睡不著。很想睡啊,就是睡不著。」

「我那邊有睡覺門診,妳可以來我那邊睡覺。啊,我是說,對不起,我的意思是,不要誤會,可以,那個,來我那邊掛號。」

「睡覺門診?有這種東西喔?好啊,我禮拜一去掛號。老同學,我能不能睡覺,交給你了。」

醫生雙眼多年大早,即將飢死的眼珠,忽然滾動了起來。

醫生進入小小的房間,說導演沒什麼大礙,意識混亂,有點脫水,過勞跡象,就是要多喝水多睡覺,營養要充足,先打個點滴,年輕人,應該沒什麼大事,之後要是不放心,可以去大醫院澈底檢查。

冷清的三合院,忽然多了二號但丁導演嬰兒醫生,還有聽到嬰兒哭聲登門聊天的鄰居。

大家都很忙,時間也忙,星期五很快就過去了。

星期六早晨,但丁醒來,發現自己不在禁果,枕頭不是矽膠屁股,是鬆軟的羽毛枕頭。

他在哪裡?

怎麼床邊沒有《神曲》?

社頭三姊妹　　277

誰壓低聲音？

誰來了？

單車輪軸轉動。煞車。輕盈的腳步。

摸摸眼角，為什麼沒有淚？

羊駝呢？

「老闆娘，每次都很想問妳，為什麼三合院的門口，還有我們咖啡館的門口，實在是很奇怪，都會出現一大籃玉米啊？好神祕喔。」

「噓，小聲一點啦，董事長還在睡覺。」

「喔。抱歉。那這一籃怎麼辦？」

「可以搬去廚房嗎？謝謝你。」

「等一下，啊，你怎麼兩手空空？」

「都不見了啦。」

「啊？」

「全部喔，整間禁果，空的，全部都不見了。那些情趣用品不見了，董事長的書也都不見了。空的。我踏進去，還有回音喔。超可怕。」

他在三合院。他竟然在三合院。年輕的時候，他跟自己說，永遠不會回到這三合院。

278　　　　　　　　　　星期六

「天哪。」

「我問了在那邊露營的攝影師,他們跟我說,就昨天一整天,有很多人看了網紅的影片,還有新聞畫面,開車來參觀,還有人從臺北高雄來喔,一堆人來來去去。我剛剛到的時候,門開開的,連窗簾都不見了。」

「什麼啦,那些人是神經病喔。哎喲,連一本書都沒有留,我就是擔心董事長,想說至少拿幾本書,怕他手上沒拿書,會覺得怪怪的,不舒服,還是那個假屁股,我怕他睡不好。現在怎麼辦?對不起喔,讓你多跑一趟。」

他是不是應該開門走出去,跟二號說,沒關係,我把書獻給神明了。不需要書了。謝謝妳。我也不需要屁股了。昨晚沒屁股,我睡得很好。無夢。好奇怪,真的無夢。

應該是風吧。

窗戶搖晃,窗簾波浪,他清楚感覺到。清楚感覺到什麼呢?鬼?風?神?亡妻?他用指關節敲額頭,你這個瘋子。啊,是啊,他是瘋子啊,瘋子清楚感覺到任何無法以理解釋的東西,反正瘋了,都是合理。

他清楚感覺到,床墊上,除了他之外,還有另外一個,什麼。有重量。正對著他。潮溼土壤的氣味。涼涼的。

真的是妳嗎?

社頭三姊妹　　　　　　　　　　　　　　　　　　279

如果是妳，可以不要隱形嗎？我都已經這麼老了，妳應該也很老了吧？或者，人一但死亡，時間就在那一刻停止，再也不會老去？不管青春或老朽，可以想辦法，讓我看到妳嗎？

他想伸出手。手拒絕移動。他知道，手懼怕。怕伸出去，什麼都摸不到。

我到處找妳。這麼多年。我凝視每一朵雲。樹葉。樹根。日光。路燈。屋瓦。磁磚。花瓣。種子。雨滴。月光。羊駝的每一根毛。曾經我堅信，詳閱每顆雨滴，我就能找到妳。詢問每一陣風。解剖秋天的霧。燃燒的乾草堆。要不是人們拉住我，我一定會衝進去，我總覺得妳在火裡。酬神燒紙錢。喪禮燒紙錢。我總是帶著《神曲》去看熊熊大火，邊讀著書裡那些烈火灼燒的篇章，求學年代讀，單純是詩篇朗頌，妳去了地獄之後，我一直想到這本書，我想要知道，妳去了什麼地方。我相信妳去了地獄。我要去妳的地獄。火裡，妳在火裡。社頭就是我的地獄。我不知道妳的地獄在哪裡。我要找到妳。我要找到妳。我要找到妳。

我？他們知不知道，妳在火裡。他們為什麼要拉住我？

原來。妳一直在這裡。

潮溼土壤的氣味移動了，靠近他，緊貼他的身體，離他的鼻尖幾公釐。

「你好不好？記得我嗎？」

他聽到了。他點點頭。找到了。終於找到了。

「笨蛋。為什麼不忘了我呢？」

他笑了。笑聲有苦味。沒哭。以為找到了，一定會大哭。但完全無淚，肩膀下垂，背脊打不直，像個沒人操控的懸絲玩偶。為什麼呢？為什麼不悲傷？

已經流產好幾次了。沒有任何一個婦產科醫生可以挽留孩子。醫生說，你們還年輕，就當作這些孩子跟你們緣分未到，盡量保持心情愉快就好。每次流產，老婆的臉就會凹陷，他看不見她的眼睛鼻子嘴巴，要經過很長一段時間，那張臉才會慢慢膨脹回來。老婆不接受他的安撫，潑灑酸蝕的語言。老婆說，不相信醫生了，根本保不住孩子。聽說，火車站附近的那個三合院神壇，三個仙女，嫁給同一個道士，很靈驗。

三仙女？他一聽，覺得根本是三巫婆，他不信怪力亂神，不肯陪老婆去。老婆自己去了好幾趟，順利懷孕了，肚子安穩隆起，心情非常好，說在神壇跟三仙女聊得很開心，一起罵老公，哈。有次真的不舒服，老婆就是不肯去醫院，堅持要去三合院。他看著神桌抖動，道士起童，三仙女念念有詞，摘樹葉，手裡捏碎花朵。他實在是不信這些，但儀式過後，老婆說沒事沒事，孩子穩住了。後來他們就變成了三合院的常客，三仙女各自生了女兒，一號二號三號，看到他就會大喊「董事長！」三個小女孩很愛跟他玩耍，追逐翻滾。孩子出生之後，該叫什麼名字呢？三個小女孩舉辦命名比賽，一本筆記本上寫滿了各式各樣的名字給他參考。

嬰兒啼哭。小小小，醒了。不知道導演醒了沒？昨天他坐在小小的房間裡，陪導演打

點滴。導演夢話濃稠，又哭又笑，身體抖動，好幾次差點把手臂上的針拔掉。導演是鏡，映照出當年的他。難怪大家叫他瘋子。他的悲傷，太明目張膽了，而且不懂節制。很多人跟他說，再娶就好了啊，時間會沖淡一切。不，時間加大一切的強度跟密度。他不控管悲傷。他讓悲傷掌管身體。瘋。

但如果大家在這個星期六早晨遇見他，應該會覺得狐疑，這個瘋子，怎麼忽然不瘋了？

一號唱歌。

二號抱怨：「天啊，還在唱，妳是認真的喔？那我們下午是不是全部都要去運動公園，聽妳唱歌？」

「毋免。」

「毋免？我們不去聽，妳是要唱給鬼聽喔。」

「沒有人聽最好啦，幹。我沒有要唱給你們這些爛人聽。我是⋯⋯隨便啦。幹，對啦，唱給鬼聽啦。幹你娘。」

「喂，小孩在這裡啦，拜託好不好。」

該起床了。肚子裡有幾隻戴勝咕咕叫，剛聽小B說玉米，就好想吃水煮玉米。該踏出房門了。找到了。他一直都知道，找到的那一刻，就是道別的時刻。

當年他為什麼沒把車開往醫院，還是依照老婆指示，來到三合院呢？在車上，他們激烈

282　　星期六

爭吵，老婆吼叫，敲打車窗，說死也不肯去醫院，現在就把車開到三合院去，不然就會開門跳出去。車門已經打開了。

「你記性真好啊，還記得我當年的脾氣。」

道士起乩，說今天情況危急，需要布陣，用大量的金紙與銀紙，在三合院的晒稻埕堆疊成一個平臺，孕婦坐在頂端，道士起舞，驅魔降鬼。一旁有幾堆金紙銀紙，點火。金紙加銀紙？他不懂也不信，但至少知道金紙拜神，銀紙拜鬼，疊在一起，是請神又招鬼？這哪招？

風來，火苗迷路，燒到旁邊的盆栽，三仙女忙著拿水救植物。天空跟著燒，紅雲紫雲。

兩個男道士，一老一少，舞劍迴旋。他心想這太荒謬，像是拙劣的抽象現代舞，等一下一定會要他這個董事長掏出一疊厚厚的現金，感謝這對父子的演出。他看不下去，閉上眼睛。遠方傳來救護車的鳴笛。

三仙女沒加入儀式。她們在他耳邊說，已經叫了救護車，這條巷子太窄，救護車的擔架進來窄巷。他鼻子裡塞滿火氣煙塵，腦裡失火，一時反應不過來。三仙女調高音量，吼叫：「董事長！」他往那疊金紙銀紙看。他趕緊衝上前去，抱起老婆。她大喊：「不要！」用力推開他，在他臉上留下掌印。紅色的小溪，從老婆的大腿流出來，在金紙銀紙上匯流，老婆閉眼，臉色赤紅，表情歪曲。

他踉蹌後退幾步，臉好燙，著火了。

坐在金紙銀紙堆上的老婆，全身燒紅，獅吼痛楚。

社頭三姊妹　　283

燒起來了，老婆燒起來了。

老婆在救護車上陷入昏迷之前，狠狠瞪他，大叫：「我不要！」

三合院那些火苗一路尾隨，在醫院急診室到處縱火。他的襯衫著火，鞋子著火。他耳朵被燒掉了，所以醫生來說話，他一個字都聽不見。他看醫生的嘴巴開闔，怎麼一直想到三合院那三個小女孩給他的命名筆記本。火舌舔了筆記本。醫生每多說一字，筆記本就燒掉一頁。

有幾筆襪子訂單要出貨。

還要辦喪禮。

所有死亡的程序都完成之後。所有的訂單都交付之後。所有的慰問都離去之後。所有的火都熄滅之後。不，他身體裡的火還沒熄。他想出門去淋雨。老婆去哪裡了？是不是出去散步了？他對工廠的員工說：「雨好大。我老婆怎麼還沒回家？你們可以先下班，我去找她。」

那天他走出家門，就開始迷路，一直走一直走，不知道要去哪裡。此刻在三合院，大概終於走累了吧，走了一輩子，他怎麼有種回家的錯覺。找到了。火好像終於撲滅了。

「謝謝你。」

謝什麼？

「找我這麼多年。」

笑聲。是他自己的笑聲?還是三合院裡其他人的笑聲?哭聲。小小小又哭了。那麼小的喉嚨,哭聲強力電鑽,牆上已經好幾個洞了。

二號說:「哎喲,妳不要再唱了啦,越唱她越哭。我不會!怎麼抱啦?董事長!是不是,上下顛倒啊?哎喲,就是頭下腳上?董事長!你快醒來啦,不要再睡了。」

再哭下去,三合院要垮了。

我該起床了。孩子哭了。

他看不到。其實眼睛也沒張開。但他知道。那潮溼泥土的味道,對他點點頭。

社頭三姊妹　　285

4. 小B

這稀飯是加了什麼？好好吃，每粒米都軟綿綿的，滿嘴晴空，好多雲朵在齒間飄浮，微風攪米香，吞嚥雲朵，胃腸風調雨順，舞動慶豐收。小B差點就開口問，但熱稀飯在口腔裡喊閉嘴，專心吃，不要說話。廚房裡大家都安靜吃食，稀飯呼出熱氣，時間緩步。

這幾天在咖啡館認識的新朋友，把罷免鄉長的網路頁面寄給小B：「天哪，小B你沒事吧？網路好可怕。」

小B看著那些憤怒的留言還有貼圖，逼自己誠實，拷問自己：「如果，我真的是社頭鄉長的地下情人呢？我有沒有一點點，就算只有一點點，喜歡過鄉長？」

先傳訊息給夫人。夫人立刻傳來一個笑臉。

It's fine! I know it's not true. Even if... I wouldn't mind. Ha.

趕緊也回傳一個笑臉。

網友在罷免頁面上貼了好幾張小B的照片。騎單車，市場買菜，泡咖啡，掃地，跪在

地上擦地，跟鄉長並肩，怔怔看著單車車籃裡的假陽具，跟但丁坐在廟口樹下吃便當，牽羊駝。許多攻擊留言。

「噁心。我規定我們家的小朋友，在路上看到這個人一定要躲。我好怕我的小孩被傳染，想吐。」

「鄉長品味也太差了吧？夫人也不醜啊，幹麼這樣。這個不男不女有夠醜。」

「圖書館還幫這個變態舉辦什麼人妖朗讀，前幾天喔，幸好最後取消了。拜託，我們社頭這麼淳樸的民風，差點就被敗壞了。罷免啦。」

「那我們以後看到這個變態，是不是要立正站好，大喊：『地下鄉長夫人好！』」

「沒有喊『地下鄉長夫人』的，全部都抓去關！恐怖喔。」

「完了完了，國家將亡，必有妖孽，這妖孽會不會出來選鄉長啊？難怪社頭忽然出現一堆怪鳥，吵死了，天有異象啊，大家快逃啊。」

那些照片，到底是誰拍的？來社頭的這些日子，難道，有人一直尾隨偷拍？有一組照片最可怕，夫人跟小B在藍咖啡隨音樂起舞，鏡頭的角度，明顯就是來自對街，專業的相機，望遠鏡頭，畫質過分清晰，抓住了兩人搖擺的姿態。小B此刻人在三合院的廚房裡，會不會是有鏡頭，調整白平衡與焦距，拍攝大家吃稀飯的模樣？新的照片一直不斷上傳，來源是不同的帳號，有些是手機隨意晃動拍，更多是專業的攝影鏡頭，長焦對準小B，高畫質獵殺。

社頭三姊妹　　　　　　　　　　　　　　　　　　287

最新上傳的一組照片，是藍咖啡二樓的房間內部，小B與貓。

小B不想再看手機，肉鬆與稀飯在口腔裡交互糾纏，身體微微顫動，好想學一號，站起來大罵一聲：「幹！真好吃。」接著把手機丟進火爐上的那鍋稀飯。到底誰拍的照片？看來不只一人。這些人是誰？為什麼如此針對？我沒有傷害任何人。為什麼要這樣傷害我。

鄉長的臉小跑步，來到小B眼前。其實，鄉長很可愛啊。眼神端正無邪，每天運動，穿小短褲慢跑，大腿肌肉峭壁，大手大腳，很多人穿西裝就是不挺，但鄉長穿西裝就是有一種正氣。心裡的確閃過破壞那耿直的念頭，鄉長簡直是博物館牆上掛幾世紀的方正肖像畫，線條寫實，色調凜然，畫框筆直無任何歪斜，的確想過，拿鋸子破壞經典畫作，潑彩漆，拆了那些剛直的框。但，這只是閃過的念頭，根本什麼事都沒發生。

小B不知道，夫人這兩天已經破壞那幅寫實畫作，如今顏彩暈染，面目歪斜抽象。

小B起身，再盛一碗稀飯，可以連吃五碗吧？坐回角落的小板凳，手裡那碗稀飯熱氣氤氳，眼前溶糊，時間拖拉牆上的鐘，秒針分針原地滯留。

導演一臉困惑，不知今朝何朝，一小口稀飯入口，彷彿觸電。二號端詳碗裡乾坤，長髮吸取廚房熱氣，悄悄增長幾公分。但丁盤坐在地，剛吃完一碗稀飯，閉眼微笑，一臉幽靜湖水。

餵食孩子的雙眼，好想睡，也好想吃。睡意占領孩子的雙眼，好想睡，也好想吃。

小B打開手機，刪除這幾天上傳的戴勝影片，反正現在已經有無數個社頭戴勝影片流

288　　　　　　　　　　　　　　　　　　　　　　　星期六

傳,鳥友熱烈上傳。不夠。來社頭之後上傳的所有照片跟影片,全數刪除。清空。不夠。刪除帳號。離開網路空間不夠。虛擬登出不夠不夠不夠。身體必須離開。實體離開。來社頭是為了隱形,如今卻變成了地下夫人。

吃飽了。二號跟小B蹲在地上剝玉米。

二號當然聞到了小B身上離去的味道。她好想睡,昨晚沒回去藍咖啡,擔心導演還有孩子,乾脆留在三合院裡,房間太乾淨了,一號真是瘋子,這麼乾淨怎麼睡啦,雜物堆疊才讓她安心,一整夜與無塵的房間對峙,真累。

「喂,親愛的地下夫人,去去去,去放個假。我不是常常拜託你去放假?拜託,去。」

「老闆娘,我知道,可是……。」

「出國好了。出國去找男人啦,哎喲,你這款的,跟你保證,出去一趟,一堆男人搶著要你當夫人。」

「什麼啦。」

「什麼啦。那,咖啡館怎麼辦?我看,我請假幾天,回臺北一下。就幾天,下個禮拜回來。」

「去芬蘭好了,我那棟房子還在,根本沒人住。不然你隨便選,看想要去哪裡,我跟你講,你不要看我這樣,住在什麼爛咖啡館裡,其實我超有錢的,富婆有房子讓你住。我跟你講,你不要看我這樣,住在什麼爛咖啡館裡,其實我超有錢的,富婆啦,到處都有房子,房租每個月都收不完。你隨便挑,看是要去極光,還是去地中海曬成龍

社頭三姊妹　　289

蝦，隨便，我不是在開玩笑，我這個老闆娘整棟房子都給你。」

「哈，被妳講得好像很簡單。」

「廢話，本來就很簡單。腳跨出去，就走出去了。」

「屁啦。」

「讓我想一下，哪個國家的男人，雞雞最大？」

「啊啊啊！夠了！」

「哎喲，這有什麼好害羞的？西班牙的，好像還不錯……。」

「夠了！」

「芬蘭的，不要看他們冷冷的，沒什麼溫度，其實啊……。」

「對了，老闆娘，我們咖啡館裡面應該是被裝了什麼偷拍的東西。」

「哎喲，那個，不用擔心，你一離開社頭，我就叫怪手來把整間咖啡館拆掉。到底哪個神經病，煩了。」

「什麼啦！媽啊，妳是認真的？不要啦！我剛剛看那些照片，都是針對我，沒有妳的照片。」

「這讓我更不爽，要偷拍，竟然只拍你，完全不拍我。什麼意思，我太老太醜，就不拍我嗎？爛人！房子拆掉！」

「老闆娘妳不要激動,我看妳一定又一整晚沒睡,去休息一下。我回臺北,就一下下,下禮拜回來,這樣好不好?」

「不好!去去去,不要回來了。我只拜託你一件事。」

二號把目光拋向小小的房間,導演剛剛吃完早餐,臉恢復血色,說要趕去運動公園看劇團排練,請問,今天可以幫忙看孩子嗎?一號大聲下命令:「去睡覺。」命令催眠,導演點點頭,腳步千斤,乖乖走回小小的房間。

「拜託,等導演醒了,帶她走。」

5. 一號

這孩子有毀滅的力量。

明明沒人虐待，哭起來像是被虐。實在不合理，那張嘴小小的，拋出的哭聲又沉又重，簡直是奧運選手擲出的鐵餅。這哭聲專業，丹田寬闊，一聽就知道是練過的，每天以哭聲鍛鍊嗓子，歌后等級。「別哭了，妳看看妳媽媽，一定是每天聽妳這樣哭，結果變成這樣，要打點滴。」孩子聽了一臉委屈，哭聲更誇張。「好了，好了，我知道妳不認識我，看到陌生人哭，很好，這是好習慣，不要傻傻的，看到陌生人就笑，聽到了沒？要記住喔，哭大聲一點，嚇死他們。但我真的不是陌生人啦，來，正式介紹一下，我是妳阿嬤，妳好，就是妳媽媽的媽媽，妳很小很小的時候，我們在醫院見過一次，那時候在臺北，妳現在一定不記得我了。真的啦，沒有騙妳，妳媽媽，是我生的，就在外面那條街上生出來的。聽到了沒？我是阿嬤，來！叫，阿，嬤。」

昨天初見孩子，一號興奮到差點尖叫。對，就是興奮。嬰兒好髒，屎臭奶吐味。眼見骯

髒，她身體裡會大量分泌某種亢奮的驅動物質，雙手狂抖，不刷除汙垢，誓不為人。前一陣子不遠處傳來巨大的爆炸聲，立刻停電，她跟鄰居循聲，在電線桿下找到兩隻松鼠屍體。台電很快派人前來查看，研判是松鼠爬上電線桿追逐嬉戲，誤觸開關，導致電桶爆炸，兩鼠雙亡。夏夜無電無風，幾百戶人家摸黑哀嚎沒冷氣，簡直酷刑。她快熱瘋了，好想脫光衣服，躺在稻埕中央看星月。但真正讓她搔癢難耐的其實是那條小路，真髒，松鼠屍體附近有好多乾掉的狗屎，電線桿上有狗尿潑墨，路燈沾黏蚊蠅屍體，路旁有許多被人隨意丟棄的垃圾。不管了，再熱，她都要去把那條街道清乾淨。亢奮導航，她來到松鼠肇事街道，台電的工程車正在撤離。電來了，原來電流有聲響，宛如群鼠吱吱，從遠方奔赴社頭，抵達電線桿上的電桶，群鼠歡唱，路燈亮起，社頭重見光明。她花了一整個晚上清掃那條街道，蚊子真的沒見過這種瘋子潔癖發作。隔天，幾個每天都要經過這條路上班上學的社頭人都停下了腳步，不對啊，這條小路，長這樣嗎？走錯了吧？為什麼一切都在日光下閃閃發光？為什麼路面如清澈小溪粼粼閃耀？為什麼路兩旁的樹草花忽然都有軍人模樣，威風抖擻？哪裡傳來香氣？不是聽說這邊昨天電線桿爆炸？是意外炸出一個平行的世界嗎？這些人晚上從外地回到社頭，又經過這條鄉間小路，總是圍攻小腿手臂的蚊子全部都消失，有人想去三合院收驚，太可怕了，一定是中邪了，怎麼可能蚊子都不見了。這些人都不知道，一號昨晚嫌那些圍觀

的蚊子髒，順道滅了牠們。

看到這麼髒的嬰兒，她完全忘記這是自己的孫女，只是一心想把這個髒寶寶刷洗乾淨。

幸好小小幾件嬰兒衣一直沒丟，剛洗完澡的寶寶像是珠寶店櫥窗陳列的黃金，穿上小小的衣服，哭一聲，笑一聲，黃金的光澤刺痛她的雙眼，潔癖發作完畢，心終於騰出空間，發現眼前這個愛哭的孩子，是自己的孫女。

小小啊小小，妳說過永遠不回來了。但，妳的孩子，回來了。

孩子還不會走，爬行速度飛快，大人一轉身，已經爬到好幾公尺外，看到什麼都想抓都想咬，抓起小小的專輯CD還有黑膠，一號根本捨不得拆封，塑膠包膜都還留著，孩子破壞力本就是針對一號，廚房的櫥櫃分類清楚，醬油香油黑醋白醋依照瓶身高矮排列。孩子一抓一咬，CD像是飛盤飛出去，黑膠封面上有鞋印，卡式錄音帶的磁條被拉出。孩子破壞力油麻油如衛兵守護櫥櫃，孩子昨天才來，怎麼醬油罐麻油罐辣椒醬傾倒，醬油汁胡椒鹽巴砂糖逃出瓶身雜交，原本味道各自貞潔，如今入鼻淫亂。剛剛餵完稀飯，一號抱著孩子出去走動拍嗝，一陣風吹倒盆栽，她只是把孩子放下幾秒去扶正植物，一回神，門口地上那個小燈已經毀壞，燈罩破碎，父親的歪斜字體垂死呼喊。

沒時間整理櫥櫃。沒時間把CD放回盒子。沒時間收洗好的衣物。沒時間罵二號不幫忙收餐具。燈壞了就算了，她覺得這是小小的意思，以後就別營業了。三合院神壇永遠歇業，

星期六

以後要忙著照顧這個破壞王,沒時間等苦命人摘葉子。

沒時間餵貓狗。昨天一整天都在忙孩子的事,真的沒時間騎機車出去餵食。才一天沒餵,此刻傳進耳朵的貓語狗話,幾個剛大學畢業的年輕人,聽聞她這個瘋女人是社頭最知名的遊蕩貓犬餵食者,在街上找到她,請她以後不要這樣到處餵食了,說寵物應在家飼養,在外遊蕩,其實很容易造成生態浩劫,尤其是山區,犬隻成群還會造成交通問題,犬貓會改變原本的自然生態,危及人類安全,必須要TNR,搭配安樂死,以及禁止餵養,才能讓臺灣的社會更加進步。

她當然不知道什麼是TNR,但一聽到安樂死,瘋女人立刻現出瘋子本性,大吼大叫,跟那些年輕人大吵一架。年輕人手持手機拍下了一切,威脅說要貼去網路,她冷笑說:「我在社頭還不夠出名嗎?我是瘸查某這件事,有誰不知道?貼啊,現在馬上貼,我等著電視臺來採訪我。別傻了啦,現代人眼睛都黏在手機上啦,你覺得他們會在乎我這種瘋子?你覺得他們會像我一樣,花時間在這裡跟你們吵架?還專心聽你們在那邊五四三?『理念』?幹!如果他們會在乎,怎麼會隨意把家裡的貓跟狗丟到外面去?哈,白痴,他們只關心手機電力還剩多少啦。」

她說得沒錯。社頭出現戴勝,相關影片幾天累積百萬流量。那個社頭一號瘋女人在路邊

社頭三姊妹　　　　　　　　　　　　　　　　　　　295

大吼大叫的影片，上傳半年了，總計有十四個人觀看。

她今天一定要去餵貓狗。孩子在董事長身上爬上爬下，二號看起來還算清醒，小B也在這裡幫忙，出去幾個小時，應該沒事。董事長看起來很沉靜，盤坐淺笑，孩子看到他笑，跟著笑。

哼歌，加速，脫掉安全帽，涼風按摩頭皮，理髮店開了沒？現在就想剪頭髮。每天都騎機車去餵貓狗，路線一模一樣，四季跟她無關，天空去死，樹滾開。但今天不一樣，無法形容，爛機車加速特別滑順，風不粘不膩，那個什麼臭鳥戴勝停在她大肚子上搭便車，樹的顏色特別柔和，社頭那些討厭鬼終於都死光了嗎？一路上沒見到幾個人，哈，超級星期六什麼國際什麼觀光什麼芭樂什麼腔屍什麼鬼，結果根本沒人來社頭。忽然，眼前一切軟了。怎麼說呢？有，對，就是，那個，堅硬的一切都變得軟軟的，所以，有了告別的心情。哎喲她不是文青，沒有讀過幾本冊，要是小小還活著，一定簡單幾個字就精準形容她此刻的心理波動。她只能說，就是有說再見的準備。跟自己說再見，跟社頭說再見，跟小小說再見。對，這個什麼白癡超級星期六，她等了好久，就是為了說再見。卻不悲傷。無淚。小小過世之後，這是第一次，手心的硬繭軟化了，開口閉口不是幹幹幹。等不及了，下午要登臺唱歌。

真心喜歡唱歌。

找不到。

都不見了。火車站附近，運動公園，月眉池，枋橋頭天門宮，搖滾巨星全部都不見了。大榕樹下還有她留給大狗Tina Turner的毛毯，狗毛，落葉，空紙便當盒，大骨頭，大聲喊狗，不見狗影。貓跟狗都不見了。她最擔心Kurt Cobain，這隻老貓眼裡永遠陰雨，沒吃到糧食哭，吃飽了有力氣繼續哭。先確認自己的視線，是不是又看不到了。不，今天看出去的社頭，萬物清明無霧，沒有任何的模糊。完了。是不是。那群要貓狗安樂死的年輕人。該死。有推力，把她推往山區。是風嗎？看不見的推力來到她身邊，入侵她的骨骼關節，推她上機車，方向清晰，往清水岩。機車根本沒發動，推力搗住引擎的嘴，噓，安靜滑行，一起往山區去。經過露營區，垃圾車滿載，這些孩子不是才來幾天？怎麼製造了這麼多垃圾。肥蜂嗡嗡慶賀，連續幾天與人類激戰，終於奪回山林。

也找不到。貓跟狗都不在山裡。她原本想，是不是貓狗都往山裡跑，躲避追捕遊蕩犬貓的人們，但她在森林裡呼喊尋覓，搖晃手中的飼料，沒有任何回應。草葉氣息引睡意，她選了一棵大樹，跟樹鞠躬，抱歉，樹根讓我坐一下，就一下子就好，不會太久，我還要回顧孫女。群樹屏息，一群白蝶朝她飛過來，啊，等一下，好像忘記了什麼，回頭往森林深處飛去，換成一群黃蝶朝她飛來。黃蝶的細腳拎著一片薄薄的霧氣，放在她身上。剛剛忘記拎霧氣的白蝶出現了，小心拎著另一片霧氣，疊在她身上。白蝶黃蝶不斷接棒，直到她被溫暖的霧氣包裹。

社頭三姊妹

297

她睡著了。頭靠到樹幹，立即進入深沉的睡眠。這一睡，有告別的氣魄，不醒也好，要是睡夢中死掉，隨便啦。

她是個重諾之人，說睡一下，果真幾分鐘就驚醒。起身謝蝶謝樹，熟睡幾分鐘，硬骨鬆軟，目光蔚藍，喉嚨湛然。該走了，謝謝山的收留，我該回去三合院了。對風跟霧發出邀請，下午我在運動公園唱歌喔，歡迎來聽歌。樹，對不起啦，你們無法離開，我再來這裡唱給你們聽好不好？

樹搖晃。一團黑黑的。毛茸茸。熊？鬼？戀大呆，社頭怎麼會有熊。鬼啦。

不是貓不是狗。

啊？不是都死光了嗎？只剩下那隻白色的，這兩天不見蹤影，董事長一定到處找。原來，這裡有一隻黑色的。是不是當年從農場逃跑，躲到山裡來？

黑羊駝躲在樹後，頭探出來，一雙大眼在頭顱兩側，凝望著她。

黑羊駝腳步輕盈，朝她走過來，甩甩頭。

天哪，眼睛好大好漂亮喔。這隻一定是女生，當然是亂猜的，不管，她就覺得是女生。

小小也有一雙這樣的晶亮眼睛。她一直覺得，不，不是覺得，是知道，她知道自己很醜，但是只要小小看她一眼，她就覺得自己似乎比較不醜了。

黑羊駝來到她眼前。白蝶黃蝶停在羊駝身上。蜂停止震動。落葉停止墜落。

「小小？」

時間停止流動,她的眼淚卻浩浩蕩蕩,山林此刻不缺水啊,不需要這麼多的眼淚。哭什麼。哭爸喔。

她當然知道黑羊駝不是小小。什麼輪迴轉世,狗屁啦,她完全不信。小小死了,消失了,絕對不可能輪迴轉世,變成一隻黑色的羊駝。

無關輪迴。面前這隻黑羊駝看著她,那觀看毫不嫌棄,沒有任何批判,熟識多年的眼神,放下一切之後的眼神,老友的眼神,女兒的眼神,傳達了放下的訊息,這是她這個痟查某的詮釋,但,反正有沒有用,這隻黑羊駝的眼神,老友的眼神,要往前。誰說都沒有用,她就是這樣想。放下,聽到了沒?她點點頭。聽到了。

「哎喲,我在哭什麼鬼啦。對不起,可以,抱一下嗎?」

黑羊駝移動身體。她抱住黑羊駝的脖子,臉埋進黑色毛髮裡。

「生會過麻油芳,生袂過四塊板。」

黑羊駝的耳朵擺動。

「沒聽過這句話喔?意思就是,生下孩子,吃麻油雞啦,沒生下孩子,難產死掉,四塊板,裝進棺材啦。」

那天,社頭三姊妹抵達臺北的醫院,醫生說什麼,她都聽不懂。不懂,就想問。她知道

社頭三姊妹　　299

自己問了很多很笨的問題,但她不是在生氣,自己的女兒,最愛的小小,怎麼可能有辦法生氣。

她問醫生:「都什麼年代了,生小孩不是很簡單嗎?醫學不是很進步?怎麼會搞成這樣?我們是不是要換醫院?」

她問導演:「為什麼不是妳生?不是啊,妳們兩個都是女生,都有子宮對不對?要生小孩,為什麼是小小懷孕?為什麼不是妳?還是妳根本沒有子宮?」

等小小醒了,她要問小小:「孩子的爸爸是誰?怎麼這麼大的事,都沒跟我說。不跟我說話,氣我,隨便啦,家裡是沒有其他人了喔?二號阿姨三號阿姨都在啊,反正她們知道什麼,也不會跟我講啊。」

問二號和三號:「為什麼都沒跟我講?」

急救無效,醫生宣布死訊,幸好,孩子狀況不算太差,接下來幾天是關鍵,說不定可以安穩度過危機。

「幸好?什麼幸好?醫生,你現在跟我說我女兒死了,然後跟我說幸好?」

小小,媽媽不是對妳生氣,也不是對妳的女兒生氣。媽媽生氣,是因為,我看不到妳。

病床旁,導演呆滯,身體地震。二號和三號一直喊小小小小小小。

她眼前就一團白白的,小小不見了,完全看不到。看不到,是不是就不算?不算不算,

醫生你剛剛說的都不算，我看不見我的女兒，不算不算。你們在哭什麼？我女兒沒有死。要死也是我先死。我看不到。從我身體裡出來的漂亮女兒，我現在什麼都看不到。小小，為什麼妳不讓我看到妳？對不起。我還沒跟妳說對不起。妳最清楚啊，妳媽又醜又噁，不要跟她計較。看不到，怎麼說再見。

小小，此時此刻，我終於看到妳了。黑羊駝看著我，原諒了我。

「小黑，哎喲，那個，我可以叫你小黑嗎？我不會取名字啦。那個，小黑小黑，謝謝你。」

黑羊駝抖抖身體，嗅聞她放在地上的飼料。

「這包是給狗吃的，這包是給貓吃的，你要吃哪包？但是，你這種的，吃貓的或者狗的，可以嗎？」

黑羊駝咬開貓飼料。

「好好好，整包都留給你。我該回去了。」

走了幾步，回頭查看黑羊駝，不，白羊駝。什麼鬼啦，幹你娘，怎麼小黑變成小白。是因為吃了貓飼料？褪色喔？漂白喔？基因突變喔？怎麼變成董事長養的那隻白羊駝？找到白羊駝了，要不要牽回去給董事長？

那股推力把她推出山林。好啦好啦，不要推了，我懂我懂。放開羊駝，放開自己，放開

社頭三姊妹　　　　　　　　　　　　　　　　　301

小小。忍不住回頭再看一眼,白羊駝自在漫步,跳啊跳,沒有回頭看她,白影沒入樹林。

回三合院的路上,機車被人潮淹沒,緩慢前進。原來真的有這麼多人來社頭參加活動啊。

十字路口等紅綠燈,對面的年輕女孩穿著印有小小頭像的衣服。綠燈,她的機車停在原地,年輕女孩朝她走過來,她一直盯著小小的頭像,人潮翻湧交錯,女孩不見了。

小小,我準備好了。

6. 二號

二號知道自己快死了。前幾天一號對她吼：「有人要死了啦。」沒錯，現在心裡篤定，是她。在浴室裡照鏡，還不錯，美貌依然，可以死了。

一號煮的稀飯真好吃，味道、質地、水量、熱度，完美複製三個媽媽的稀飯。明明是新米新水新鍋子，爐子也換過好幾次了，為什麼這碗新的稀飯入口如此蒼老？她吃了一小口，舌頭數米粒，一二三四五六，六粒米，每一粒米吸足了水，棉絮鬆軟，安撫她乾燥的口腔。慢慢吞嚥這六粒米，飽了。不行啊，怎麼這樣就飽了，但真的沒辦法多吃一粒米了，那就喝汨吧。汨的濃稠度恰好，顏色白透，一小口入喉，感覺汨在身體裡形成了一層熱膜，守護她的臟器骨骼血管。好飽。不得不說一號真厲害，今天早上一號忙著顧孩子，問她可不可以去煮稀飯？她沒點頭沒搖頭，只是把眼睛撐到最大，一號就懂了：「好啦好啦，放過妳，予妳煮，連鞭火燒厝。」一號在廚房裡快速擺動手腳，罵幾聲幹，一鍋稀飯就在爐上冒白煙。可能就是那幾聲幹，讓稀飯特別甜美。超飽。可以死了。

社頭三姊妹

303

就一小口稀飯，一小口汨，加上熱氣，她蒼白的臉立刻紅潤，汨進入她的細紋，填補時光踩出的縫隙，整張臉緊緻回春，熱氣修復乾眼，眨幾下，坐在她對面的董事長看傻了眼。哎喲董事長不要這樣看我，我會害羞。要是此刻再喝一杯藍色蝶豆花茶，她就會重返十八歲。

她知道時光對她仁慈。一號那張臉，根本就皺成手肘，她看了就搖頭。以前她常逼一號塗保溼霜，日霜防晒，社頭日頭赤焱焱，SPF至少要三十，睡前一定要洗臉，擦上La Mer乳霜，一整套都買好了給一號，結果一號擦了兩次就不耐煩：「La Mer去食屎！La，La，扚豬屎啦！油死了，我乾脆把沙拉油塗在臉上。啥物！幹！夭壽，這罐要一萬多！我昨天拿來抹腳！這樣我萬巒豬腳不就新臺幣兩千塊！」一號死不塗抹不保養，現在那些皺紋可以夾死壁虎吧。她勤保養，防晒保溼去角質，La Mer塗抹全身，她知道美貌是她的利器，總是要有一點挽留，這張臉，這雙眼，才能在重要時刻抓到浮木。她沒整形過，雷射啦玻尿酸啦拉皮啦美容針啦，都沒做過，有考慮飛去首爾修這修那，但她好怕痛，算了算了。時光不饒人，但她不是人，她可是瘠查某二號，時光寬恕，經過她的臉，不碾壓不重踩，只留下淺淺路過的痕跡。她的青春當然逝去了，但她的磁力強度。缺了一角，失去了許多，些許凹痕，歷練過的柔弱，排練好的哀悽，睫毛與大眼攜手，眨啊眨，擾動空氣流動，觸發憐憫。真不是人，她的雙眼見過這麼多死亡，眼白卻依然皎潔，瞳孔星空，不見汗

這招,對小B也有效。初見面,眨啊眨,小B立刻收到「我楚楚可憐,百般無用,每天迷路,不會換燈泡,不會洗衣服,冰箱裡一堆過期的食物,剋死一打前夫,拜託留下來幫我打理一切吧!」的訊息。

反正要死了,該是放開小B的時候了。

天未亮,小B就來三合院幫忙。她一聞到小B的前列腺高潮,忍不住用力抱了小B:

「天哪,我要哭了,董事長送的,都多久了,你終於用了!傻瓜,幹麼等這麼久啦。」

她當然懂什麼是前列腺高潮。不要看她鄉下老女人,拜託她可是結過好幾次婚,一夫一妻的傳統性愛太無聊,她拉扯疆界,抵達很多良善婦女不該知曉的墮落境界。第一次婚姻,舊金山的鄰居是gay couple,帶她去酒吧看表演,三男在舞臺上試驗各種身體堆疊組合,她真是忍不住起立鼓掌三分鐘,感謝你們!我來美國這些年,什麼金門大橋什麼Big Sur什麼Lake Tahoe,都沒有讓她這個臺灣鄉下女人有大開眼界之感,這表演立刻讓她覺得不虛此行,來美國真是來對了,果真泱泱大國啊,這應該要去臺灣的國家劇院巡演啊,不知道白宮有沒有接見?她特別注意擔任被插入角色的男表演者,每次有大雞雞在他屁股裡巡邏,他的臉根本就是春色滿園關不住,一枝紅杏出牆來。關不住,所以大聲呻吟。天哪,她這個鄉下女人真是井底蛙,怎麼不知道男人屁股裡有這樣的春天?一回到家,她立刻問丈夫,這樣的春天,

社頭三姊妹　　305

只有gay獨享嗎?還是他這樣的異性戀男人,也有這樣的構造?丈夫皺眉,言詞閃躲,雙頰忽然霞紅。看到丈夫臉紅,她就懂了,原來你也有啊,幹麼不好意思,那我們是不是要試試看?我們女人有沒有?丈夫大笑說,沒有啦,妳沒有前列腺啦!真可惜,那,我們來試一下?我是沒有雞雞啦,但一定有輔助的工具啊,鄰居可以帶我們去買。丈夫嚴正拒絕,說絕大部分的妻子都不可能會有這種想法,怎麼可能想動到丈夫的前列腺,換她正色說,我們一認識,我就跟你說明白了,我不是一般人,I am crazy,窗外舊金山冷雨,我真的很想看到你屁股裡出現春天。拉鋸許久,她終於說服丈夫。她事先諮詢了醫生,深入訪談鄰居,該有的潤滑,該做的清潔,假陽具的尺寸、速度,該說出的鼓勵語言,她都做了萬全準備。第一次召喚春天就大成功,丈夫嘴巴裡漏出嶄新的聲響,不是痛苦,是痛快,眉心皺,眼睛睜大,她沒有碰觸丈夫的雞雞,他自己就射了。春天,無疑,是春天。她因此獲得巨大的滿足,傳統的體位,只能給她基礎的愉悅,前列腺高潮讓丈夫臉上繁花似錦,給她全新的征服感。

知道小B終於打開董事長給的禮物,她好欣慰。衷心謝謝小B,這段時間願意當她的浮木。該放手了。真的不知道是誰潛入藍咖啡裝了隱藏攝影機,她現在就想打電話叫怪手拆了那棟房子。小B啊小B,現在知道了吧?大家對於城鄉的想像其實很貧乏,都以為鄉下淳樸安逸,城市喧囂紊亂,最傻的就是對鄉下有美好想像的城市人,退休就想來種田,白痴

其實鄉間人欲泉湧，荒謬本是日常。從臺北來的記者在藍咖啡裡說：「你們這裡好安靜，空氣真好，真是天堂。」她答：「快，把工作辭了，來鄉下住。住了，就知道這裡是不是天堂。」天堂？這裡是她的地獄。小B，我就要離開我的地獄了，最後一件事拜託你，帶著導演，你們一起走。

導演虛，沒辦法多聊。簡短說幾句，她就懂了，這孩子占據她生命中所有的每分每秒，導演根本還沒有時間好好悲傷。導演跟一號不對盤，但兩人根本好像，短髮強悍，進女廁會被驅趕。小小離開之後，兩人都沒有好好悲傷，那雙眼裡裝的東西，形狀一樣，來源一樣，重量一樣。

在醫院，一號一直說沒看到沒看到，就不算，小小沒有死，說尿急，要去上廁所，離開病房。二號跟三號在隔好幾層樓的廁所找到一號。一號坐在馬桶上，一直說沒看到沒看到。

「我們找妳找好久。」

「樓下的女廁，我走進去，被罵變態啊，有個賤人還打我，說要去按下那個警鈴，幹，我只好趕快跑掉，一直往上跑。現在是怎樣？小小狀況怎麼樣？醫生怎麼說？說話啊，哭什麼？」

「囡仔應該沒事。是女生。」

社頭三姊妹　　　　　　　　　　　　　　　　　307

「囡仔？啥物囡仔？誰的囡仔？我不要囡仔,我是在問小小。」

「我們先去樓下。」

「我不要,妳們兩個神經病,不要再哭了啦,有夠醜,在社頭當帝查某還不夠,還要來臺北繼續起痟?我剛剛有看到,精神科在三樓,要不要去掛號啦。我們三個一起去,看醫生會不會給我們打折。等一下吃什麼?醫院裡面有美食廣場喔,好大,好像百貨公司,不知道小小想吃什麼。」

很多味道她其實都忘了,西班牙島嶼的扁桃樹開花,是什麼味道?第一任丈夫的屁股聞起來像是某種萵苣,但此刻忘記哪一種萵苣。思念芬蘭入冬初雪,記得雪在掌心裡的觸感,像是媽媽以前在廚房自己炒的豬肉鬆,那些味道現在完全想不起來。很多無眠的夜,一直努力回想那初雪與豬肉鬆的味道,想不起來,睡不著。但她無法忘記醫院廁所裡的消毒水味道。那嗆鼻味道像是潮溼的棉花棒,深入鼻腔,戳入腦,拔不出來。一號一直用力揉眼睛,喃喃自語,不肯起身,只好繼續聞這味道。掃地阿姨推門進來,潑灑更多的消毒水,一號才似乎驚醒:「啊,是不是下雨了?洗好的衣服,怎麼辦?」

一號看不到,或許是小小給媽媽的道別禮物。二號看到了,清清楚楚,白色的床單,好多儀器,小小的臉扭曲,被巨大的痛楚磨滅,嘴巴張好大。這不是我們的小小。我們的小小好漂亮。可不可以不要以這樣的容顏記住小小?小小的身體消散了,沒有味道了,只剩下身

308　　　　　　　　　　　　　　　　　　　　　　　星期六

體表面的酸味。一號看不到小小，或許真是殘酷人生施捨的此許慈悲，沒看到那扭曲的臉，心裡的小小，永遠跟那CD封面照片一樣。

一號的機車加速，擠進小巷。泰迪熊一進門就好忙，說菜市場擠死人，今天的魚好貴，真的來了很多外地人，洗衣晒衣，掃地拖地，煮午餐，逗小孩，澆花，請小B教她怎麼上網訂購各種育兒用品。二號閉眼坐在廚房角落的小板凳上，想像巨大的泰迪熊環抱著她。

午餐豐盛，導演吃了兩大碗飯，蕭條臉頰開出幾朵小紅花。導演放下碗筷，起身鞠躬：

「謝謝一號阿姨，謝謝二號阿姨，謝謝但丁董事長，謝謝小B。請問，可以，幫我顧一下小朋友嗎？我們今天晚上就要演出了，大家一定都在找我。對不起。」

一號正在教孩子叫她阿嬤，也站起來：「坐下坐下，對不起什麼，再吃一碗飯。剛剛鄰居借我推車了，日本進口的喔，小朋友，妳超幸福，很高級喔，阿嬤推妳去看媽媽做的戲，一定很難看，沒關係，那我們就在推車裡睡覺，好不好？我們一起去。」

「啊？」

「不是只有你們要表演喔，大家沒跟妳說嗎？我下午要登臺，要唱歌啦。你們通通來，不然沒有人聽我唱歌，超丟臉，我會發脾氣，拿麥克風大罵髒話。」

泰迪熊用力掐著二號脖子，也太倒楣了，都快死了，死前還要聽一號唱歌，這到底是什

社頭三姊妹　　309

麼地獄,這樣死狀一定比小小淒慘。不行,她對人生已經沒有任何要求,只想要死相依然美麗。她好想躲進神桌下的空間,就死在裡面。

運動公園塞滿了人,大舞臺已經搭建完畢,農人來賣芭樂,工廠直營襪子三雙一百,鹽酥雞,炸魷魚,韓式炸雞,德國香腸,宗教團體舞扇舞劍,臭豆腐小卡車的廣播還沒修好,持續罵「操操操」,許多街頭藝人正在熱身拉筋。孩子在推車裡睡著了。

一輛閃亮的保時捷跑車刷進運動公園,鮮黃烤漆,引擎獅吼。

三號從駕駛座踏出保時捷。

二號看到三號,忍不住尖叫。

天哪!三號,妳終於回來了。

但,妳怎麼肥成這樣?

7.

三號

保時捷直線加速的馬力真不是傳說。應該要立刻去運動公園,但三號刻意繞道,她知道哪個鄉間路段最筆直,今天週六,一定沒人沒車,難得能開到這麼貴的跑車。副駕大叫:「不要!」他肚子裡的蛋餅蘿蔔糕大冰奶實在是太想看保時捷在社頭鄉間踩到底是什麼風景,往上推擠踩踏,從他的喉嚨噴出,緊貼在玻璃上,見證保時捷在社頭鄉間飆出一道黃光。

黃色獵豹來了,在路的那一頭準備加速。風大喊:「讓路!」路面上被車輪壓扁的老鼠乾屍趕緊驚醒,風灌進它扁平的屍體,吱吱吱膨脹復活,竄入路旁的水溝。蝴蝶蜜蜂螳螂螞蟻全都滾開,樹草往兩旁移動,風吹散沙粒落葉,頑固的石子就交給戴勝的喙,生靈萬物死的活的全部都讓路,開闢一條康莊大道,無障礙,祝福獵豹一路滑順。

三號踩下油門那刻,副駕昏倒了。真沒用,開這種車,不就是要挑戰極限嗎?剛不是展風神,炫耀新車,現在眼翻白。

獵豹衝出去,在平坦的路面上高速滑行,風在後用力推。三號生平第一次覺得自己真囂

社頭三姊妹　　311

俳，社頭啊社頭，三號瘠查某從泰國回來囉，榮歸故里。獵豹滑過茄苳樹，樹幹樹葉在視線裡糊開，她放開方向盤，忍不住尖叫。

終於，她理解了小時候的那場車禍。三號媽媽用力踩下油門，車子失速往前滑行，偏離道路，直直撞向茄苳樹。樹百歲，粗壯的樹幹抵住了猛烈的撞擊。瞬間，車廢鐵，人扭曲，樹安好，沾了鮮血的長髮覆蓋三號媽媽的臉。三號終於有機會這樣不顧一切踩油門，謝謝保時捷，謝謝身旁昏迷的年輕人，謝謝這條筆直。茄苳樹抖了一下，天哪當年妳媽來撞我，現在換妳了嗎？沒撞樹。但，速度達到車身馬力極限的那一秒，她覺得自己撞上了一棵記憶裡不斷長大的茄苳樹。碰。樹倒。她覺得自己粉碎了。太好了，尖叫慶賀。

踩煞車，獵豹忽然三百六十度大轉圈，在路面上留下清晰的甜甜圈。對，donut，她在泰國看電視學的，汽車輪胎在路面上迴旋留下的胎痕圈，英文就叫做甜甜圈。她開窗查看，那道筆直的黃光還未消散，路面上一圈可口的甜甜圈。餓。今天是什麼活動？好像是那個什麼織足常樂什麼國際什麼芭樂什麼碗糕，火車站好多人，運動公園那邊應該有吃的吧？

一大早曼谷搭機，桃園機場，高鐵，臺鐵，抵達社頭火車站。二號傳了一堆訊息給她，小小孩子啃著小小CD，董事長在三合院裡追小孩，妳快回來喔，一號今天要唱歌，完蛋了，一號一唱，保證社頭毀滅，大家一起死。她站在火車站前，該怎麼去運動公園？人潮圍著一輛保時捷，司機一臉桀驚，三號聽到他身體裡的話：「你們這些鄉巴佬，沒看過這麼貴

的跑車喔？不要摸！敢摸我就撞死你。滾開啦。」

人潮往運動公園方向湧去，她去敲了保時捷的窗戶，既然是黃色烤漆，那這輛就是她的計程車了。

「麻煩你了，我要去運動公園。」

「什麼？這位太太，我不是計程車喔。」

「沒時間跟你多廢話。聽好了喔，你不載我的話，警察局不遠，要不要我去跟他們說，你在車裡抽大麻，你車號我都記下來了。」

車開了一小段，人真的很多，車速緩慢，司機根本不太懂這輛車的性能，駕駛技術拙劣。這臉上長滿痘子的年輕人身體裡的聲音好吵，車才開一百公尺，三號就把這個人的履歷聽清楚了。大學剛畢業，在鄉公所服替代役，跟她一樣姓蕭，老爸在地方經營有線電視，黃色保時捷是老媽買的生日禮物，昨天晚上才交貨，大麻是網路上買的，明明知道今天公所很忙，老早就故意排今天休假，要看好戲，看鄉長怎麼搞爛白痴超級星期六，這個鄉長真的商很低，開口閉口就要提醒大家自己是名校出身，滿腦光明偉大的政治理想，嚴正拒絕貪汙，還會自掏腰包辦活動，真是不敢相信有這麼蠢的鄉長，他進鄉公所當替代役啦，他一退伍就要準備投入選戰了，老爸老媽很支持，當上鄉長，就能打通許多人脈，做生意更順，該收的禮金全都不會拒絕，美國名校有什麼用，幹，他在臺灣讀的什麼爛大學，動

社頭三姊妹　　313

物爛科系，排名倒數，學校根本招生不足，快倒了，沒差啊，反正有個大學學歷可以寫上競選公報就好，很會開支票就好，什麼捷運到社頭啦，高鐵到社頭啦，蓋飛機場啦，社頭直飛東京迪士尼樂園，保證這些白痴鄉巴佬聽了爽翻天，都會把票投給他。他真的超討厭現任鄉長，不是有廢墟網紅去拍禁果小屋嗎？哈，那是他花錢請人家來拍，要搞死鄉長。

車緩緩經過藍咖啡，替代役男內心話忽然軟化，幹，不知道那個死變態現在有沒有在樓上，等一下來查看一下手機，這幾天藍咖啡生意超好，他趁機偷偷上樓裝隱藏攝影機，根本沒人發現，他第一眼看到那個死變態就硬了，搞清楚喔，他可不是gay，他一定會娶個美麗的老婆，比現在那個冷冰冰的鄉長夫人美一千倍，一定要娶一個帶得出場的夫人啦，但不知道為什麼發神經，看到那個死變態就想摸，好想知道幹那個屁股是什麼滋味，所以跟蹤，偷拍，隱藏攝影機拍到死變態在房間裡拿出假陽具，他簡直要瘋了，這輩子沒那麼硬過，看著影片跟照片摸自己，射了五次吧，要死，臺語說同性戀，不是叫做「坩仔」？好像是鍋蓋凹陷的地方，就是屁眼啦，對啦，真想幹幹那個坩仔。

大聲稱讚自己，其實他真是好人，用不同帳號貼在網路上的那些照片，還是有挑選過，死變態那些見不得人的照片，就留給自己用，沒有貼出來，對不起啦，死變態，我是要搞垮那個爛鄉長，你只是我的工具。沒關係，搞垮鄉長之後，你就不用假陽具了，我會來找你，當我未來的地下鄉長夫人，好不好？只要安安靜靜，不張揚，不要住在社頭，我會在別的地

方買房子給你住，給我養，保證這輩子吃香喝辣。

三號很清楚，這個替代役男，很快就會是社頭鄉長。好煩，她不想繼續聽他五四三，開這麼慢，她想自己開。

「喂，交換一下，我開。」

替代役男急踩煞車。他發現旁邊這個太太嘴巴根本沒動，但她的聲音，清清楚楚傳到他的耳朵裡。

「對啦，我懶得動嘴巴。我有時候，不是隨時都可以喔，有時候可以不用開口，就讓對方聽到我的聲音。拜託，我是女巫好不好。快一點啦，下車，交換，你根本不會開啊，我教你怎麼玩車，看能開多快。」

「不要！這是新車！」

「你抽大麻就算了，還在人家房間裡裝攝影機，跟蹤人家。你要不要我現在就去咖啡館樓上，那個機器啊，上面一定有你的指紋，比對你貼的那些照片，還有那些網路假帳號，這樣，以後怎麼選鄉長？一輩子毀囉。快啦，不要囉唆，我要趕去運動公園。」

三號一坐上駕駛座，忽然也好想學一號，大聲罵幹你娘。幹你娘，這車怎麼這麼順來，社頭未來的蕭鄉長，我帶你去兜風，當獵豹，一起去撞樹。

在路面上留下甜甜圈，開窗，風灌進她的身體，身體鼓脹，有重生之感。好了，我爽快

社頭三姊妹　　　315

了,一起去運動公園吧。

她一踏出獵豹,就看到了一號跟二號。

她在兩姊妹的眼中,看到腫脹的自己。

她沒開口,把聲音傳到一號跟二號的耳朵裡。

對啦,我知道我現在很胖。肥死了。泰國東西多好吃啊。我每天喝斑蘭葉水,甜甜的,我哪知道廚房那幾個員工在裡面加了多少糖,身體氣球,肥腩腩,還有那個斑蘭葉蛋糕,根本當空氣吞,我就變成這樣了。

社頭三姊妹,在超級星期六這天,在臭豆腐小卡車前,終於會合了。

一號說:「都幾歲了,還能生喔。」

三號說:「什麼意思,妳能生,我不能生喔。」

二號說:「媽啊,肚子大成這樣,可以搭飛機喔?」

三號說:「是有點擔心啦,但反正我都回來了。」

一號說:「老爸是誰?」

三號說:「關妳屁事。」

二號說:「天哪,妳!我要瘋了!妳⋯⋯懷孕怎麼都不說啦!我要瘋了!」

三號說:「妳本來就瘋了。」

臭豆腐老闆站在三姊妹身邊，真奇怪，明明沒有人開口說話啊，為什麼手腕上的智慧型手錶，一直震動提醒他，分貝過大，恐會傷害耳朵。

三姊妹都很詫異，她們以為，只有一起進入神桌下的那個空間，才能用這樣的方式傳達意念。今天是怎麼，為什麼身在運動公園，她們卻有飄浮的錯覺？難道，運動公園，跟神桌下的那個空間互通？

去年小小的追思會，為什麼無法這樣吵呢？不開口，把聲音傳到彼此的身體深處。為什麼要破口大罵，傷害彼此呢？

「小小沒有死，要死也是我先死。再哭我就把妳們眼睛挖掉。」「妳白痴啊！今天是小小的追思會，追！思！會！妳夠了沒有？」「小聲一點啦，有很多歌迷。」「幹你娘，我說話就是這麼大聲啊，我女兒沒有死，我要說幾次，小小只是不回我電話，她在哪裡？我要跟她說話。」「董事長，你，你控制她一下啦，全世界，她大概只願意聽你的話。」「幹！妳不要把董事長拖下水！董事長，對不起，我不是罵你。是罵這兩個死人！」「妳不要鬧了好不好？小小今天會這樣，還不是因為妳⋯⋯。」「因為我？我怎樣？說啊，我怎樣？」「妳明明知道我在說什麼。小小又怎樣，沒代沒誌，只是把朋友帶回家，就是要讓我們這幾個老人認識⋯⋯。」「幹！我怎樣？我知影我性地足穩，啊我就起痟一下，隔天就好了啊！」「妳現在就在起痟！」「我查某囝死矣，妳們這兩個痟查某跟我說小小死

了,啊我是不能起痟嗎?小小要生小孩,妳們會不知道?為什麼都不跟我說?幹,是妳們,都是妳們。」

是妳們。

是我們。

都是我們。

受詛咒的三姊妹。剋夫。剋母。剋父。剋阿公。剋小小。

大吵一架,傾倒身體裡多年的積怨。碎了。回到社頭,三姊妹解散。

時間到了,輪到一號唱歌了。

公園裡有好多不同的表演團隊,雜耍特技,小明星歌手穿著亮片禮服載歌載舞,各式各樣的表演填滿各個角落。一個立牌寫「這裡有火,這裡也有詩人」,慘白男子右手拿著詩集,左手火把,朗讀一句詩,吞一口火,再一句詩,再一口火。再走兩步,墨鏡女子彈月琴,表演唸歌,但歌詞不是臺語,但丁多聽幾句,啊,德文。

但丁經過雜耍表演者,停下腳步,好奇怪,眼前一切,似乎很眼熟。

雜耍表演者是一位小女生,身旁書架上塞滿了厚重的書籍。但丁忘了,這是他在禁果裡的書架,這些書都是他多年來的藏書,各種不同語言版本的《神曲》,精裝,平裝,每一頁上面都有他滿滿的筆記。表演者從書架上取下五本《神曲》,往空中拋,五本書對上兩手,

書在空中翻跟斗,沒有一本書落地,觀眾掌聲。但丁跟著拍手,笑了。書沒落地,書中的照片翻飛,飄啊飄,飄到他腳邊,照片裡的女人是誰呢?他想不起來。

夫人編寫了合唱團合聲,請合唱團一起來唱,目的當然是削弱一號的歌聲,這樣應該不至於把剛剛搭好的大舞臺給唱倒吧?夫人彈電鋼琴,小B彈吉他,安靜的麥克風一到一號的手中就開始尖叫,不要不要拜託不要唱。

用力拍打麥克風。清喉嚨。麥克風停止尖叫。抖抖肩膀。觀眾其實不少。有記者。她雙腳抖。忽然一陣毛茸茸,好溫暖,彷彿山裡的羊駝來到她身邊。狗?貓?啊,找到你們了。她每天餵食的那些流浪貓狗都來了,就在人們的腳邊,等她開唱。啊,Jimi Hendrix怎麼跑出來了,跳到小B的肩膀上。

「大家好,我是,那個,嗯,我是小小的媽媽。我今天要唱她寫的歌,謝謝大家。歡迎來社頭,聽我唱歌,吃芭樂。」

玫瑰是玫瑰是玫瑰是玫瑰
我心裡的群鬼
夜裡瘋癲　白天流淚
玫瑰是玫瑰是玫瑰是玫瑰

社頭三姊妹

你我生來受罪
我的瀟灑　你的摧毀

夫人忍不住狂笑。Oh my gosh，為什麼練了那麼多次，正式登臺，卻是最難聽的一次？

一號明明在唱歌啊，怎麼變成她開車，追撞所有圍觀的聽眾。還有，為什麼那些貓狗會一起唱？

一號唱完，也忍不住笑了。幹，小小，妳寫的這什麼爛歌詞，硬要押韻，噁心死了，到底在寫什麼鬼東西，為什麼會得獎。但，謝謝妳，以後妳女兒開始鬧，我就唱這首歌，保證她嚇到閉嘴。

感激的掌聲爆開，謝謝啊，終於唱完了，我們存活下來了。

掌聲中，三號有話要傳達到一號跟二號的耳中。

「一直沒跟妳們說，不敢說，我怕現在不說，以後就忘了。妳們都不知道，當年，我們到底怎麼剋死三個媽媽還有爸爸。其實，都是我，都是我害的。對不起。」

一號媽媽跟二號媽媽要脫隊了。因為，她們愛上了彼此，要帶著孩子離開社頭。那天三號媽媽開車，在那條筆直的路段，妳們記得吧？沒有盡頭的那條路，不知道通往哪裡，路旁有一顆茄苳樹，三號媽媽沒開口，但她清楚對我說，妳們三個小孩沒有錯，錯的是這兩個

要逃跑的賤人，想脫隊，卻不帶我走，我也想脫隊，但她們不要我，我被留給妳爸，妳們就在路邊等我們，乖，一下就好了，我們大人在車上說話，小孩子不要聽。但，我們不會回來了。

一號想喝杏仁湯。

三號點點頭，好，等一下回去三合院，我煮給妳喝，妳們兩個笨蛋都不知道怎麼煮，但我會，以前一號媽媽煮杏仁湯，會在心裡默念配方跟程序，聽過的，我都記得，孩子被一號的歌聲吵醒了，導演抱起孩子，哭聲更宏亮。但丁接過孩子，哭聲立即終止，小孩的手戳著但丁的下巴。

周遭嘈雜，但導演耳朵裡只塞滿了社頭三姊妹的聲音。

「妳去忙，等一下就要開演了。演出完成，先跟劇團回臺北吧，好好休息，好好哭。我們會顧好孩子，想來，就來，我們在這裡。」

合唱團的成員驚呼，天哪，但丁董事長，跟孩子，長得好像！那頭捲髮，眼睛，鼻子，天哪，怎麼可能這麼像！難道爸爸是？合唱團成員搶著輪流抱孩子，哇，一號妳厲害，當阿嬤了，羨慕喔，我家的那幾個都說不結婚，我家的結婚了但絕對不生，我的兒子是跟男生結婚怎麼生孫子給我啦氣死我。

一本厚重的《神曲》長了翅膀，飛過人群，撥開合唱團，擊中但丁的額頭。

但丁往後退幾步，額頭上紅色溪流。

又一本長翅的《神曲》飛過來，一樣擊中但丁的頭部。

但丁跌坐在地。

第三本擊碎但丁的鼻樑。

但丁躺下，眼前電光一閃，他想起了所有的事，也忘了所有的事，這裡是地獄，這裡也是天堂。他身體完全放鬆，天空好美，身體埋藏的聲音跟味道逸散，笑了，死了。

雙手被手銬，鄉長才回神。是他讓《神曲》長翅膀，是他殺了但丁。他徹底垮了，低頭看著手銬，想哭，無淚。但丁該死，憤怒拆掉他所有的理智，他必須殺了這個混蛋，怎麼可以，死老人，臭老人，怎麼可以跟小小，怎麼可以，剛好身邊是書架，書是完美凶器。

一號拍額頭，啊，原來，星期二那天看到的磚塊，是書。

孩子在地上爬啊爬，以三號的腿為支撐，站起來了，踏出第一步，搖搖晃晃，走向鄉長，抱著鄉長的小腿。

鄉長蹲下來，抱著孩子，開始大哭。沒有人看過這個模樣的鄉長，一句話都說不出來，沒致詞，腰挺不直，抱著孩子，沒說自己是美國知名大學畢業，只是哭，眼淚滴在藍色黨徽競選背心上。

一號該說什麼呢？應該跟孩子說，抱著妳的鄉長，妳要叫阿公。他應該是誤會了，以為

董事長跟妳媽。

當年妳阿公要去臺北念大學了，第一學府臺大，來三合院問事，求個平安順遂吧，他媽本來要跟他來，但前一晚跟他爸吵架，臉上有傷，不能出門見人，妳阿公就不情不願自己來了。妳還小，這限制級，兒童不宜，但反正妳現在也聽不懂啦。我叫妳阿公去摘葉子，亂摘，說什麼爛迷信，怪力亂神，但一摘，就摘對了，走進神明廳，他看我的眼神都變了，誰知道他到底摘了什麼葉子，進來的時候，下面有硞硞，穿灰色棉質運動褲啊，沒穿內褲，形狀實在是有夠明顯。說出去會被警察抓吧，老女人誘拐十八歲剛剛成年少男，但真的不是我主動啊，是妳阿公他拜託我，說要幹我，我當然是拒絕，拜託，這輩子沒有男人那樣看我，他就一直求，下面越來越大，我真的是被他看到心軟，就關門，好啦好啦。想說幹一次就好，誰知道這個年輕人來好幾次，老實說實在是不錯，怎麼可能會有少男要幹我，我不信，多幹幾次，我都不相信。他真的要去臺北前一天，說是最後一次了，以後他要去臺北展開全新的人生，拜託我不要說出去。拜託，我長這樣，說老鄉長的兒子幹我好幾次，會被人撕爛嘴巴。還要我忘了他，拜託一下好不好，以為我愛上他喔？幹來幹去，是很爽啦，但愛？愛個屁啦，我長這樣子，注定一輩子沒有人愛我，你快去臺北念書，這幾天，就當作什麼都沒發生，你才要忘了我。結果，我就懷孕了。

風來。

不。

這是風嗎？

涼涼的。

這風聲，很像是神桌下的風聲。

速度緩，質地重，推走天空的晚霞，快天黑了，天淨空，無雲。

三號哭著，也笑著。剛剛董事長躺下那一刻，二號也昏倒了。死不了啦，二號身邊有兩個男人，跟前跟後，一個矮矮的，另外一個是診所的醫生，兩個人眼睛裡都塞滿了二號的長髮，根本就是泰國電桿的那些纏繞凌亂的電線。

三號替但丁感到開心，終於，社頭的瘋子董事長放開一切，土地接住他高大的身體，腳趾放鬆，眼中一道閃電。來不及問，董事長你最後一刻看到了什麼？也來不及問，董事長你知不知道，記不記得，我肚子裡的孩子，是你的？

上次回泰國前一天，三號去禁果找董事長，就是想哭，好想哭，抱著董事長大哭。她從小就好喜歡董事長，不，愛，她一直愛著董事長。要去泰國了，董事長，你知道嗎？我以後不回來了，再見。既然不回來了，她要緊緊抱著董事長，她要親一下董事長。地震嗎？禁果小屋搖晃一下，董事長雙眼裡出現了火苗。董事長抱起她。她雙腿用力夾著董事長的腰。

她的身體攻頂，前所未有的歡快，哭了。董事長想起了自己的老婆，她高潮的時候，也會流淚。謝謝董事長。董事長再見。

董事長，再見。

鄉長踏進警車之前，請警察給他一分鐘，他想再看一眼社頭。他覺得此刻的社頭好吵，好荒謬，好美，他不想回新英格蘭了，這裡很好，現在很好，他終於可以哭了，知道小小過世，他只能躲在浴室裡大哭，他唯一的女兒啊，怎麼辦，不能讓任何人知道小小是他的女兒，超丟臉，鄉長幹一號？不行不行！聽說小小是因為生女兒才過世，好想見女兒的女兒，怎麼辦？調查了好久，啊，就把導演的劇團請來社頭，那就可以看到了，鄉長跟孩子合照，親親抱抱，不會有人知道這是他孫女，完美計畫。現在超級星期六毀了，他終於不用裝了。他抬頭看天空，無人機升空，不是應該要排出襪子跟兩顆芭樂的形狀嗎？怎麼，天，排出了男性生殖器官的形狀。

鄉長夫人還在笑。她真的忍不住，剛剛笑是因為一號唱歌實在是太難聽，現在笑是因為丈夫。她覺得丈夫此刻更可愛了，手銬，嗯，讓她想立刻衝上去親他。啊？天上那個，是，penis嗎？

風又來。

這次更涼，質地更重，夾帶山裡來的枯葉，撞擊大舞臺上的布景，吹散天上的penis，撕

社頭三姊妹

掉地上的《神曲》書頁，搖晃臭豆腐小卡車。小卡車搖啊搖，搖出了一疊照片，四處飄散，三號攔截好幾張照片。剛剛三號看到臭豆腐老闆，很想把學來的泰拳招式應用在他身上，但看到這些照片，算了算了。也不是原諒。就是算了，不想踢他了。照片裡，臭豆腐老闆緊抱著牽著羊駝的全裸猛男，不同毛色的羊駝，好多好多全裸猛男。

三號身體一鬆，羊水破了。

婦女合唱團尖叫：「啊，要生了。」

合唱團召喚了運動公園裡的社頭人，耳語隨病毒式散開，社頭人都聽到了，集體湧動，三號要生了要生了，高齡產婦，這麼老的痟查某要生了，大家讓開，快叫救護車，要去大醫院啊，三號會不會來不及，要不要就這輛保時捷。

小B覺得社頭真是一個太奇妙的地方，集體瘋癲。他在藍咖啡館樓上的房間看到的景象，此刻在現實中播放。

無人機大雞雞撤退，煙火升空，舞臺燈亮又暗，導演的聲音響徹社頭：「歡迎大家來到社頭，謝謝大家來看戲，請大家入座，文化平權下鄉，我們把文化帶來社頭，以後，就沒有人能說社頭是文化沙漠了。」

一號攙扶著三號快步往前，二號醒了，緊跟在後。社頭三姊妹發現每個人都在看天空，停下腳步，跟著看天空。

禁果的那張鮮紅帆布招牌在天空飛翔，像一隻巨大的虹。千百隻戴勝護送著禁果帆布，在天空奮力拍翅。好多昂貴的攝影機指向天空，閃光燈閃啊閃，運動公園星光閃爍。戴勝好吵，那是道別，社頭再見。三隻鳳凰終於逃離三合院，跟戴勝一起飛，甩甩頭向社頭道別。可惜，只有社頭三姊妹看得到鳳凰。那塊紅布一直不斷擴張，直到整個天空變成紅色的舞臺燈全亮。戴勝不見了。鳳凰不見了。紅色的天空。一道黃光。戲開演了。

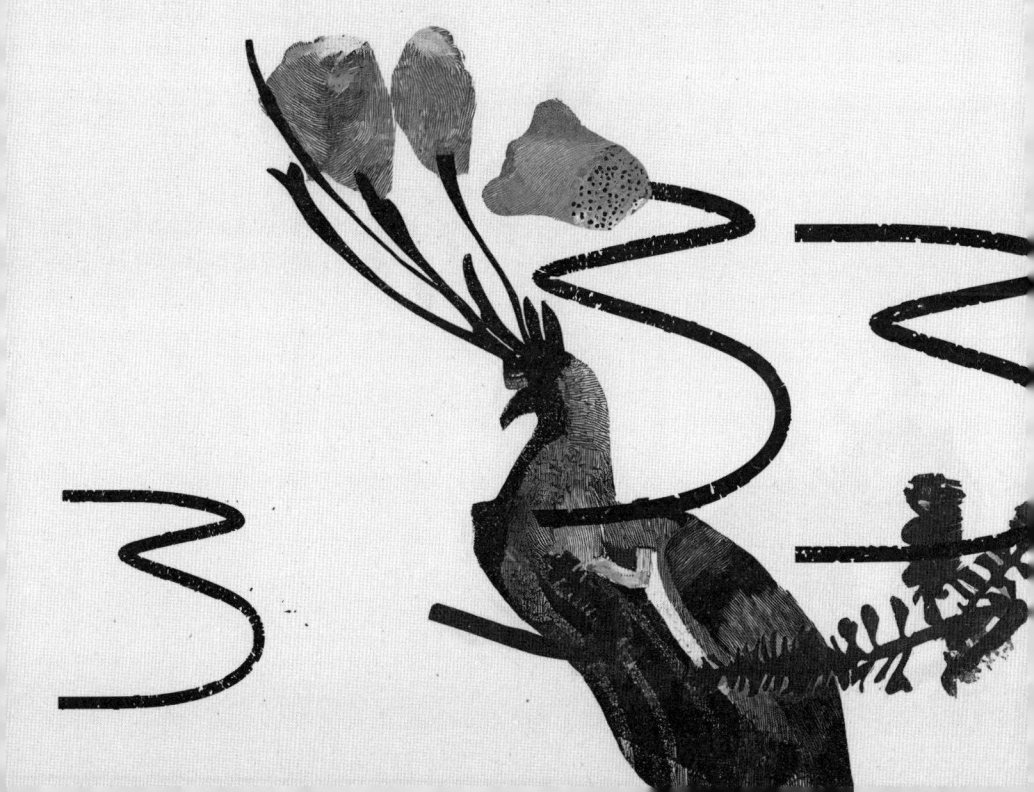

後記

我對社頭的第一個記憶，是大姊。

大姊要結婚了，嫁去社頭的枋橋頭。我問她，社頭在哪裡？很遠嗎？海邊？山上？結婚是什麼東西？好不好玩？她表情複雜，沒回答。

那待嫁表情留存腦中，長大後，世故後，終於能解讀。舊時代女性結婚，從原生父權家庭，被拋擲到另一個婚姻父權家庭，恐懼與幸福拉扯，海邊或山上，城市或鄉村，遠或近，都非完全自主，嫁去哪裡，就困在哪裡。

第二個記憶，我上小學了，在洗手檯聽到兩個女生對話。

「老師說妳是社頭人，來我們永靖讀書。」

「對。」

「妳姓蕭。」

「對。」

「我媽說，社頭都是痟查某。」

蕭姓女同學立刻大哭：「我不是痟查某，我不是痟查某啦！」

二〇一九年十二月出版《鬼地方》，我搭火車返回永靖，傻看車廂站名顯示：員林→永靖→社頭，心想，永靖下一站是大姊的婆家，那要不要下一本小說，就寫社頭呢？耳邊忽然響起小時洗手檯那兩位女生的對話。

寫作如人生難料,當時已經有一些人物來敲門,決定要寫三姊妹,但就是少了許多故事元素與人物,社頭小說先擱置,時機未到。《樓上的好人》先完成,場景是員林。讀者當面問我:「永靖跟員林都寫了,彰化縣還有很多地方啊,那什麼時候寫社頭?我社頭人,跟你講,社頭很神經啦。很多瘋子。」

二○二三年秋天,愛荷華市,斐濟作家Mary Rokonadravu與菲律賓美籍作家Noelle De Jesus約我在河邊散步,橋上我們遇見了一位常來參加作家朗讀活動的沉默白髮非裔男士,他總是抱著一本厚厚的書,橋上我終於看到書名,是但丁的《神曲》。當天晚上我在房間裡開始寫《社頭三姊妹》的大綱,抵達了,我需要的關鍵人物,出現了,可以開始動筆。

回臺灣做田調,二姊開車載我去社頭,清水岩,芭樂市場,芭樂田,二姊的孫女大哭,那宏亮哭聲與社頭交融,當下決定寫進小說。

另一次,大姊從永靖騎機車載我回社頭,經過她婆家紡橋頭,路過襪子工廠,騎進社斗路,在社頭火車站前停下,她說,社頭都沒變。我獨自在社頭徒步晃蕩,亂走亂看,在鄉公所前方,有位阿嬤對我說了好多話。她說,社頭這麼無聊?寫小說?寫給鬼看喔?去找份工作啦,去台積電,你好瘦,要不要來我家吃飯?

二○二四年十月,我完成了社頭小說。

員林→永靖→社頭。

《樓上的好人》→《鬼地方》→《社頭三姊妹》。

完成了，這三本小說，是我的「彰化三部曲」。

跟小說家王仁劭線上聊天，他外婆家在社頭，我說寫了一本社頭小說，他立刻說：「猜一定會有角色姓蕭。」

寫社頭，真是躲不了蕭，查詢一下歷任社頭鄉長，幾乎都姓蕭。我自己數度去踏查，接收了滿滿的故事能量。蕭。瘠。

太有趣了，但阿嬤說無聊。阿嬤是以在地人的口吻，告誡我這個外地人，鄉野無趣，人口外流，景觀無變異，無高樓缺繁華，如何寫小說？各種民間調查也呼應阿嬤，彰化縣數度榮登「全臺灣最無聊縣市」寶座。

什麼叫做無聊？

所謂的觀光客視角。觀光旅遊，眼睛需要輝煌，聲光燦爛，大型地標建築，大山大海，拍照上傳。

彰化缺了這些，所以人稱無聊。

太好了，吸引我的，就是最平凡的人，最平淡的地景。小說不是到此一遊，而是深掘最不起眼的，在我眼中，金礦銀礦。

彰化是我的故鄉，小時我跟著爸媽進出許多宮廟與神壇。神壇自創教派，組仙女班，

332　　後記

眾仙女服侍壇主，早就打破一夫一妻制。各式各樣的宗教民俗儀式，都是人類社群的焦慮體現，想生男，要賺大錢，病痛，考大學，投入政壇，進科技產業，神鬼之境，就是貪念聚集之地。我小時鑽進某神壇的神桌，目睹桌下某種機關，讓神桌能左右搖晃，信徒稱「神蹟」。臺灣醫療先進，但至今很多人病痛或抑鬱，先尋求的不是醫生，而是宮廟神壇。不，不是「迷信」而已。鬼神文化，是繽紛多彩的生活紋理。

慶典儀式裡，人們用力喧囂，求神問鬼，或許，抵銷一點點孤獨。

最無聊的，最平淡的，最孤獨的。

襪子，羊駝，芭樂，戴勝，Jimi Hendrix。

這是我虛構的社頭。對不起，也，謝謝，社頭。

ろろろろ　社頭三姉妹

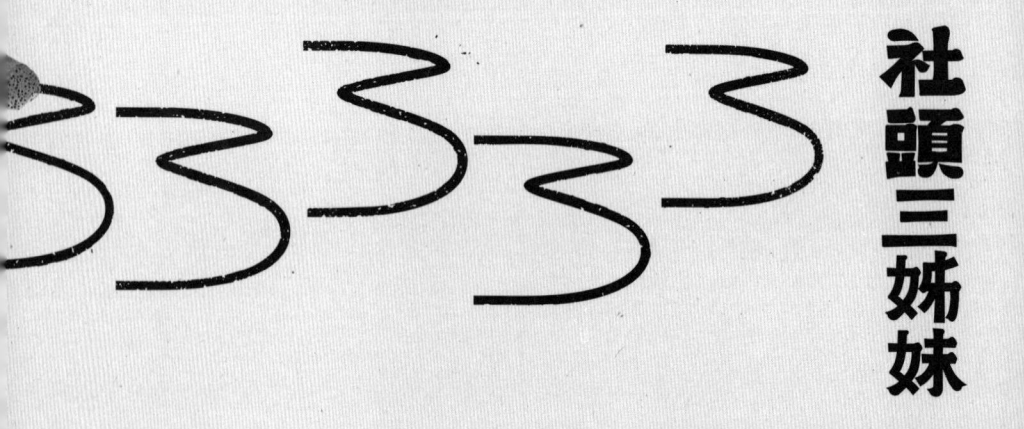

陳思宏

鏡小說 080

社頭三姊妹

作 任 編 輯	陳思宏
責 任 校 對	王君宇、何冠龍
責 任 企 劃	李玉霜
整 合 行 銷	藍偉貞
副 總 編 輯	何文君
執 行 總 編 輯	董成瑜
總 編 輯	張惠菁
發 行 人	裴偉
裝 幀 設 計	宸遠彩藝
內 頁 排 版	日央設計
出 版	鏡文學股份有限公司
	114066 台北市內湖區堤頂大道一段365號7樓
電 話	02-6633-3500
傳 真	02-6633-3544
讀者服務信箱	MF.Publication@mirrorfiction.com
總 經 銷	大和書報圖書股份有限公司
	248020 新北市新莊區五工五路2號
電 話	02-8990-2588
傳 真	02-2299-7900
印 刷	漾格科技股份有限公司

出版日期　2025年4月 初版一刷
　　　　　2025年5月 初版二刷
I S B N　978-626-7440-81-0（平裝）
定　　價　450元

版權所有，翻印必究
如有缺頁破損、裝訂錯誤，請寄回鏡文學更換

國家圖書館出版品預行編目(CIP)資料

社頭三姊妹/陳思宏作. -- 初版. -- 臺北市
: 鏡文學股份有限公司, 2025.04　336 面
; 21X14.8公分. -- (鏡小說 ; 80)
ISBN 978-626-7440-81-0(平裝)

863.57　　　　　　　　　　114003837